KB036498

왁서

왁서

제1판 1쇄 2022년 5월 25일

지은이   정용대
펴낸이   이경재

펴낸곳   도서출판 델피노
등록   2016년 8월 11일 제2020-000082호
주소   서울시 양천구 신정중앙로 86, 덕산빌딩 5층
전화   070-8095-2425
팩스   0505-947-5494
이메일   delpinobooks@naver.com
ISBN   979-11-91459-25-8(03810)

책값은 뒤표지에 있습니다.
파본은 구입하신 서점에서 교환해 드립니다.

왁서

CONTENTS

이 소설은 픽션으로 등장하는 인물, 사건, 단체 등은 모두 허구임을 밝힙니다.

01

왁싱샵 살인사건

왁싱샵 살인사건

왁싱샵을 방문하는 건 처음이다. 그렇다고 해서 왁싱샵이 어색하거나 그렇지는 않았다. 주기적으로 왁싱샵을 다니는 친구들에게 효과가 확실하다는 이야기를 여러 차례 전해 들었다. 왁싱을 하는 인구는 매년 늘어나 뷰티 산업 속에서 하나의 문화로 자리 잡았다.

2층 건물에 자리 잡은 왁싱샵 앞에 도착한 30대 초반의 세진은 자리에서 멈췄다. 평소 어울리는 친구들과 비교해 그녀는 비교적 왁싱샵을 늦게 방문한 것 같았다. 그냥 왁싱을 받으러 온 것일 뿐인데, 그녀는 몸을 떨고 있었다. 마치 몸이 안으로 들어갈 거부하는 것 같았고, 본인의 몸을 통제하기가 힘들었다. 세진은 계속 주춤거렸지만, 안으로 들어가야 한다는 걸 누구보다 잘 알았다. 영상으로 보고, 말로만 듣던 왁싱을 전문가를 통해 직접 경험해보고 싶었다. 그리고 왁싱샵 안에서 기억하고 싶은 사람도 있었다.

자동문 버튼을 누르자 왁싱샵 내부가 세진의 시야에 들어왔다. 실내의 조명은 카페처럼 전체적으로 노르스름한 분위기를 띠웠다. 은은한 아로마 향이 그녀의 예민한 코를 건드릴 때, 안내 데스크에 있던 직원이 반갑게 인사하며 슬리퍼를 건넸다.

"안녕하세요, 고객님! 전화로 예약하셨죠? 왁싱은 처음이라고 말씀하셨던 것 같은데."

"예, 맞아요. 뭘 해야 할지 아직 판단이 잘 안 서네요."

세진은 신발을 벗고 슬리퍼로 갈아 신으면서 말했다.

직원은 정수기 옆에 보이는 원형탁자 쪽으로 세진을 안내했고, 커피를 준비했다. 세진은 의자에 앉았다. 그녀의 시선은 내부를 좀 더 예리하게 훑고 있었다. 안내 데스크 뒤쪽 벽면에 제작한 아크릴판이 보였다. 고객들의 선택에 도움이 될 수 있도록 왁싱 종류가 적혀 있었다.

세진은 고개를 돌려 시선을 옮겼다. 왁싱샵 원장과 직원들의 피부 미용 자격증이 걸려있는 것도 보였다. 왁서가 되기 위해선 국가자격증이 필요했다. 그 옆의 진열장은 왁싱 관련한 도구들이 보였다. 왁스를 비롯하여 무슬린 천과 일회용 나무 스틱들까지.

"천천히 살펴보세요."

직원은 탁자 위에 진한 향기의 커피를 내려놓고, 왁싱 종류와 가격을 확인할 수 있는 책자도 세진에게 건네며 말했다.

아직 왁싱샵이 낯선 세진은 손에 든 책자를 넘기며 살폈다. 직원은 왁싱 인구가 늘어나면서 많은 여성분이 방문을 하는 게 현재 트렌드라며 계속해서 부연 설명을 이어갔다. 적당히 귀담 아들으며 세진은 책자를 계속 넘겼다. 여성 뿐 아니라 남성들이 고를 수 있는 왁싱 시술도 보였다. 눈썹, 인중, 이마, 턱, 볼, 겨드랑이, 팔, 다리 등 털이 나는 모든 부위에 왁싱은 가능한 것 같았다.

"남성분들도 많이 오나요?"

세진은 책자를 넘기다가 궁금해서 물었다.

"그럼요! 요새 그루밍족이 늘어났잖아요. 왁싱에 대해서 아주 관심이 많으세요. 남녀 커플이 같이 오시는 경우도 꽤 있고요. 혹시 남자친구 분하고 같이 받으셔도 좋을 것 같은데."

직원은 살갑게 말했지만, 세진은 남자친구와 함께 와서 왁싱을 받을 생각은 없었다. 결정적인 건 같이 왁싱을 할 남자친구가 없었다.

"남성들이 가장 많이 하는 왁싱은 어떤 거죠?"

그런데, 세진은 계속해서 남성 왁싱에 대해서 질문했다. 그녀는 말하고 나서 곧바로 커피 한 모금을 들이켰다. 사실, 그녀는 몸에 털이 많이 나는 체질이 아니어서 이곳을 나갈까 고민했지만, 한 번쯤은 왁싱이 이뤄지는 과정을 체험해보고 싶었다.

"남성분들은 종아리와 다리를 가장 많이 하세요."

직원은 명쾌하게 답했다.

"그럼, 저도 똑같이 받아볼게요."

직원과 세진은 자리에서 일어났다. 직원은 시술실이라고 적힌 문을 열고, 안으로 세진을 안내했다. 잠시 왁싱 도구를 가져오기 위해 직원이 자리를 떠나자 세진은 시술실 내부를 살폈다.

환한 불빛에 깔끔하게 정돈된 내부 한가운데 침대가 보였다. 아마도 침대에 누워서 왁싱을 받는 것 같았다. 침대 옆에는 의자가 마련되어 있었으며, 왁싱에 필요한 각종 도구를 넣어놓은 다용도 운반 카트도 눈에 들어왔다.

지나치게 내부를 꼼꼼하게 살피던 세진은 갑자기 인상을 쓰며 관자놀이를 만지작거렸다. 심장도 뛰기 시작했다. 기분 나쁜 심장의 울림이었다. 이어서 속이 메슥거리는 느낌이 들었다. 정수기가 보여 종이컵을 꺼내 물을 받아 급히 마셨다. 하얀색 벽이 눈에 들어왔다. 그런데, 왜 하얀색 벽에서 피가 흐르고 있는 것 같지. 세진은 왼손을 벽에다 대보았으나 손에 피는 묻지 않았다.

오늘도 자꾸만 헛것이 보였다. 시술실 안이 전부 빨갛게 보이는 건 뭘까. 도대체 왜 이러는 거야! 도대체 왜! 벽면에 피로 뒤범벅된 게 나만 보이는 걸까. 아니야, 다른 사람들도 분명 보일 거야. 나는 미치지 않았으니까.

세진이 가만히 그 자리에서 굳어버렸을 때, 직원이 문을 열고 들어왔다. 세진의 얼굴이 좋지 않다는 걸 그녀는 단번에 알아차렸다.

"손님 괜찮으신가요?"

직원은 착용한 마스크를 살짝 내리면서 물었다.

"예. 괜찮습니다."

세진은 이마에 맺힌 땀을 손등으로 닦았다.

직원은 비닐 커버가 덮인 침대에 세진이 편하게 누울 수 있도록 도왔다. 세진은 누운 상태에서 천장을 바라보며 깊게 숨을 들이마셨다. 몇 달 전부터 생긴 의문은 아직 해소되지 않았다. 그 사람은 왜 왁싱샵을 찾았던 걸까. 단 한 번도 왁싱과 왁싱샵에 대해서 이야기를 꺼낸 적이 없었던 것 같은데. 그렇다면, 왜 그랬던 걸까. 난 그가 신뢰할 수 있는 사람이라고 판단하여 나의 모든 것을 보여줬지만, 그는 아니었던 걸까. 우리 사이는 특별한 사이가 아닌, 남들과 비슷한 그런 관계였던 걸까.

고개를 살짝 들어 세진은 직원의 행동을 살폈다. 왁싱 관리사는 라텍스 장갑을 끼고 난 후, 부직포에 소독약을 적셨다. 관리사는 천을 종아리에 대고 꼼꼼하게 소독했다. 자신을 쳐다보고 있는 세진이 약간 신경 쓰였는지 관리사는 아프지 않을 것이라고 안심시켰다.

여전히 세진은 목에 뻐근한 통증을 참은 채 고개를 들고 있었다. 소독을 끝낸 관리사가 대나무 스틱을 왁스에 담근 다음, 스틱을 종아리에 펴 발랐다. 왁스는 생각보다 뜨거워 세진은 고개를 뒤로 젖혔다. 왁스를 바른 후에, 관리사는 부직포를 종아리에 부착하고 잡아당겨 극소량의 털을 제거했다. 반대쪽 다리도 마찬가지로 왁스를 털이 난 방향대로 발랐다. 그 다음에 부직포를 왁스 바른 곳에 부착해 잡아 당겨 털을 제거했다.

순식간에 전면 부분이 끝나면, 관리사는 세진에게 반대 방향으로 누울 수 있도록 했고, 왁싱에 적응이 된 세진은 아무 말 없이 그렇게 했다. 관리사는 후면 부분에도 똑같이 왁스를 발랐다.

털을 제거하는 그 순간에도, 세진은 어떤 소리도 내지 않았다. 보통은 종아리가 따끔거려 소리를 낼 법도 하지만, 세진은 조용히 있었다. 그녀는 몸에 아무런 느낌도 없었다. 오히려 그녀를 괴롭히는 건, 혼란스러운 머릿속이었다. 왁싱을 받으면서 머릿속의 미로가 점점 늘어나 탈출구가 보이지 않는 것 같았다. 관리사가 왼쪽 후면을 마치고, 오른쪽 후면에 왁스를 발랐다.

왁싱샵에 머물면서 세진은 기억하고 싶은 사람의 모습이 저절로 떠올랐다. 몰입하는 강도를 높였다. 그 사람도 분명 자신처럼 예약하고 왁싱샵을 방문했을 것이다. 그리고 간단한 상담을 받고, 곧바로 시술실에 들어가 종아리에 왁싱을 받았을 것이다. 그렇게 생각할 수 있는 이유는, 그 사람에게 털이 난 부분은 오직 종아리였기 때문이다. 내가 기억하고 있는 그 사람은 그런 일에 휘말릴 사람이 아니다. 그런데 왜 그렇게 된 거지. 좀처럼 의구심을 떨쳐낼 수가 없었다.

관리사는 다음 예약 손님이 곧 오기로 되어 있어 빠르게 부직포를 떼어내려고 할 때, 세진은 소스라치게 놀라며 몸을 일으켜 세웠다. 관리사는 당황스러워 했다. 왁싱이 진행되는 동안 실수한 건 없었는데 몸을 돌아선 세진의 눈빛을 보니 심상치가 않았다. 뭔가 일이 벌어질 것 같은 느낌을 관리사는 본능적으로 깨달았다.

"당신, 뭐 하는 거예요?"

세진의 목소리는 이전과 달리 날카로웠다.

"예? 손님… 제가 너무 세게 했나요? 죄송합니다."

관리사는 바로 사과했다.

"나를 해치려고 했잖아요! 뭘 하려고 했던 거예요?"

"무슨 말씀을 하시는 건지?"

"바지 주머니에 있는 거 뭐예요? 그걸로 나를 해치려고 했죠? 내가 모를 줄 알았어요?"

세진은 관리사 쪽으로 다가갔다. 관리사는 뒷걸음질 치며 벽에 몸을 기댔다. 도대체, 세진이 왜 이러는지 관리사는 영문을 모르겠다는 얼굴이었고 몸은 경직되어 있었다.

"저… 저기요, 고객님. 제가 잘못한 게 있다면 사과드릴게요. 피부가 민감하신지 정말 몰랐어요. 죄송합니다."

관리사는 재차 사과하면서 두려워하는 표정을 지었다.

"당신, 이곳에서 사람을 해친 적이 한번이 아니지? 그런 수법 나한테는 절대로 안 통해."

세진은 말하고 나서 관리사의 주머니에 손을 넣었다. 분명히 흉기를 가지고 있을 것이라고 확신해서 한 행동이었다. 그런데, 관리사의 주머니 안에는 아무것도 없었다. 잘못 생각한 걸까. 그럴 리 없었다. 이번에 반대편 주머니에 과감하게 손을 넣었다.

"뭐 하시는 거에요?"

관리사는 자신의 주머니에 들어간 세진의 손을 빼내고 불쾌한 표정을 지었다.

"몸속에 숨긴 거죠? 그걸로 나를 위협하려고 했던 거에요. 그렇죠? 그 사람에게 했던 것처럼."

세진은 혼자서 추측한 대로 말했다.

관리사는 무슨 뜻인지 이해할 수 없었다. 세진은 관리사가 등 뒤에 흉기를 숨기고 있다고 생각하여 그녀에게 달려들었고, 관리사는 세진을 밀치고 밖으로 나왔다.

"도와주세요! 이 사람 미쳤어요."

관리사가 다급하게 소리를 질렀다. 안내 데스크에 있던 직원과 손님이 그녀 쪽으로 다가갔고, 다른 시술실에 있던 사람들도 서둘러 나왔다. 세진도 문을 열고 나왔다. 어느새, 관리사와 다른 사람들은 세진과 간격을 유지한 채 서 있었고 모든 이들의 눈빛과 표정은 겁에 질려 있었다. 평온했던 왁싱샵 내부의 분위기를 바꿔버린 세진 때문이다.

"난 안 미쳤어요. 저 사람이 먼저 날 해치려고 했어요. 몸속에 흉기를 숨기고 있다고요."

세진의 목소리는 격앙되어 있었다. 그녀는 아직도 관리사가 흉기를 가지고 자신을 해칠 것으로 생각하고 있었다. 관리사는 상의를 살짝 걷어 올려 사람들에게 흉기가 없다는 걸 다시 확인시켰고, 누군가는 벌써 경찰에 신고했다.

***

왁싱샵에 강력계 형사 2명이 도착했다. 직원과 손님들은 혹시나 모를 위험에 대비하여 문밖에 있었다. 스포츠머리에 단단한 체형의 40대 형사 함유준은 밖에서 내부를 살폈다. 귀찮게 또 무슨 일인 거야, 라고 생각하며 목 스트레칭을 했다. 그는 매번 목 통증을 호소했고, 특히 이런 자잘한 사건들을 마주하게 되면 목을 스트레칭 하는 빈도수도 많아졌다.

"미친 여자예요. 제가 흉기를 가지고 있다고 했어요. 전, 성실하게 왁싱을 했을 뿐인데."

관리사는 손짓으로 안에 있는 세진을 가리키며 억울함을 호소했다. 세진은 의자에 앉아서 넋이 나간 사람처럼 어딘가를 응시하고 있었다. 형사 함유준은 깊게 한숨을 내쉬었다.

"여러분, 미친 여자 아닙니다. 함부로 말하지 마세요."

함유준은 말하고 나서 문을 열었다.

"조심하세요. 몸에 흉기를 숨긴 상태에서 형사님을 위협할지도 몰라요."

관리사가 조언했지만, 함유준은 무시하고 들어가 세진 쪽으로 다가갔다.

　"세진 씨…"

　함유준은 뜻밖에 그녀의 이름을 불렀다.

　"또 왜 그랬어요? 나가시죠?"

　함유준은 확실하게 세진을 알고 있었다. 그녀가 아직까지 정신적으로 혼란스러운 것도. 그는 잠시 기다렸다.

　"형사님, 그 사람은 왁싱샵을 갔던 것뿐인데 왜 그런 일이 일어난 거죠?"

　세진은 초점 없는 눈빛으로 말했다. 그녀는 미지의 길에서 길을 잃은 것 같은 표정을 지었다.

　"더 이상 저도 드릴 말씀이 없네요. 저희가 조사한 건 전부 말씀드렸습니다. 자, 일어나세요. 다른 분들한테 피해를 줘서는 안 되잖아요. 그런 사람이 아니잖아요, 세진 씨는."

　이런 일을 여러 번 겪은 함유준은 좋게 세진을 타일렀다.

　세진은 어렵게 자리에서 일어나 밖으로 나가 사람들에게 고개 숙여 사과했다. 자신이 오해한 것 같다는 말도 덧붙였다. 관리사는 세진의 얼굴을 봤다. 어떤 사연이 분명히 있는 것 같아 그녀도 사과를 받아들였다. 함유준과 다른 형사의 안내로 세진은 엘리베이터에 탑승했다.

　"거참, 한두 번도 아니고."

　젊은 형사가 일부러 들으라고 한마디를 했다. 강력계 형사가 이런 일로 인해 시간을 빼앗기는 것이 그는 짜증이 났다. 인력이 부족해 처리해야 할 일이 산더미여서 집에서 편안하게 휴식을 취한지도 오래전 일이다. 그만큼 강력계 형사의 근무환경은 좋지 않았다. 함유준은 불평하는 젊은 형사에게 꿀밤을 때렸다. 그는 세진을 심정적으로 이해하고 있었다. 그런 일을 겪었다면, 누구라도 그렇게 행동했을 것이다. 자신 역시도.

"세진 씨, 저희도 심정을 충분히 이해합니다. 그래도 사람들에게 피해를 주는 행위는 자제 부탁드려요."

"죄송합니다. 저도 제가 왜 그랬는지 모르겠어요. 전, 그냥 그 사람을 생각했을 뿐인데."

세진의 얼굴은 어느새 슬픔으로 가득 차 있었다. 함유준은 그녀 때문에 이렇게 급작스럽게 출동한 경우가 잦았다. 사실, 세진은 왁싱샵을 처음 방문한 게 아니었다. 그녀는 일대의 왁싱샵에서 이런 똑같은 행동을 반복했다. 하지만, 함유준은 이해한다는 표정으로 고개를 끄덕였다. 세진의 고통을 누구보다 잘 알고 있기 때문이다.

왁싱샵 밖으로 나온 세진은 고개를 푹 숙였다. 그녀는 방금 나온 왁싱샵 건물의 간판을 보고 다시 시선을 떨군 채 천천히 걸었다. 오늘은 결혼하기로 약속한 남자친구가 죽은 지 3개월째 되는 날이다. 세진의 남자친구는 왁싱샵에서 살해당했다.

02

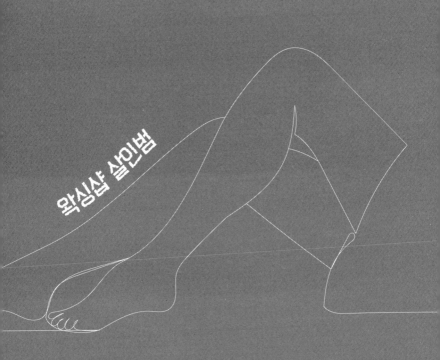

왁싱샵 살인범

왁싱샵 살인범

    세진과 함유준은 함께 거리를 걸었다. 주변에 카페가 많이 보였다. 함유준은 바로 눈앞에 보이는 카페에 들어가자고 제안했다. 세진은 그 카페에 들어갈 생각이 없었고, 반대편에 보이는 카페를 손으로 가리켰다. 함유준은 조금 귀찮았지만, 세진과 함께 횡단보도를 건너 카페 앞에 섰다. 특별할 게 없는 흔히볼 수 있는 카페였다.

    "유명한 곳인가? 여기 커피를 좋아하시나 봐요?"

    함유준은 궁금해서 질문했다.

    "그런 건 아니에요. 커피 맛은 다 똑같죠."

    "디저트가 괜찮은가 보죠?"

    "오빠하고 자주 왔던 곳이에요."

    세진은 쓸쓸한 표정으로 말했고 카페의 문을 열었다. 함유준도 따라 들어갔다. 세진의 머릿속에는 온통 죽은 남자친구 생각뿐이 없는 것 같았다. 함유준은 자신이 커피를 사겠다고 했지만, 세진은 신세를 많이 졌다며 그를 극구 말렸고 본인이 계산대로 가서 커피를 3잔 주문했다. 세진은 트레이에 올려놓은 커피를 들고 구석에 앉아 있는 함유준의 맞은편에 착석했다.

"얻어먹으면 안 되지만, 잘 마실게요."

함유준이 커피를 마시고 나서 세진의 행동을 살폈다.

그녀는 자신 앞에 잔을 놓았고, 아무도 없는 옆에도 커피를 놓았다. 그 모습을 보고 있는 함유준은 세진이 왜 3잔을 주문했는지 알 수 있었다. 잠시 동안 두 사람은 말없이 커피를 마셨고, 세진은 휴지로 입술을 닦았다.

"형사님, 정말 죄송해요. 이제, 더 이상은 형사님에게도 피해 끼치지 않도록 할게요. 저지르고 나면, 항상 왜 그랬는지 후회하게 되네요. 이제는 없는 사람인데."

세진은 오늘 왁싱샵에서 있었던 일에 대해서 사과했다. 그 사과는 지난번의 행동도 모두 포함된 것이었다.

"극복하는 과정이라는 것, 저도 알고 있습니다. 사랑하는 사람을 잊는 게 어디 쉬운 일인가요."

함유준의 그 말은 세진의 행동을 충분히 이해하고 있었고 그는 따뜻한 미소로 세진을 바라봤다. 그러더니 그는 잠시 카페 주변을 눈으로 쓰윽 훑더니 의자를 바싹 당겨 앉았다. 그런 행동으로 보아 무슨 할 말이 있는 것 같았다.

"세진 씨, 다시 일을 기억시켜서 미안한데 그래도 알고 계셔야 할 것 같아서요."

함유준은 주변을 경계했다. 세진은 말없이 고개를 끄덕였다. 이미 남자친구를 잃은 그녀는 더 이상 충격 받을 일도 없었기 때문이다.

"그 살인범 있잖아요, 감옥에서 죽었다고 합니다."

"예? 죽었다고요?"

충격 받을 일이 없다고 생각한 세진은 놀란 표정이었다.

"깜빵 안에서 같은 조직원한테 작업 당한 것 같아요. 그런 일이 꽤 흔해요. 자기네들한테 피해가 갈까봐 사전에 작업한 거죠."

말하고 나서 함유준은 커피를 입에 대며 세진의 표정을 신중하게 살폈다. 충격적인 이야기에 세진은 생각에 잠겼다.

"형사가 이러면 안 되지만 뭐 우리끼리니까. 오히려 잘된거 아닐까요? 그런 쓰레기 같은 새끼는 죽어야죠. 이건 세진 씨한테도 좋은 것 같은데. 누군가 대신 복수를 해준 거니까."

그리고 나서 함유준은 전화가 와서 양해를 구한 뒤 자리에서 일어나 밖으로 나갔다.

뜻밖의 소식을 알게 된 세진은 옆에 놓인 다른 커피에 시선을 뒀다.

범인은 잡혔다. 그리고 자신이 응징하려고 했던 범인은 죽었다. 누군가 자신이 하려고 했던 일을 대신해 버렸다. 게다가 형사마저 잘된 일이라고 할 정도이니, 그놈은 누가 봐도 악질 중의 악질이었다.

그렇게 곰곰이 생각하던 세진은 이상한 느낌이 들었다. 복수해야 할 대상이 사라졌지만, 전혀 기쁘지 않았다. 오히려 당혹스러운 감정이 몸을 지배했다.

이때, 죽은 남자친구의 여동생이 세진에게 문자를 보냈다. 범인이 죽었다는 내용을 그녀도 들었고, 그동안 고생 많았다는 내용이다. 세진은 답장하려다가 스마트폰을 내려놓고, 옆의 컵을 만졌다.

누군가 대신 복수를 했어도, 세상을 떠난 그가 이 커피를 마실 수 없는 건 변함이 없었다. 그녀의 머릿속은 여전히 복잡했다. 세진은 의문점이 남았고 범인으로부터 확인하고 싶은 게 있었다. 범인의 정체는 처음부터 밝혀졌지만, 범행동기와 과정에 대해선 물음표로 남아 있었다. 모든 일처리가 속전속결로 진행되는 느낌이 드는 건 왜일까. 자신이 알지 못하는 남자친구의 세상이 있었던 걸까. 창밖에서 함유준은 통화를 하고 있었다. 그에게 처음 전화를 받았을 때로 세진은 기억을 돌렸다.

* * *

점심을 먹고 난 이후에 사무실에 앉아 있으면 세진은 항상 졸음이 몰려왔다. 퇴근 전에 중요한 회의가 있어 세진은 보고

서를 성실하게 작성했다. 그녀는 마케팅 부서에서 일하고 있었다. 쓸데없는 보여주기식 보고서를 작성하는 것에 대해 피로감이 느껴져 자연스레 하품이 나왔고 목도 뻐근했다.

남자친구 재섭과 곧 결혼한다. 매번 만날 때마다 헤어지는 것이 아쉬웠는데 이제는 함께 살게 된다. 그와 같이 만들어 갈 삶이 기대됐다. 그녀는 좋은 기운을 얻어 업무에 열중했다. 시간이 흘러 다른 부서와 회의를 끝마친 팀장이 돌아왔다. 세진을 포함해 팀원 전원이 억지로 몸을 일으켰다.

스마트폰 진동이 울렸다. 그녀는 모르는 번호여서 받지 않았다. 이제 회의에 들어가야 한다. 세진은 계속 무시했지만, 스마트폰 진동음이 멈출 줄 몰랐다. 아무래도 상대는 받을 때까지 전화할 것 같은 느낌이 들었다. 세진은 목소리만 확인한 뒤 바로 끊어야겠다고 마음먹었다.

"이세진 씨 맞으시죠?"

모르는 사람의 목소리였다. 이러한 스팸 전화는 하루에도 몇 통씩이나 왔다. 더 이상 통화할 필요가 없어 스마트폰을 책상 위에 내려놓고 종료 버튼에 손을 댔다.

"정재섭 씨가 큰일을 당한 것 같습니다."

스마트폰에서 들려오는 목소리는 절박했고, 전화를 건 사람은 형사 함유준이었다. 얼른 세진은 스마트폰을 집어 들었다. 형사의 설명을 들으면서 세진은 온몸이 떨리기 시작했고, 구두로 갈아 신지 못한 채 슬리퍼 차림으로 사무실을 뛰쳐나갔다.

평화로웠던 일상에 찾아온 균열의 시작이었고, 그 후로 세진에게 평화로운 일상은 먼 이야기가 되어 버렸다.

형사가 알려준 곳으로 가기 위해 택시에 탑승한 세진은 목적지가 익숙한 곳이 아니었다. 처음엔 함유준의 전화가 스팸이나 사기성 전화라고 생각했지만, 곧바로 재섭의 여동생에게 전화가 왔다. 재섭이 끔찍한 일을 당한 건 사실이었다.

택시로 이동하는 내내 목적지에 대해서 세진은 스스로 계속 질문을 던졌다. 아무리 생각해 보아도, 목적지는 평소 재섭이 가는 곳이 아니었으며 그의 이동 경로도 아니었다. 중간에 그 지역에 그가 들릴 이유는 아무리 봐도 없었다.

심지어 그가 사는 곳, 일하는 곳, 지인들과 만나는 곳, 친척들이 사는 곳과도 겹치는 곳이 아니었다.

생각은 꼬리를 물고 이어졌다. 어느덧 그녀는 목적지에 도착해 택시에서 내렸다. 폴리스 라인을 보자마자 세진은 감정을 조절하지 못하고 눈물을 쏟아냈다. 먼저 도착해 있던 재섭의 여동생이 그녀를 끌어안고 두 사람은 동시에 흐느껴 울었다. 그런 두 사람을 지켜보던 함유준은 갑자기 세진이 폴리스 라인을 넘어가려고 하는 것을 막아섰다. 살인 사건 수사에는 증거 채취를 위해 현장 보존이 필요했다. 아무리 피해자 가족과 지인이라도 현장을 마음대로 들어갈 수 없었다.

"용의자로 추정되는 인물은 벌써 수사에 착수했습니다. 목격자도 확보해 놓았고요. 잠시 이동해서 말씀드리겠습니다."

함유준은 두 사람을 다른 장소로 안내하려고 했지만, 세진은 그 자리에 굳은 채 왁싱이라고 쓰여 있는 간판을 쳐다보았다.

***

세진은 경찰 승합차 주변에 서 있는 한 여성을 보고 있었다. 목격자인 그녀의 이름은 최정연으로 왁싱샵에서 일하는 직원이다. 최정연은 자신이 현장에서 본 광경에 대해서 설명했다.

그녀는 재섭을 손님으로 맞이했다. 손님이 방문하면 누구나 그렇듯, 똑같은 절차대로 시술실 안으로 안내하는 것이 최정연의 역할이고 그녀는 잠시 재섭을 내버려 둔 채 창고로 향했다. 왁싱에 필요한 도구들을 챙긴 그녀가 재섭이 대기하는 시술실로 다시 들어간 순간, 최정연은 보고야 말았다.

갑자기 시술실로 들어온 남자가 재섭의 배에 깊숙이 칼을 찔렀다. 급작스러운 상대의 공격에 재섭은 피하지도 못하고 생을 마감했다. 뉴스에서만 보던 무시무시한 일이 약혼자에게 벌어진 것에 대해 세진은 어떤 말도 나오지 않았다.

이 모든 게 꿈이었으면, 시간을 어제로 되돌릴 수만 있다면, 아니 몇 시간 전이라도. 아침에 문자를 나눴던 남자친구가 죽은 것도 그렇지만, 누군가에게 살해당하고 목숨을 잃었다는 건 도저히 믿을 수 없었다. 재섭의 여동생도 흐느껴 울며 현재 벌어진 상황을 받아들이지 못했다. 잠시 정적이 흐른 후, 형사 함유준의 시선은 최정연에게 향했다. 그 눈빛은 좀 더 자세한 상황을 설명하라는 그런 눈빛이었다.

"동료 직원의 실수로 CCTV는 꺼져 있었습니다. 하지만 제가 본 것은 또렷하게 기억해요. 가해자가 무참하게 공격하고, 피해자 분께서 당하는… 아, 죄송합니다. 너무 끔찍해서 차마 더 말하기가 힘드네요."

왁싱샵에서 일하고, 사건의 유일한 목격자인 최정연은 말을 하다가 멈췄다. 이야기를 듣고 난 세진은 목격자를 슬쩍 봤다. 자신의 일이 아닌데도 불구하고 목격자는 눈물을 보이고 있었고 오히려 너무 안타깝다는 표정으로 세진을 보았다. 세진은 목격자의 말이 사실이라고 믿었다.

"이 사람이 가해자가 맞나요?"

함유준은 파일철을 열어 사진을 보여주면서 질문했다. 날렵한 눈빛에 볼살이 움푹 패인 남자였고 험악한 느낌이 풍겨지는 인상의 소유자였다.

"예, 맞아요. 확실해요."

목격자 최정연은 고개를 끄덕이며 말했다.

"이미 우리 형사들이 용의자를 추격하고 있습니다."

그렇게 말하고 나서 함유준은 최대한 빠르고 신속하게 용의자를 잡기 위해 형사들이 대거 투입되었다고 말했다. 하지만 세진은 안심이 되지 않았다. 형사들이 수사에 착수했어도 용의자를 놓치는 경우는 비일비재했다. 이때, 전화가 울렸다.

"그래? 잡았다고. 수고했다."

함유준의 얼굴에서 최악은 피한 것 같다는 표정을 지었고 통화를 마쳤다. 세진은 함유준의 입에서 잡았다, 라는 말을 똑똑히 들었다. 세진의 시선을 느낀 함유준은 신중한 표정으로 사진 속 용의자를 잡았다고 말했다.

죽은 자는 돌아오지 않았지만, 목격자 덕분에 용의자를 빨리 검거한 것이 세진은 다행스럽다고 생각할 수밖에 없었다. 사랑하는 사람을 죽인 용의자가 잡히지 않고, 그 살인범이 아무렇지도 않게 사회로 다시 돌아와 섞인다는 건 끔찍했다. 세진은 그 누구보다 마치 자신의 일인 듯 피해자 가족들과 공감하고, 빠른 대처로 일을 처리하는 함유준의 뒷모습을 보면서 생각을 정리했다. 형사 함유준은 본인의 일을 하는 것이었지만, 그가 사건을 맡아 정확한 판단력과 지휘로 용의자를 신속하게 잡게 해준 것 같아 고마웠다.

세진은 막 한 가지 의문이 들었다. 그 의문에 대해서 재섭의 가족들에게 말하려다가 이 자리에서는 말할 타이밍이 아닌 것 같아 입 밖으로 내지 않았다. 더더욱 용의자가 검거된 상황에서는 말이다. 간절히 바라던 일이 착착 진행되고 있었지만, 세진은 어딘가 석연치 않은 부분이 느껴졌다. 생각을 정리하던 세진은 마침내 그 의문이 무엇인지 깨달았다.

용의자가 범행을 저지른 목적은 아직 파악되지 않았으나 사람을 죽일 정도로 잔인한 악인이 불과 몇 시간 만에 잡힌 게 아무리 봐도 이상했다. 사람을 죽이는 일을 계획했다면, 범행을 저지른 후 도망갈 계획도 완벽하게 구축해 놓았을 것이다. 하지만, 형사들은 쉽게 용의자를 잡아냈다. 용의자가 잡힌 건 다행스러운 일이지만 너무 빨리 잡힌 건, 이상한 생각인 걸까. 나만 그렇게 생각하는 걸까.

**

정신을 온전히 유지하기 힘든 세진은 눈을 떴다. 이곳은 장례식장으로 그녀의 눈앞에 재섭의 영정사진이 보였다. 사랑하는 사람, 결혼할 사람, 그리고 함께 행복한 미래를 만들어갈 사람이 사진 속의 존재가 되어 버리다니.

반쯤 정신이 나간 상태에서 세진은 조문객을 맞이했고, 이 상황과는 대비되게 그녀의 스마트폰에서는 아직 이 사실을 모르는 몇몇 지인들이 결혼을 축하한다는 문자를 계속 보냈다. 요 몇 주 동안 세진은 지인들에게 청첩장을 돌리며 결혼한다고 알렸다. 이러한 비극이 일어날 줄 전혀 몰랐다. 그녀는 답장하려다가 스마트폰을 껐다. 사랑하는 사람이 세상을 떠났어도, 그녀는 결혼식을 철회할 생각이 없었다. 지금, 세진은 약혼자를 죽인 살인자의 얼굴이 스쳐 지나갔다.

***

　상가 건물의 주차장에 도착한 세진은 심장이 쿵쾅쿵쾅 뛰기 시작했고 좀처럼 안정이 되지 않았다. 현장검증을 위해 현장을 찾은 세진과 유가족들은 눈물을 보였고 재섭의 부모는 정신을 온전히 지탱하기 어려웠다. 울음이 나올 것 같은 건 세진도 마찬가지였다. 그녀는 감정을 간신히 조절하고 있었지만, 표정은 잔뜩 굳어 있었다. 세진은 오른손을 떨고 있었다. 잠재웠던 분노가 현장에 오니 폭발할 것만 같았다.

　그때, 주차장 안으로 경찰 승합차가 도착했다. 세진은 집중해서 바라봤고 유가족들의 시선도 차량에 고정했다. 차 안에서 남자가 나왔다. 바로 그놈이었다. 재섭을 왁싱샵에서 살해한 악마 같은 주성식.

　보통의 경우, 범죄자들은 자신의 얼굴이 드러날 때 고개를 푹 숙이고 있는 것이 일반적인데 주성식은 절대로 고개를 숙이지 않았다. 그의 뻔뻔한 모습을 본 세진은 주먹을 꽉 말아 쥐었고 자신이 사랑하는 사람의 인생을 짓밟은 그놈에게 똑같은 방법으로 되갚아 주고 싶었다.

　여기저기서 욕설이 들리는 가운데, 재섭의 삼촌은 폴리스 라인을 넘으려다가 경찰에게 제지당했다. 다른 유가족들도 분을 참지 못하고 합세하려고 했지만, 경찰은 사전에 폴리스 라인을 넘지 못하도록 막았다. 유가족들은 더욱 오열했다. 지켜보는 사람들은 안타깝게 바라보며, 대신 주성식을 향해 욕설을 퍼부었다. 유가족 옆에 세진도 있었다. 사람들 속에서, 유일하게 세진은 눈물을 보이지 않고 매서운 시선으로 주성식의 행동을 보고 있었다. 처음에 세진도 많이 울었지만, 눈물로는 모든 걸 해결 할 수 없었다.

아무리 현장검증이어도 보호받아야 할 사람들은 경찰에게 제지당하고, 사람을 죽여 보호받지 말아야 할 사람은 경찰들이 보호하는 현실. 세진은 무슨 일을 해야 할지 마음을 굳혔다. 지금 눈앞에 있는 주성식을 걸을 수조차 없게 만들 것이다. 아니, 숨도 쉬지 못하게. 자신이 사랑하는 사람이 똑같이 당했던 것처럼.

함유준을 비롯한 형사들과 함께 주성식은 가게 건물 안으로 들어가 엘리베이터를 탔다. 그들은 2층에서 내렸다. 전문 왁싱이라고 쓰여 있는 가게의 간판이 보였다. 형사들과 주성식은 왁싱샵 안으로 들어갔고 손님이 대기할 수 있게 마련된 소파가 보였다.

"여기 앉아 있었던 거야?"

함유준이 확인하기 위해 주성식에게 질문했다.

"예, 여기에 앉아 있었습니다. 그리고, 그 사람이 들어왔습니다."

"정재섭 말하는 거지. 아는 사이는 아니고?"

"처음 보는 사람이었습니다. 저처럼 기다렸다가 들어갈 줄 알았는데…"

주성식은 당시 그의 심정을 표현하고 있었다.

"피해자하고 같이 들어갔던 직원이 잠시 나왔잖아. 왁싱 도구 가지려고."

함유준은 살짝 인상을 쓰며 말했다.

"그랬죠… 저는 소파에서 일어나 시술실 안으로 들어갔습니다."

함유준과 형사들은 주성식을 끌고 시술실 문을 열었다.

"들어와서 어떻게 했어?"

함유준은 날카롭게 질문했다.

"나보다 늦게 온 사람이 먼저 시술을 받는 거에 욱해서 실수를 저질렀습니다."

주성식은 낮은 목소리로 대답했다.

"어떻게 했냐고?"

함유준은 말을 돌리는 것에 짜증이 나 퉁명스럽게 말했다.

"그 사람에게 달려들었고, 서로 몸싸움을 벌이다가 칼로 배를 찔렀습니다."

주성식은 담담하게 말했다. 형사들과 지켜보는 사람들은 그런 그의 담담한 태도에서 공포감을 느꼈고 모두가 같은 생각을 하는 것 같았다. 이놈은 사람을 죽였는데도 전혀 반성하지 않고 죄책감도 느끼지 않는다는 것을.

현장검증을 끝낸 주성식은 형사들과 함께 가게 건물에서 나왔다. 악마 같은 그가 다시 모습을 드러내자 사람들은 그에 대해 비난과 욕설을 퍼부었다. 지켜보는 사람들을 더욱 화나게 한 건, 주성식이 전혀 죄를 뉘우치지 않고 당당하게 고개를 들고 있는 것이었다.

그러더니 주성식은 걸음을 멈춘 뒤 주변을 두리번거렸다. 사람들의 비난이 거세졌지만, 주성식은 당당했다. 유가족들은 극도로 흥분해 주성식을 죽일 듯이 노려봤다. 경찰들이 그를 차에 태우려고 하는데, 주성식은 계속 버티면서 주변을 두리번거렸다. 누군가를 찾고 있는 것 같았고 그의 시선은 한 사람에게 고정되어 있었다. 주성식의 시선을 느낀 당사자 세진도 알고 있었다. 주성식은 경찰 승합차에 올라타고 자리를 떠났다. 떠나는 승합차를 바라보는 세진의 얼굴은 머리가 복잡해 보였다.

지독히도 악랄하고 뻔뻔한 저 인간과 상대하기 위해 그녀는 머릿속에 계획을 하나하나 쌓기 시작했다.

***

장례식장에서의 발인이 끝난 후, 사람들은 각자의 삶으로 돌아갔다. 재섭의 가족과 친척들도 마찬가지였다. 슬픔을 간신히 묻어둔 그들은 일상에 적응하기 위해 노력했다. 그렇다고 그들이 재섭을 잊은 건 절대 아니었다.

부모와 동생보다도 재섭의 존재를 그리워하는 건 바로 세진, 그녀였다. 눈이 오는 오늘도 그랬다. 퇴근하기 위해 회사에서 나온 그녀는 인근 주차장으로 향했다. 우연히 마주친 동료 직원은 세진에게 눈이 본격적으로 내릴 것 같으니 대중교통을 이용하라고 충고했지만, 세진은 가볍게 무시했다.

차에 올라탄 그녀는 시동을 걸고 출발했다. 눈발이 거세 와이퍼를 작동시켰는데도 앞이 잘 보이지 않아 운전이 쉽지 않은 상황이었다. 차들도 속력을 줄이며 안전 운전을 했다. 운전을 하는 세진은 자꾸만 시계를 쳐다보고, 핸들을 손가락으로 툭툭 쳤다. 앞차의 움직임이 워낙 둔해 그녀는 짜증이 나 있었다. 그래선 안 된다는 걸 세진도 알고 있었지만, 클락션을 울렸다. 자신이 생각한 대로 일이 진행되지 않으면 감정을 주체하기 힘들었다. 아직도 그녀는 재섭의 죽음을 받아들일 수 없었다.

급하게 운전하던 세진은 브레이크 페달을 밟았다. 목적지가 코앞인데 도로의 차들은 움직이지 못하고 있었다. 눈발은 굵어져 함박눈으로 바뀌었다. 세진은 와이퍼를 최단으로 작동시켰다. 여전히 앞에 있는 차들은 움직이지 못했다. 아무래도 사고가 난 것 같았다. 세진은 다시 시계를 봤다. 회사에서 목적지까지는 보통 1시간 내외로 도착하는 곳이지만, 벌써 차 안에 갇힌 지 2시간 30분이 흘렀다.

차량의 시계는 11시 45분을 가리켰다. 세진은 불안한 마음에 다리를 심하게 떨었다. 창문을 내리고 고개를 내밀어 밖의 상황을 확인했다. 차는 앞으로 나갈 수 없는 상황이었고, 다른 차들도 멈춰 있었다. 큰 사고가 난 게 분명해 보였다. 차의 시동을 멈춘 세진은 몸을 움직여 밖으로 나갔다. 함박눈이 그녀의 머리 위로 떨어졌다. 세진은 도로 위에 멈춘 차량을 지나치며 다급하게 걸었다. 차 안에 있던 사람들이 자신을 어떤 시선으로 쳐다보고 있어도 개의치 않았다. 이렇게 걷다가는 도저히 시간을 맞추지 못할 것 같아 세진은 뛰기 시작했다.

그녀는 날이 바뀌기 전에 목적지에 가야만 했다. 도로 위를 뛰던 세진의 눈앞에 마침내 목적지가 시야에 들어왔다. 그녀는 그곳을 바라보면서 시간을 확인했다. 11시 59분. 12시가 되기 전에, 목적지에 발을 디뎌야 하는 세진은 뛰다가 그만 넘어졌다. 차가운 날씨만큼, 통증도 차갑게 느껴졌다. 아파할 시간이 그녀는 없었기에 다시 일어나 뛰었다. 12시가 되면, 이곳까지 온 의미가 사라져 버린다는 걸 그녀는 알았다.

목적지인 건물 앞에 세진은 도착했다. 시간은 11시 59분 10초를 지나고 있었다. 세진은 안도의 한숨을 내쉬었다. 목적지는 재섭이 살해당한 왁싱샵 건물이었다. 하늘에서 내리는 눈을 맞으면서 세진은 전봇대가 있는 쪽으로 걸어갔다. 주머니에서 볼펜을 꺼낸 그녀는 눈이 묻어 있는 전봇대의 하단 부분을 손으로 털어냈다. 그러면 전봇대에 날짜가 적혀 있었다. 세진이 전봇대에 표시한 것이었고, 그는 재섭이 죽은 후 한 번도 빠지지 않고 이곳을 찾았다. 세진은 날짜를 전봇대에 표시하고 시간을 확인했다. 11시 59분 59초, 그리고 하루가 바뀌었다.

눈을 맞으면서 세진은 도로에 차를 버리고 왔다는 사실을 뒤늦게 깨달았다. 그녀는 왔던 길을 다시 뛰어갔다. 그녀는 왜 자신이 이런 일에 휘말렸는지 세상이 원망스러웠지만, 계속해서 다짐했다. 절대로 재섭의 존재를 잊지 않을 것이다.

그날 오전, 세진은 집에 돌아가지 않은 채 건물 주변을 서성거렸다. 하루 휴가를 낸 세진은 건물 1층을 왔다 갔다 한 뒤, 계단을 통해 2층으로 올라갔다. 세진은 깊은 고민에 빠진 표정으로 비어버린 가게를 바라봤다. 왁싱샵은 더 이상 운영하지 않고 사라져 버렸다. 살인 사건이 일어난 장소이기 때문에 가게를 정리한 사장의 입장도 충분히 이해가 갔지만, 재섭이 마지막으로 숨을 쉬었던 곳이 이렇게 사라져 버리니 세진의 마음 한구석은 무너져 내렸다.

계속 그 주변을 서성이던 세진은 당시 현장에 있었던 목격자인 왁싱샵 직원 최정연에게 전화를 걸었지만, 없는 번호라고 반복해서 들릴 뿐이었다. 세진은 길게 한숨을 내쉬었다. 용의자를 체포하고 용의자의 옷에 묻은 혈흔이 일치한 살인범은 법의 심판을 받았건만, 그의 범행 목적은 이해하기 힘들었고 더군다나 현장 검증 후 자신을 쳐다본 마지막 그의 표정은 어떻게 해석해야 하는 걸까. 살인범의 표정을 생각하니, 세진은 소름이 끼쳐 몸을 부들부들 떨었다.

또 한 가지 세진이 가지고 있는 의문점은 재섭이 왁싱샵을 방문한 이유였다. 이에 대해서 형사 함유준도 조사를 했지만, 특별한 이유는 밝혀내지 못했으며 인간은 충동적인 존재이기 때문에 어느 날 갑자기 왁싱을 받으러 갈 수도 있는 것이라고 설명했다. 그렇다면, 왜 집 근처가 아닌 아무런 연고지도 없는 곳이었을까. 그 질문에 함유준의 답은 교외로 바람을 쐬러 나간 것이라고 했다. 세진에게는 전혀 도움이 되지 않는 답변이었다.

여러 가지 의문을 해결하지 못한 채, 세진은 건물에서 나왔다. 재섭이 떠난 이후, 세진은 혼자서 발버둥 쳤다. 그가 마지막까지 살아있었던 왁싱샵 건물과 주변을 매일같이 돌아다녔지만, 얻은 수확이라고는 하나도 없었다. 왁싱샵이 아닌, 주변 CCTV 모두 살펴보았다. 재섭은 어디에도 찍히지 않았다고 했다. 그 점이 이상했다. CCTV 기록을 누군가 지운 건 아닐까. 형사들의 말대로, 충동적으로 이곳에 온 건 아니다. 그렇다면, 도대체 왜! 그 부분이 여전히 해결되지 않은 세진은 혼자만의 추측으로는 불가능하다는 걸 알았다. 그가 왜 이곳에서 죽임을 당했는지 밝혀내려면, 살인범과의 면회뿐이 없었다.

머리가 복잡한 세진은 혼자 거주하는 빌라로 들어왔다. 우편함에서 우편물을 꺼낸 그녀는 우편물을 뜯을 힘도 없었다. 육체적, 정신적으로 지쳐 있었고 불면증에 시달려 잠도 제대로 자지 못했다. 눈에 띄는 우편물이 하나 있었다. 익숙한 이름의 고교 동창이 보낸 우편물은 바로 청첩장이었다. 보낸 사람은 고교 시절을 함께 보냈던 친한 친구였다. 우편물의 크기로 보아 청첩장임이 틀림없었다. 누군가의 시간은 멈췄지만, 세상은 여전히 흘러가고 있는 것에 대해 착잡한 마음이 들었다.

그런데, 우편물은 조금 이상했다. 일반적인 청첩장이 아니었다. 결혼식 장소가 적혀 있지 않았고, 결혼한다는 내용도 없었다. 세진은 청첩장 제작 업체에서 실수로 빈 청첩장을 보낸 것으로 판단하려 할 즈음, 빈 청첩장에 작은 글씨로 쓰여 있는 문장을 확인했다.

'나는 당신 약혼자를 죽이지 않았습니다.'

03

점점

접점

집 안으로 들어온 세진은 빈 청첩장에 쓰여 있는 문장을 다시 한번 살피고 청첩장을 구겨서 바닥에 던져 버렸다. 살인자 새끼가 자신한테 편지를 보낸 것 자체가 불쾌했으며, 끝까지 변명하는 모습에서 구역질이 나왔다. 게다가 또 자신의 주소는 어떻게 알았는가. 생각할수록 역겨운 놈이었다.

끓어오르는 화를 주체할 수가 없어 세진은 쿠션을 집어 던졌고 소리를 질렀다. 젠장, 젠장! 그녀는 냉장고에서 맥주를 꺼내 벌컥 들이키며 구겨진 청첩장을 멀리서 바라봤다.

살인자 새끼의 의도는 무엇일까. 세진은 형사 함유준에게 알려야 했다. 마땅히 죽어야 할 새끼가 끝까지 발뺌하고 있어 울컥 화가 났다. 그 감정을 함유준에게 고스란히 전달하고 싶었지만, 그와는 통화가 되지 않았다.

습관적으로 TV를 켰다. 예능 채널을 건너뛰고 뉴스에 채널을 고정했다. 살인 사건 관련한 뉴스가 보도되고 있었다. 경기도 인근 길가에서 남성의 시체가 발견되었다. CCTV 사각지대여서 범인 추적에 난항을 겪고 있는 상황. 세진은 딱하다고 생각했지만 더 이상 뉴스를 시청하고 싶지 않았다. 세진은 누군가의 죽음을 애도할 정신적인 여유가 없었다. TV에 나온 사람은 모르는 사람이고, 평생 엮일 사람도 아니었다.

리모컨을 잡고 채널을 돌리려고 하던 그녀는 멈췄다. 방금 뭔가 스쳐 지나갔다. 방송사에서 모자이크했던 피해자의 얼굴이 잠시 보였던 것이다. 짧은 순간이었지만, 세진은 그 얼굴을 확실히 기억했다. 뭔가 생각이 난 그녀는 스마트폰으로 부지런하게 검색했다. 네티즌 수사대가 피해자인 남자의 얼굴이라고 올린 사진을 발견했다. 그 자리에서 세진은 굳어 버렸다. 피해자는 며칠 전에 자신이 직접 두 눈으로 본 남자였기 때문이다.

때마침 스마트폰으로 함유준의 전화가 오고 있었다. 세진은 전화를 받으려다가 손을 떼었다. 순간적으로 지금은 받지 말아야 할 것 같은 느낌이 들었다. 잠시 그와 통화하기 전에, 그녀는 스스로 확인하고 싶은 게 있었다.

지하철에 몸을 실은 세진의 목적지는 회사가 아니었다. 회사에 휴직 신청을 냈지만, 거부당해 회사를 그만뒀다. 평소 같았으면 회사 사무실에서 정신없이 업무를 처리하고 있었겠지만 모두 옛날 일이 되어 버렸다. 업무 관련하여 항상 연락을 주고

받았던 관련 부서와 거래처들의 연락도 신기하게 끊겨버렸다. 회사를 그만둔지 며칠 만에 대체될 수 있는 존재가 직장인의 삶인 것 같아 세진의 마음 한구석은 착잡했다.

사랑하는 사람은 죽었지만, 살인범도 죽었으니 이제는 일상으로 돌아오면 된다는 가족들의 조언이 생각났지만 그럴 수 없었다. 어제 뉴스에서 스쳐 지나간 남자의 얼굴이 계속 생각났기 때문이다.

*　*　*

슬픔이 감도는 장례식장에서 가족들이 빈소를 지켰다. 검은 옷을 입은 세진도 그 옆에서 자리를 지켰다. 빈소를 찾은 재섭의 지인들이 올 때마다 세진은 고개를 숙이고 눈물이 계속 떨어졌다. 세진은 영정사진 속 환하게 웃고 있는 재섭에게 시선을 고정했지만, 사진을 오래 쳐다볼 수 없었다. 그가 고통스러워하는 순간을 맞이할 때, 자신은 아무것도 해준 게 없었기 때문이다. 이제 와서 사랑하는 사람을 위해서 내가 해줄 수 있는 건 아무것도 없는 걸까.

세진은 밖으로 나와 재섭의 영정사진을 바라보면서 더 이상 울지 않겠다고 결심했다. 그녀는 재섭의 생각과 행동을 읽고 철저하게 그의 입장에서 왁싱샵을 방문한 이유에 대해 밝혀야겠다는 목표가 생겼고 강인하게 행동하겠다고 다짐했다.

세진은 정수기 쪽으로 걸음을 옮겨 물을 마시면서 식사를 하는 사람들의 얼굴을 멀리서 관찰했다. 그 표정은 마치 장례식장에 오는 모든 사람의 얼굴을 기억하겠다는 모습이었다. 다시 빈소로 돌아온 세진은 입구 쪽에서 들어오는 사람과, 나가는 사람의 얼굴을 면밀하게 살폈다. 저녁 7시가 넘어가자 조문객들의 숫자가 늘어나 장례식장 안은 다소 혼란스러워졌다. 그녀는 눈동자를 빠르게 굴렸다. 사람들의 이동 경로는 충분히 예측할 수 있었다. 조문객들은 입구에 들어서면 조의금을 낸 뒤 향을 피우고 절을 했다. 그다음에 유가족들과 인사를 하고, 빈소 옆에 식사를 할 수 있는 곳으로 이동했다.

세진의 시선은 비슷한 또래의 여성들에게 향했다. 재섭의 소개로 만났던 사람들도 있었지만, 모르는 사람도 꽤 많았다. 사랑하는 사람의 이성 친구 관계가 어떠했는지 항상 궁금한 건 마찬가지였다. 사람들 무리 속에 훤칠한 남자가 눈에 띄었다. 그 남자는 조의금을 내기만 하고, 안으로 들어오지 않았다. 멀찍이 영정 사진을 쳐다보고 있을 뿐이었고, 그 모습은 창백해 보였다. 남자는 주변을 두리번거리더니 도망치듯 그 자리를 빠져나왔다.

***

지하철의 안내방송이 흘러 나와 세진은 하차하기 위해 자리에서 일어났다. 장례식장에서 봤던 남자 지범이 살해당했다는 사실이 믿어지지 않았다. 세진은 열차의 문이 열릴 때까지 스마트폰으로 뉴스 섹션을 살폈다. 지범을 살해한 살인범이 검거된 기사가 막 올라와 있었다. 지범의 가족들에게는 다행스러운 일이었다. 그러나 세진은 냉정하게 상황을 바라보고 싶었다. 살인범은 불과 하루도 안 되어서 잡혔다. 살인을 계획하고 실행했던 자가, 이렇게 허술하게 또 잡힐 수가 있는 것일까. 세진은 고개를 저었다. 상황을 부정적인 관점으로 보는 자신이 싫었다. 지범의 가족들에게는 천만다행한 일 아닌가. 살인범이 잡혔다는 것은. 순간, 그녀는 다시 생각을 바꿨다. 여러 번 곱씹어봐도, 살인범이 빨리 잡혀도 너무 빨리 잡힌 것 같은 느낌을 지울 수가 없었다.

역 밖으로 나온 세진은 거리를 걸었다. 그녀가 도착한 곳은 바로 지범의 시신이 발견된 길가였다. 취재하러 나온 언론사 차량이 몇 대 보였다. 세진은 주변을 서성거리며 기자들이 카메라로 현장을 촬영하는 모습을 지켜봤다. 자신이 오래 그 자리에 머물면 이상하게 생각할 수 있을 것 같아 세진은 근처 편의점으로 들어가 기자들의 모습을 예의 주시했다. 사진을 찍던 기자들은 이동하기 시작했고 식당으로 들어가려 하고 있었다. 편의점에서 나온 세진도 식당으로 뛰어갔다.

식당에서 추어탕을 먹는 세진은 숟가락으로 국물을 뜨고 있었지만, 온통 신경을 뒤에서 식사하는 기자들의 이야기에 집중했다. 그녀의 기대와는 달리 기자들은 시시콜콜한 이야기를 나눌 뿐이었다. 그녀는 뒤돌아서 취재한 사건과 관련하여 물어보고 싶은 충동을 참으며 추어탕을 먹었다. 그릇을 거의 다 비울 때까지도 특별한 이야기는 들을 수 없어 먼저 자리에서 일어나고 싶었지만, 꾹꾹 참았다.

"선배, 도핑검사관은 그냥 죽은 거죠? 원한 같은 게 아니고?"

"경찰이 그렇게 말하니까 그런 거겠지."

"어휴, 요새 왜 이렇게 끔찍한 살인사건이 많을까요? 피해자의 돈을 노리는."

"그야 먹고살기 힘드니까 그런 거지. 별 미친 새끼들이 많아. 그냥 기사로만 내보내야겠지? 주변 쑤시고 다녀도 별거 없는 것 같으니까."

"아, 근데 특이점이 하나 있었잖아요."

"특이점도 아니지."

"왁싱샵에서 볼 수 있는 부직포 조각이 발견되었다면서요?"

"그게 뭐 이슈가 되겠냐? 됐어, 철수하자. 다른 거나 쑤시자고."

기자들은 자리에서 일어나 계산대로 걸어갔다. 모든 이야기를 듣고 있었던 세진은 인상을 쓰며 생각에 집중했다. 그러던 그녀는 들고 있는 숟가락을 바닥에 떨어뜨렸다. 세진은 전혀 연관이 없을 것 같던 이번 사건의 피해자 지범과 남자친구 재섭 사이에 어떤 연결고리가 있을 것이라는 생각에 점점 무게가 실렸다. 그러지 않고서는, 지범이 장례식장을 아무런 이유 없이 오지는 않았을 것이기 때문이다.

세진은 곧장 다시 지하철을 타고 경찰서에 도착했다. 그녀의 연락을 받은 함유준은 밖에 나와 있었다. 세진은 살짝 고개를 숙여 인사했다. 함유준의 안내로, 그녀는 경찰서 건물 옆 담배를 피울 수 있는 공간과 캔 음료 자판기가 있는 곳으로 이동했다. 함유준은 투입구에 동전을 넣어 음료수를 끄집어내 세진에게 건넸다. 음료수의 캔 뚜껑을 따서 세진은 한 모금 들이켰다. 그러고 보면, 이렇게 자신이 불쑥 찾아올 때마다 함유준은 친절하게 대해줬다. 강력계 형사인 함유준은 다른 피해자의 가족들에게도 이렇게 친절할까. 아니면 자신에게만 친절한 것일까.

"가만히 생각해 봤어요. 감옥에서 죽은 주성식 말고, 혹시 어쩌면 그의 공범이 있을 가능성도 있지 않을까요?"

세진은 궁금했다. 함유준은 안타까운 표정을 지으며 고개를 저었다.

"세진 씨, 단독 범행으로 밝혀졌어요. 여러 차례 조사했습니다. 저희가 유가족들을 위해 최선을 다한 점은 꼭 알아주셨으면 좋겠습니다. 음, 인력이 많이 부족한 상황인 건 아실 거고요. 하지만, 저희 팀이 최선을 다해서 범인이 빨리 검거되었습니다. 범인 검거가 장기화 되어 공개 수배로 전환하는 케이스가 상당수거든요."

함유준은 장황하게 설명했다.

"그렇군요. 형사님께… 항상 감사하게 생각하고 있어요."

세진은 고개를 숙이며 고마움을 표했다.

"혹시 갑자기 그렇게 생각하신 이유가 있으세요?"

함유준은 그냥 지나치려다가 말했다. 잠시 침묵이 흘렀다. 세진은 지범에 대한 이야기를 꺼내야 할지 말아야 할지 심각하게 고민하고 있었다.

"그냥, 매일 밤 별의별 생각이 다 들어서요. 떠난 사람의 부재를 극복하는 게 쉽지 않네요. 바쁘신데 자꾸 찾아와서 죄송합니다."

결국 세진은 장례식장에서 본 지범이 살해당했다는 걸 말하지 않았다. 함유준은 이해한 표정으로 고개를 끄덕이고 나서 오래 걸리겠지만 세진이 일상으로 다시 복귀하는 것을 피해자 분도 원할 것이라고 말했다.

"좋은 말씀 감사해요. 불쑥 찾아와서 죄송하고요."

"힘드신 일 있으면 언제든 연락 주십시오."

"예, 감사해요. 바쁘실 텐데 시간 내주셔서 감사합니다."

세진은 인사를 하고 뒤돌아서 걸었다. 지금은 지범에 대한 이야기를 하지 않기로 완전히 마음을 굳혔다. 함유준이 도움을 준 좋은 형사라는 사실은 변함이 없었지만, 지금 막 떠오른 의문점에 대해서 그에게 물어보나 마나 뻔한 대답을 들을 것 같앗다. 형사들은 최선을 다했다는 것.

교도소 안에서 죽은 살인범 주성식이 왜 자신에게 편지를 보낸 것이었을까. 함유준에게도 말하지 못한 그 점에 대해 계속 세진은 생각했다. 살인범이 던진 메시지에 반응해 이렇게 고민하는 것 자체가 잘못된 걸까. 또한, 경찰의 수사 결과를 의심하는 것에 대해서 잘못하고 있는 건 아닐까.

세진은 거리를 계속 걸으면서 이 상황에서 재섭이었다면 어떤 행동을 취했을지 고민했다. 왁싱샵을 방문한 건 재섭의 의지가 분명했다. 그도 그곳으로 가면 위험하다는 걸 미리 알고 있지 않았을까. 하지만 모두 추측일 뿐이었다. 세진은 재섭과의 추억을 포함하여 그와 나눴던 대화를 떠올려봤다. 잠시 후, 어떤 기억이 떠오른 그녀는 뛰기 시작했다.

몇 달 전부터 재섭은 만날 때마다 세진에게 만나면서 가장 좋았던 장소를 물어보곤 했다. 그 질문을 받을 때마다, 세진은 한 가지를 꼽기가 힘들었다. 그만큼 그녀는 재섭과 함께 추억을 나눴던 모든 시간이 행복했다.

"우리 처음 소개팅했던 날 기억나?"

재섭은 식사 도중에 물었다.

"아! 그때 오빠 엄청 얼어 있었잖아. 뭐야, 말도 더듬고. 내가 그렇게 좋았던 거야?"

그때 기억이 막 생각난 세진은 웃었다.

"그건 인정! 너무 놀랐었지. 이런 사람이 나하고 소개팅을?"

"그러니까, 결혼해서도 나한테 잘하라고!"

"잘할 거야. 정말로."

그렇게 두 사람은 서로를 사랑스럽게 보면서 웃었다.

"오빠는 우리 처음 만났던 장소가 제일 인상 깊었던 거야? 그때 우리가 뭐 먹었지?"

"고르곤졸라 피자, 알리오 올리오, 레모네이드도 두잔 시켰었고. 넌 그때 차분한 느낌의 원피스 입고 왔었고."

"이야, 기억 잘하네. 그런데, 왜 그렇게 첫 만남 후에 이틀이나 지나서야 문자를 보내?"

"까일 줄 알았지."

"하여간 소심해 가지고. 오빠, 첫인상도 나쁘지 않았어."

"그래? 우리 결혼하고 신혼여행 갔다 오면, 처음 만난 곳에서 밥 먹자. 음식도 좋았지만, 테이블도 큼지막하고 좋았잖아."

"테이블까지 기억해? 희한한 걸 기억하네, 오빠."

그때, 세진은 별 뜻이 없는 줄 알고 재섭의 이야기를 흘러들었다. 그러나 그 후로도 재섭은 여러 차례 처음 만났던 장소와 테이블을 언급했던 점을 세진은 이제 지금 깨닫고 말았다.

그 점이 마음에 걸려 레스토랑 안으로 들어온 세진은 처음 재섭을 만났던 자리가 시야에 들어왔다. 그런데 이미 그 자리에는 다른 손님이 앉아 식사 중이었고, 매니저는 오늘은 예약하지 않으면 이용하기 어렵다고 했다. 매니저의 말대로 손님들로 가득 찬 매장은 앉을 곳이 없었다. 고객의 호출에 매니저가 잠시 이동했다. 그 기회를 틈타 세진은 성큼성큼 처음 재섭과 만났던 위치로 걸어갔다.

"식사 중에 죄송한데요…"

마음이 급한 세진은 양해를 구한 뒤, 몸을 숙여 테이블 밑으로 들어갔다.

"아니! 뭐하는 겁니까?"

식사하던 남자 손님은 당황했고, 그는 서둘러 매니저를 불렀다.

몸을 숙여 테이블 밑으로 들어간 세진은 스마트폰 손전등을 활용해서 테이블 밑을 살펴보았지만, 어떠한 것도 발견할 수 없었다. 어처구니없는 상황에 손님은 헛웃음을 보였지만, 세진은 멈출 생각이 없었다. 테이블 밑에서 나온 그녀는 테이블을 살짝 들었는데, 접시에 담긴 음식이 떨어졌다. 점점 난처해진 상황이지만, 세진은 테이블 기둥 밑에 접혀 있는 메모지와 평평한 USB를 발견했다.

뒤늦게 자리에 온 매니저가 세진을 끌어내려 했다. 세진은 고개를 숙여 손님에게 사과했다. 매니저에게도 사과하고 나온 그녀는 메모지의 내용을 살폈다. 글씨체는 재섭의 것이 맞았다. 그녀는 머리를 쿵 한 대 맞은 느낌이었고, 앞으로 가야 할 길을 정했다.

04

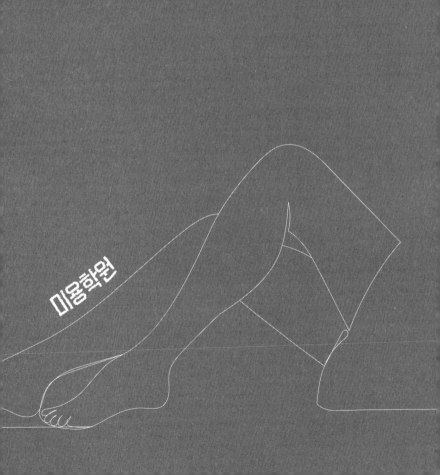
미용학원

미용학원

인문계 고등학교를 졸업해 대학교에서 문과 전공을 한 세진은 마지막으로 학원에 다녔던 시기를 떠올려 보니 꽤 오래전이었다. 그때, 취업에 필요한 영어점수가 필요해 억지로 토익 학원에 다녔었다. 그 후로 두 번 다시 학원을 방문할 일이 없다고 생각했던 세진은 학원 건물로 들어가 곧장 엘리베이터에 탑승했다.

자연스럽게 세진은 엘리베이터 안에 탑승한 사람들을 관찰했다. 이어폰을 귀에 꽂은 사람에게 저절로 시선이 갔다. 특별한 이유는 없었다. 껌을 씹는 모습이 유난히 거슬렸기 때문이다.

엘리베이터가 8층에 멈췄고 사람들은 우르르 내렸다. 이들과 세진이 향한 장소는 미용학원이었다. 강의실 안으로 들어온 세진은 자리에 앉아 바지 주머니에 손을 넣고 창밖을 바라봤다. 그녀는 피부 미용사 국가 자격증을 따기로 결심했다. 필기시험은 가뿐히 통과했고 실기시험을 통과하기 위해선 혼자만의 힘으로 부족하다고 판단하여 학원에 등록했다. 세진은 수강료를 내고 학원에 와서 앉아있지만, 여전히 스스로 내린 결정에 대해 확신이 없었다. 손에 쥐고 있는 정보가 빈약했기에 지푸라기라도 잡아야 하는 심정으로 이곳에 왔다. 타인이 제공하는 정보는 조작되거나 왜곡될 수 있었기에 더 이상 믿을 수 없었다. 스스로 정보를 발굴해야 한다는 생각뿐이 없었다.

주성식이 감옥에서 죽은 이후, 가족들은 재섭의 부재를 조금씩 극복하면서 일상으로 돌아갔다. 하지만, 세진은 이들과 달리 일상으로 돌아가려는 걸 멈췄다. 식당 테이블 밑에서 발견한 재섭의 메시지 때문이다.

난 누군가에게 살해당할 수도 있어. 살인자가, 어쩌면 살인자가 아닐 수도 있어.

메시지는 재섭이 남긴 것이 확실했다. 세진에게 너무나도 익숙한 글씨체였고, 왜 그렇게 재섭이 만날 때마다 첫 만남 장소를 끄집어냈는지 이제야 이해됐다. 그 외에도, 그가 남긴 정보는 더 있었다.

온몸이 찌릿찌릿한 느낌이 들 때, 강의실 안으로 강민하가 들어와 문을 닫았다. 강민하는 상당히 세련된 느낌을 풍기는 여성이었다. 세진은 시선을 강민하에게 고정하면서 함께 수업에 임하는 다른 수강생들도 슬쩍 살폈다. 인원은 세진을 포함하여 총 8명이었는데 눈에 띄는 인물이 있었다. 엘리베이터에서 이어폰을 꽂은 채 기분 나쁜 표정으로 껌을 씹고 있던 사람. 자세히 보니 자신과 비슷한 나이 또래로 보였다.

강민하는 출석을 불렀고, 수강생들은 이름이 호명될 때마다 대답했다. 세진은 오로지 껌을 씹고 있는 사람의 이름만 기억이 났다. 그의 이름은 윤송희였다. 이어서 강민하는 본인 소개를 시작했다. 강민하는 전국에 수십 개의 왁싱샵을 운영하고 있었다. 강민하의 말을 듣고 난 세진은 그녀가 이쪽 분야에서 선구자 격인 인물이라는 걸 알 수 있었다.

그러나 강민하의 말을 곧이곧대로 믿지 않았다. 왁싱 산업에 먼저 발을 담갔다고 해서 모두가 실력이 있는 건 아니었다. 세상엔 실력도 없으면서 과대 포장된 인간들이 수두룩했으며 사기꾼도 천지였다. 소개를 끝낸 강민하는 궁금한 질문을 받겠다고 하자, 송희가 기다렸다는 듯 번쩍 손을 들었다.

"선생님, 약간 무례할 수도 있는데요. 인터넷에서 보니까 왁싱 전문가들이 많다는 걸 발견했습니다. 그 사람들과 선생님의 실력을 비교하면 어떤가요?"

세진은 그의 질문이 어떤 의도인지 알 것 같았다. 세진도 내심 그 질문을 하고 싶었기 때문이다. 공격적인 질문을 받아도, 강민하는 전혀 당황하는 기색이 없었다.

"여러분들, 왁싱 문화가 가장 활발한 나라는 미국인거 다들 아시죠? 그런데, 다들 왁싱은 국내에서만 배우는 걸로 충분하다고 생각해요. 바보 같은 생각이죠. 왁싱 기술을 배우기 위해 뉴욕으로 유학 간 사람은 국내에 많지 않습니다. 그 중, 제가 한 명이고요."

강민하는 자부심이 강해 보였고 침착하게 설명을 이어갔다. 그녀는 왁싱을 처음 뉴욕에 선보인 브라질 출신의 유명 왁서에게 기술을 배웠다. 그뿐만 아니라, 뉴욕 살롱에서도 잠시 일했었다. 다양한 경험과 탄탄한 지식을 갖춘 그녀는 다른 사람들과 자신을 비교하길 거부하는 것 같다고 세진은 생각했다.

궁금증이 풀린 송희도 고개를 끄덕였다. 마찬가지로 세진의 궁금증도 풀렸고 뻣뻣했던 뒷목이 한결 이완되는 것 같았다. 소개를 마친 강민하는 곧바로 왁싱 과정반의 커리큘럼에 대해 설명했다. 총 2개월 동안 진행되는 과정이며, 성실하게 수업을 듣고 공부하면 100% 합격을 보장한다고 말했다. 그런데 다른 수강생들과 달리, 세진의 얼굴은 밝지 않았다. 세진에게 2개월은 너무 길었다.

자신에 대해 소개가 길어졌다고 판단한 강민하는 첫 수업을 진행하기 위해 빔프로젝터를 켜려고 할 때, 송희가 또다시 손을 들었다. 자연스럽게 세진의 시선도 송희에게로 향했다. 보기와는 다르게 호기심이 많아 보였다.

"선생님, 한 달은 안될까요?"

송희는 대뜸 질문했다. 이번에도 세진이 하고 싶은 질문을 송희가 대신하고 있었다.

"아주 열정이 넘치네요? 너무 급하게 시험을 보면 떨어질 가능성이 커요. 요새 자격증 시험도 난이도가 올라가서 2달도 결코 만만치 않을 거예요."

"그래도 가능은 한 거죠? 연습하면?"

송희는 저돌적으로 질문했다.

"매주 간단한 테스트가 있을 거니까 그때 제가 보고 판단할게요."

그렇게 말하면서 강민하는 신기하게 송희를 봤다. 그동안 수업을 하면서 이 정도로 적극적이고 까다로운 수강생은 없었다. 강민하는 손목에 찬 시계를 보니 예상외로 시간이 많이 지난 걸 확인했고 곧바로 첫 수업을 개시하기 위해 프로젝터 화면에 수업자료를 띄웠다. 그녀는 간단하게 이론 수업을 시작했다. 왁싱의 역사, 정의를 비롯하여 왁싱 시장의 가능성과 확장성까지. 이러한 흐름 속, 왁싱샵 창업을 위해 왁싱 기술을 배우는 수강생들로 인해 시장 자체가 커지고 있다며 왁싱은 하나의 문화로 자리 잡았다는 게 그녀의 말이었다.

강민하는 화면을 다음 페이지로 넘겼다. 화면에 해외 시장 진출 필요성이라는 문구가 적혀 있었다. 수강생들은 자격증을 따러 온 것인데, 해외 진출이라는 말이 다소 낯설게 느껴졌고 그건 듣고 있던 세진도 같은 생각이었다. 그런 분위기를 강민하도 알고 있는 듯, 그녀는 한국의 왁싱 산업과 기술도 해외에서 많은 관심을 받는 추세이며 체계적인 교육 시스템 적립이 시급하다고 힘주어 말했다. 잠시 동안의 침묵이 이어졌다. 왁싱 교육 시스템 관련해서 아직 할 말이 강민하에게 더 남아 있었다.

"무늬만 왁싱 전문가인 사람들이 많아요."

강민하는 조금만 노력하면, 자격증을 따는 건 누구나 가능하다고 했다. 그러나 이쪽 일을 시작하기로 결심했다면, 왁싱 기술을 끊임없이 개발하려는 자세가 필요하다고 목소리를 냈다. 그래야만 왁싱 산업이 일시적인 게 아니고 지속적으로 번창할 수 있다고 의견을 보탰다. 단순히 돈을 벌려는 목적으로 일을 시작하면 금세 퇴보할 것이라는 게 그녀의 말이었다.

이야기를 듣고 보니 세진은 강민하가 돈만 받고 일하는 강사는 아닌 것 같아 마음에 들었다. 좋은 강사 밑에서 기술을 배워 그녀는 하루라도 빨리 남들이 인정하는 왁서가 되고 싶었다. 지금도 강의를 들으면서 그녀의 마음 한구석은 재섭에게 벌어졌던 진실에 대해서 지독히도 알고 싶었다.

이론 수업을 마친 강민하는 수강생 명단표를 보면서 다음 수업부터는 곧바로 실습에 돌입할 테니 2명씩 짝을 지어 줄 것이라고 알렸다. 강민하는 1조 인원부터 수강생들의 이름을 불렀다. 세진은 누가 자신의 파트너가 되든 상관없었다. 단 한 명만 빼고는.

"3조는 이세진 씨와 윤송희 씨요."

강민하는 빠르게 말하고 나서 다음 조의 이름을 불렀다. 세진은 조를 바꿔 달라 말하고 싶었지만, 차마 그렇게 말할 수 없었고 강민하는 다음 수업이 있는지 급하게 수업을 마무리했다. 수업이 끝난 후, 파트너가 정해진 사람들은 자리에서 일어나 서로에게 다가가 가볍게 인사를 했다. 세진은 영 내키지 않았지만, 분위기 때문에 어쩔 수 없어 송희쪽으로 시선을 돌려 고개를 숙였다. 그런데 송희는 딱딱한 표정으로 말없이 그녀를 쳐다보고 있었다. 먼저 인사를 했으면, 그에 대해 반응해 인사라도 해야 하는 거 아닌가. 세진은 외모로 사람을 판단할 생각은 없지만, 송희를 보니 평소 자신이 가장 싫어하는 생김새와 옷차림이었다. 결정적으로 껄렁껄렁한 자세가 마음에 들지 않았다.

송희가 말없이 빤히 쳐다보는 눈빛이 거북해 세진은 수강실을 나왔다. 강사는 마음에 들지만, 같이 실습해야 할 사람은 영 마음에 들지 않았다. 세진은 엘리베이터에 탑승해 1층 버튼을 눌렀다. 문이 닫히려고 할 즈음, 걸어오는 송희의 모습이 보였다. 세진은 닫힘 버튼을 연속으로 눌렀다. 그녀는 송희와 같은 공간에 있는 것도 싫었다.

학원 건물 밖으로 나온 세진은 빠른 걸음으로 계단을 내려가 역으로 들어왔다. 지하철이 도착할 동안 세진은 스마트폰으로 조금 전까지 첫 수업을 들었던 왁싱 학원의 홈페이지에 들어갔다. 지하철에 탑승한 후에도 스마트폰에서 눈을 떼지 않는 그녀는 강사의 다른 수업 날짜를 확인했다. 위약금을 내고 시간대를 바꾸는 것도 가능해 전화하려고 마음을 정했다.

"뻔히 봤으면서 문을 닫아 버리다니. 뭐, 같은 방향이네요."

깜짝 놀랐다. 세진의 눈앞에 보인 사람은 송희였다. 세진의 얼굴은 점점 굳어져 갔다. 송희가 학원에 나오면서부터 따라왔다는 사실이 불쾌했다. 재섭이 죽고 나서 세진은 사람을 극도로 경계하는 습관이 생겼다.

"왜 따라왔죠?"

세진은 강한 불쾌감을 표시했다.

"따라 온 게 아니고요. 저도 이걸 타야 집에 갈 수 있어요."

송희는 오해하지 말라는 표정을 지었다.

"따라온 것 같은데요."

"이봐요, 눈에 보이길래 말을 건 거에요."

송희는 약간 억울한 표정을 지으며 말했다.

"할 말 있으면 강의실에서 하면 되지 왜 따라와요?"

세진은 더 이상 대화하기 싫다는 표정을 대놓고 드러냈다. 그녀는 학원 고객센터 전화번호를 스마트폰으로 눌렀다. 이렇게 송희와 이야기를 해보니, 그녀는 확실히 마음을 굳혔다. 다른 요일로 수업을 바꿔야겠다.

"왁싱을 왜 배우려고 하나요?"

송희가 질문을 했지만, 세진은 침묵으로 일관했다. 일방적으로 자신을 오해하고 있는 세진에 대해, 송희는 긴 한숨을 내쉬었다.

"왜 전화를 안 받아. 개인적인 건 물어보지 마세요."

세진은 아예 눈길을 주지 않았다.

"아주 이상한 사람이네."

"더 이상 저한테 말 걸지 마세요. 당신하고 수업 들을 생각 없으니까."

"참나."

송희는 작은 한숨을 내쉬고, 황당해하는 모습을 지었다. 그녀의 이런 표정과는 상관없이 세진은 스마트폰을 귀에다가 대고 고객센터 직원과 통화를 시작했다. 기분이 상한 송희도 주머니에서 스마트폰을 꺼내려다가 하필이면 세진 쪽으로 떨어뜨렸다.

가지가지 한다고 생각한 세진은 스마트폰을 발로 차버리려다가 그건 너무 심한 것 같아 스마트폰을 손에 쥐고 생각하기로 마음먹었다. 세진은 스마트폰을 손에 쥐었는데, 화면창에 잠시 사진이 떴다. 송희와 그녀의 남자친구인 것 같았다. 기분이 살짝 안 좋아 보이는 송희가 스마트폰을 뺏어 다음 역에서 재빠르게 내렸다. 그걸 지켜본 세진은 목적지가 아니었지만, 문이 닫히기 전에 급하게 내렸다. 사진을 보고 난 뒤에 마음이 바뀌었다.

"저기요!"

세진은 송희 쪽으로 뛰어가며 말했다. 갑자기 세진의 행동이 바뀐 점 때문에 송희는 의아한 표정으로 뒤돌아봤다.

"그쪽이 따라오는 거예요. 난 분명 먼저 내렸으니까."

송희가 인상을 쓰면서 말했다.

"아까 스마트폰 속의 남자분은 누구죠?"

이제는 상황이 바뀌어 세진이 질문했다.

"왜 물어보는 건데요? 알아서 뭐 하게요?"

"누구예요, 그 사람."

세진은 계속 따라갔다.

"알아서 도대체 뭐 하려고요!"

송희는 심하게 짜증을 내면서 말했지만, 세진은 그런 그녀의 태도가 지금은 기분 나쁘지 않았다. 이렇게 반응하는 게 이해가 갔다. 송희는 개찰구에 카드를 찍고 밖으로 나가 출구 쪽으로 걸어갔다.

"저기요! 나도 당신하고 똑같아요."

세진은 다급하게 말했다. 이대로 송희를 보낼 수는 없었다.

"당신하고 같은 이유일지 몰라요. 왁싱을 배워서 왁서가 되려는 이유가."

세진이 같은 이유라고 말하자 송희는 걸음을 멈췄다. 송희는 사람들에게 왁싱을 배운다는 이야기를 일절 하지 않았는데, 지금 이 여자는 무슨 말을 하고 있는 걸까. 두 사람은 개찰구를 두고 서로를 바라보았다.

05

왁싱수업:
청결 / 의문

왁싱수업:
청결 / 의문

빠르게 걷고 있는 송희는 뒤를 돌았다. 세진이 잠깐 이야기 하자고 계속 쫓아오고 있었다. 송희는 횡단보도 앞에서 멈췄 다. 하필이면 빨간불이다.

"뭐 좀 물어볼 게 있어요. 잠깐 이야기 좀 해요."

세진은 옆으로 와서 말했다.

"자기가 먼저 사람을 오해해 놓고서는."

송희는 옆을 쳐다보지 않고 앞만 바라본 채 말했다.

"그 남자분… 지범 씨 고인이 된 거 맞죠? 안타까운 거 알아 요. 그런데, 정말 길에서 그렇게 사고를 당하신 게 아닐 거에요. 본인도 그렇게 생각하죠?"

세진은 송희 쪽으로 좀 더 다가갔다.

"너, 기레기냐? 경고하는데, 그 더러운 입으로 우리 오빠 이름 언급하지 마."

송희가 흥분하면서 말하자 세진은 뒤로 몸을 뺐다. 횡단보도 신호등이 바뀌면 송희는 더 이상 볼 일 없다는 듯 떠났다.

"이야기 좀 하자니까요."

세진은 따라가며 여러 번 말했지만 송희는 무시했고, 결국 세진은 그녀의 팔을 잡았다.

"나도 사랑하는 사람을 잃었어요, 당신처럼."

세진은 착잡한 표정으로 말했다. 송희는 가던 길을 멈췄다.

*　*　*

두 사람은 근처 공원 의자에 앉았다. 서로가 말없이 왔다 갔다 하는 사람들을 바라보고 있었다. 세진은 자신이 겪었던 모든 이야기를 송희에게 털어놓았다. 그 말을 듣고 나서 송희는 놀랄 수밖에 없었다. 자신과 같은 방법으로 진실을 추적하려고 시도하는 사람이 있다니.

사랑하는 사람의 죽음이 의심스럽다면, 누구라도 그렇게 했을 것이다. 그 사랑하는 사람이 마지막 순간까지 몰두하고 언급했던 일에 대해서. 송희는 고개를 돌려 세진을 쳐다봤다.

"우리 오빠를 장례식장에서 본 게 확실해요? 혹시 위치가 어디였나요?"

송희는 확인차 다시 물어봤다.

"분당에 있는 장례식장에서 사진 속의 지범 씨를 제가 봤어요. 발인전이니까 11월 7일이겠네요."

세진은 말하고 나서 송희의 대답을 기다렸다. 그녀는 스마트폰으로 남자친구와 나눈 메시지를 확인했다.

"후, 맞네…"

송희는 의심이 풀린 듯 말했고, 그녀가 세진을 보는 시선은 아까보다 한결 부드러워져 있었다. 표정의 변화를 읽은 세진은 물어보고 싶은 질문이 수두룩했지만, 공격적으로 질문을 하기보다는 상대가 먼저 이야기를 꺼내길 기다렸다. 재촉해서는 원하는 답을 들을 수 없다고 세진은 판단했다. 얼마 지나지 않아 송희는 쓰읍 후, 하며 답답함을 표시했다.

"왁싱에 대해서 나한테 많이 물어봤어요. 그거에 대해 어떻게 생각하는지. 그때는 몰랐어요. 그 이야기를 집중하지 않고 들었는데. 휴, 정말 오빠한테 미안해요. 난 오빠가 왁싱 관련 종사자한테 살해당한 것 같아요. 경찰은 그냥 길가에서 괴한에게 살해당했다고 말하지만, 말이 안 되잖아요! 마지막 행적이 왁싱샵 근처에 있던 것도 확인이 되었는데."

송희는 울분을 토해냈다.

"그 왁싱샵은 지금도 운영하나요?"

"없어졌죠. 그 점이 더 이상하다는 거예요, 제 말은. 왁싱샵에서 살해당하지 않았다면, 계속 운영해야 하는 게 맞는 거 아닌가요?"

송희가 흥분하면서 말한 뒤, 세진이 자신에게 이야기했던 것을 돌이켜봤다. 송희는 당시 지범을 수사했던 형사들이 뭔가 급하게 일을 처리하는 움직임이 뇌리에 스쳐 지나갔다.

두 사람은 서로가 나눈 이야기에 대해 골똘히 생각했다. 두 사건의 피해자는 두 명이고, 경찰의 즉각적인 조치로 두 명의 범인은 검거. 그 중 한 명은 왁싱샵에서 살해당했고, 한 명은 길가에서 시신으로 발견됐다. 사건을 조사한 형사들은 접점이 없다고 판단해 두 사건을 별개의 사건으로 처리했다.

"남자친구 직업이 어떻게 되셨나요?"

송희는 확인하고 싶은 게 있었다.

"스포츠부 기자였어요."

세진은 담담하게 말했다.

***

학원 강의실로 들어온 세진은 어제 강민하가 짝을 정해준 대로 수강생들이 앉아 있는 걸 확인했다. 그녀는 조용히 송희의 옆에 앉았다. 송희는 말하지 않고 눈인사로, 인사를 대신 했다.

다른 수강생들은 서로를 알기 위해 이야기하고 있었지만, 세진과 송희는 말하지 않아도 각자가 무슨 생각을 하고 있는지 알고 있었다. 둘의 머릿속은 각자가 사랑하는 사람에 대한 생각뿐이었다. 세진은 보온병에 담아온 커피를 마시며 슬쩍 송희를 쳐다보았다. 그녀는 혼자서 외로운 싸움을 시작해야 한다고 생각했지만, 어쩌면 든든한 파트너가 생길 것 같은 안도감도 동시에 들었다.

수업하기 위해 강민하가 강의실로 들어왔다. 그녀는 살짝 늦은 것에 대해 사과를 하고 바로 수업에 들어갔다. 강사는 화이트보드에 위생개념이라고 썼다. 강민하는 왁싱에서 가장 기초이자 중요한 건 위생이라고 언급했다. 기술과 지식을 많이 갖추고 있다고 해도 청결을 소홀히 하면, 그 사람은 전문가가 아니라는 점을 특히 강조했다. 강민하는 위생을 위해 점검해야 하는 체크리스트 항목이 적혀 있는 유인물을 배부했다. 프린트된 종이를 세진은 유심히 보았다. 왁싱샵 체크리스트라고 적혀 있는 종이에는 왁싱 전에 왁서들이 반드시 지켜야 할 항목이 나열 되어 있었다.

이해를 돕기 위해 강민하는 장갑, 나무 스틱, 가운, 침대시트를 하나하나 꺼냈고 수강생들은 그녀의 주변으로 몰려들었다. 강민하는 손에 장갑을 착용하고 일회용 나무 스틱과 가운을 만졌다. 그러면서 일회용품들은 재사용 금지라고 강조했다. 수강생들의 표정을 살펴본 강민하는 그들이 이 부분에 대해서 귀담아듣지 않는 것 같아 가운을 재차 만지작거렸다.

그러더니 강민하는 혹시나 매출이 부진해 일회용 도구들을 아끼려다가 왁싱샵의 폐점은 물론, 왁싱 기술자의 삶과 자격이 끝날 수도 있다고 경고했다. 모두 맞는 말이라고 생각한 세진은 여분의 일회용 장갑을 착용해봤다. 왁싱샵을 방문했을 때, 사랑하는 사람 재섭은 어떤 마음가짐이었을까. 단순한 미용을 위해서, 아니면 또 다른 목적이 있어서. 세진의 맞은편에 송희가 보였다. 송희도 장갑을 착용해보면서 남자친구 지범을 기억하고 있었다.

체크리스트의 다음 단계로 넘어간 강민하는 테이블 옆에 놓인 기계를 가운데로 옮겨놓았다. 가만히 바라보던 세진은 밥통 같다고 생각했다. 순간 입으로 나올 뻔했는데, 강사는 워머기라고 설명했다. 강민하는 워머기의 덮개를 제거한 후, 워머 버킷에 왁스를 담았다. 왁스의 모양은 구슬 같았다. 본체에 손을 댄 강사는 레버를 돌려 전원을 켰고, 온도를 75도로 조정하면 왁스가 서서히 녹기 시작했다.

그다음, 강민하는 스틱으로 왁스를 젓고 녹은 왁스를 스틱 위에서 아래로 떨어트렸다. 세진은 왁스의 색깔이 오묘하다고 생각하며 재섭이 왁싱을 받았다면, 어떤 부위에 왁스가 닿았을지 궁금했다. 그녀는 급작스럽게 죽어버린 남자친구의 사소한 것까지 모두 알고 싶었다. 강민하는 위생의 핵심 포인트라고 말하며 워머기 청소를 바로 실시했다. 왁스를 담은 실리콘 쉴드 버킷을 빼내 잔여 왁스를 털어냈다. 그리고 그녀는 끓는 물에 버킷을 넣어 소독했다. 가위와 족집게도 사용 후에 반드시 소독하라고 말하는 그녀였다.

"제가 이렇게 위생에 대해서 강조하는 건 그만큼 위생이 중요하다는 거예요. 노 더블딥을 실천할 수 있도록 꼭 노력하세요."

강민하가 말했지만, 수강생들은 주변을 둘러보며 그 말을 정확히 이해하지 못했다.

"노 더블딥이란 왁싱샵을 운영하면서 시술 시 사용한 스틱을 일회용으로 사용하고, 왁스 잔여물 역시 재사용하지 않는 거예요. 꼭 명심하길 바랄게요."

그렇게 강민하는 위생과 관련하여 중요한 설명을 마쳤다. 세진, 송희를 비롯한 수강생들은 다시 자신의 자리로 가서 앉았다. 수업을 들으면 들을수록 세진은 남자친구와 함께했던 추억이 계속 떠올랐다. 그건 옆에 있는 송희도 마찬가지인 것 같았다. 청결에 대한 강사의 조언은 계속됐다. 세진은 수업 속 내용을 머릿속에 입력하면서 조각조각 나 있는 재섭의 행적에 대한 파편들을 기억해내려 애썼다.

* * *

언론사 기자라는 직함을 가지고 있는 정재섭은 회사 구내식당에서 식사했다. 다른 계열사이지만, 같은 건물을 쓰고 있는 기자들과 함께였다. 그중에는 회사의 간판격인 정치부, 경제부 기자도 함께 있었다. 두 사람의 대화를 들으면서 재섭은 말없이 식사했다. 당초 계획은 혼자서 조용히 식사하려고 했는데, 괜히 식당에서 이들을 마주치고야 말았다. 그는 조금 늦게 식사할 걸 후회했다.

정치부, 경제부 기자는 현재 벌어지고 있는 세계 무역전쟁에 관한 이야기를 했다. 듣고만 있어도 재섭은 머리가 아파 한마디 하려다가 그만뒀다. 기자로서 가장 낮은 급인 자신이 의견을 말해도 아무도 듣지 않았고, 스스로도 그 점이 항상 콤플렉스였다. 같은 기자라고 해도 등급이 있었다. 메이저 언론사와 삼류 언론사의 간극이 있었고, 더 세부적으로 파고 들어가면 부서별로 등급이 나뉘었다. 정치부, 경제부, 국제부가 꼭대기를 형성하면 중간층은 사회부, 건설 부동산부, 그리고 그 밑은 본인이 소속된 부서였다.

기자들끼리 떠드는 이야기에 집중하지 못한 재섭은 최근에 세진의 부모님과 상견례를 할 때 식은땀이 났었던 기억이 떠올랐다. 식사 중에 세진의 부모가 기자라는 직업은 힘들다고 말하며, 재섭이 어떤 부서에서 일하는지 궁금해 했다. 그 질문을 받고 재섭은 자신도 모르게 경제부에서 일한다고 거짓말을 해버렸다. 자신이 속한 부서와 담당하는 일은 일반적으로 인식이 좋지 않아서라고 핑계를 대보았지만, 시간이 지나고 생각해보니 스스로가 한심했다.

"정 기자는 요새 어때? 일 편하지?"

"예?"

다른 생각을 하고 있던 재섭이 뒤늦게 반응하였다.

"부럽다. 그냥 뭐 사무실에 앉아서 대충 남들이 쓴 거 제목만 자극적으로 바꾸면 되는 거 아냐?"

다른 기자가 농담으로 던진 말이었으나 재섭의 표정이 굳었다. 상대가 농담으로 던진 말은, 그에게는 비수와도 같은 말이었다. 기자라는 직업에 그는 회의감을 느끼고 있었다. 아니, 정확히 말하면 자신이 맡은 분야에 대해서.

"이쪽도 나름 힘들어요. 네티즌과 마니아들 눈치도 봐야 하고, 소속팀이나 소속사 눈치도 봐야 하고."

"하하하, 웃겨. 역시, 정 기자는. 언론고시도 안 봤잖아 자네는."

상대가 웃으며 말했다. 아픈 데를 계속 쿡쿡 찔렀지만, 언론고시를 보지 않고 기자가 된 건 사실이라 딱히 반박할 수도 없는 게 재섭의 상황이었다.

"대신, 저희는 급여가 짜요. 부업이라도 해야 하는 상황이죠."

"기사 같지도 않은 거 쓰잖아. 그냥 복사 붙여넣기 하는 거 남들 다 아는데. 취재도 안 하면서."

그 말에, 재섭은 자리에서 일어나고 인사 없이 자리를 떠났다. 다른 기자의 말은 업계에서 자신이 속한 부서에게 흔히 하는 말이었고 모두가 그렇게 알고 있었다.

하지만, 재섭 자신은 아니었다. 그는 비록 언론고시를 치르지 않고 기자가 되었지만, 여러 번의 독점취재를 따낸 적이 있었다. 그러나 그렇게 많은 취재를 하고 독점기사를 내보냈음에도 다른 동료 기자들에게 인정받지 못하고 있었다. 속한 부서가 그 정도로 힘이 없었고, 인식이 그랬다.

"농담을 진담으로 받아 들이냐? 하여간 저놈들은 기자가 아니고 키보드 워리어티 팍팍 드러내네."

다른 기자의 목소리가 멀리서 들렸다. 같은 기자에게도 인정받지 못하는 기자는 존재가치가 없었다. 재섭은 더 이상 이 짓거리를 하고 싶지 않았다.

＊＊

일하는 사무실로 들어온 재섭은 오래전부터 마음속에 굳혔던 일을 실행하기 위해 국장이 앉아 있는 데스크 쪽으로 걸어갔다. 국장의 시선은 벽걸이 TV에 고정되어 있었다.

"국장님, 저기 말씀드릴게 있습니다."

그렇게 재섭이 말했지만, 국장은 대꾸도 하지 않았다. 재섭은 얼굴을 찌푸렸고 몸속에 넣어둔 사직서를 꺼내 책상 위에 올려놓았다.

"오호, 좋아, 한 번 일내보자!"

국장은 TV에 몰입하고 있었다. 다른 동료 기자들도 일은 하지 않고 TV에 시선을 두고 있었다. 자식들아, 나가서 취재를 안 하니까 우리가 이런 취급을 받는 거야. 도대체 뭘 보는데, 그렇게 집중하는 거야. 재섭은 확 짜증이 났다. TV에서 들리는 아나운서는 6레인이라고 말했다. 자연스럽게 재섭도 TV로 시선을 돌렸다.

육상 남자 100m 결승이 방송 중이었고, 6레인에 한국 선수가 서 있었다. 모든 국민이 애정을 가지고 사랑하는 스포츠 스타였다. 팔짱을 낀 채 재섭은 경기가 시작되기를 기다렸다.

탕! 하는 소리와 함께 100m 육상경기가 막 시작됐다. 육상 강국인 아프리카, 미국 출신의 선수들이 앞으로 치고 나갔다. 6레인의 한국 선수의 스타트는 다소 늦었다. 100m는 눈 깜짝할 사이에 끝나는 경기였고, 지켜보는 사람들의 관심은 최고조로 올라가 있었다. 재섭은 TV에 집중하고 있는 동료 기자들을 살폈다. 항상 불협화음을 냈던 동료들도 이 순간만큼은 하나였다. 그만큼 한국 선수가 출전하는 세계적인 스포츠 대회는 모든 사람을 하나로 뭉치게 만들 수 있는 어마어마한 힘을 가지고 있었다.

다른 사람들과는 반대로 재섭이 경기를 보는 시선은 어딘가 탐탁지 않아 보였다. 그는 한국인 선수에게 아무런 감정도 없었다.

경기에 참가한 선수들이 트랙을 중간 즈음 지나칠 때, 전문가들과 선수들이 전혀 기대하지 않았던 한국인 선수가 치고 나왔다. 그는 모든 힘과 체력을 쏟아 부어 다른 선수들을 제치고

3위까지 올라왔다. 경쟁하는 다른 선수들의 스피드가 처지기 시작했지만, 그는 오히려 반대였다. 한국인 선수는 2위로 달리던 선수도 제쳤다. 남은 1위 선수는 자메이카 출신의 올림픽 금메달리스트. 한국인 선수는 1위 선수와 경쟁했고 아쉽게 한 발 차이로 골인했다.

"이게 바로 한국의 채동수입니다. 이제, 그는 세계육상선수권대회와 올림픽으로 향합니다."

아나운서는 감격에 겨운 듯 말했고, 사무실에 있는 국장과 다른 기자들은 환호하며 박수를 쳤다. 모든 기자들이 기뻐서 어쩔 줄 몰라 했지만 단 한 사람, 재섭은 웃지 않았다. 그는 책상에 놓은 사직서를 다시 챙겨 몸속에 넣었다.

재섭은 자신의 자리로 돌아가면서, 앞으로 해야 할 일을 찾은 것 같았다.

06

왁싱수업:
왁스 / 사라진 제보메일

왁싱수업:
왁스 / 사라진 제보메일

수업을 마치고 집으로 돌아온 세진은 방으로 들어왔다. 그녀는 곧바로 컴퓨터 앞에 앉아 검색창에 정재섭 기자라고 검색하면, 여태껏 그가 작성한 기사들을 볼 수 있었다.

사람은 죽었지만, 인터넷 공간에서는 재섭이 남긴 기사가 여전히 남아 있었다. 그가 작성한 기사는 스포츠와 연예 분야였고, 세진은 사람들이 남긴 댓글을 확인했다. 대부분 욕설이 가득했고, 사회에 아무런 도움도 되지 않는 기레기라는 표현도 보였다. 세진은 살이 찢어지는 아픔을 느꼈다.

계속 기사를 살펴보던 세진은 재섭이 미국으로 가서 인터뷰한 해외 유명 야구 스타의 독점 인터뷰를 찾았다. 그 기사에 대해서 네티즌들의 반응은 그럭저럭 괜찮게 읽었지만, 여전히 조회수나 빨아먹는 기자라는 건 다름이 없다고 댓글을 달았다.

세진은 보던 댓글 창을 닫으려고 하는데, 마지막 댓글이 눈에 들어왔다.

'정재섭 기자님 왜 요새 글 안 올려요? 퇴사하셨나? 다들 욕해도 기자님 글 좋아하는 사람도 있습니다.'

그 댓글을 보면서 세진은 더욱 그리움 가득한 얼굴로 컴퓨터 화면을 보는데, 형사 함유준에게 문자가 왔다. 어떻게 지내고 있는지 물어보는 안부 문자였고, 자꾸만 왁싱샵을 찾아 재섭을 그리워하는 점에 대해서 걱정하고 있다고 했다. 잠시 세진은 생각을 한 뒤에 답장을 보냈다.

'이제, 새로운 삶을 시작하려고요. 그동안 감사했습니다. 나중에 인사드릴게요.'

***

학원에 가장 먼저 도착한 건 세진이었다. 한동안 그녀는 목적 없는 삶을 살았다. 사랑하는 사람이 죽으면, 살아도 산 게 아니었다. 현재 그녀는 확고한 목표가 생겼고 마음가짐도 달라졌다.

강의실 문이 쓰윽 열렸다. 자신과 같은 마음가짐을 하고 있는 사람이 여기 한 명 더 있었다. 강의실로 들어온 송희는 껄렁껄렁하게 걸어와 자리에 앉더니 커피 우유와 빵을 건넸다.

"좀 먹어. 피골이 상접해 가지고는."

송희가 말을 걸었다.

"넌, 빨리빨리 좀 다녀."

세진은 빵을 받아서 뜯고 먹었다. 배는 고프지 않지만, 배에서 진동하는 꼬르륵 소리를 잠재우기 위해서 억지로 먹었다. 송희와는 동병상련의 처지인 것뿐만 아니라, 동갑이라 편하게 말을 놓는 사이로 발전했다.

"공부는 좀 했어?"

세진은 빵을 먹다가 질문했다.

"공부는 무슨. 왁서는 손기술과 두뇌로 먹고사는 거야."

"이론도 확실하게 알아야 해. 손님 상대하는 직업이잖아. 손님이 물어보는 것에 대해 대답도 제대로 못 하면 망신이지."

세진은 목소리를 높이며 말했다.

"이론을 능가할 특별한 기술을 갖추면 되는 거야. 보기보다 잔소리가 많네. 말 많던 고딩때 담임 생각나게 만드네."

송희는 세진에게 준 커피 우유를 뺏어 뜯기 시작하더니 단숨에 들이켰다. 그 모습을 세진은 어이없게 바라봤다. 결국 세진은 먹고 남은 빵 봉지를 송희에게 던져버렸다. 바닥에 떨어진 빵 봉지를 이번에 송희가 집어 세진에게 던지려고 자세를 취하는데, 강민하가 들어와 한심한 표정으로 송희를 쳐다보고 있었다.

"파트너들끼리 꽤 친해졌군요. 생각보다, 아주 빨리요."

강민하의 말에 송희는 머쓱한 듯 자리에 앉았다. 강민하는 지난번 수업은 위생과 각종 도구의 관리 방법에 대해서 설명했으니, 오늘은 왁스의 종류에 대해서 알아보는 시간을 가지겠다고 말했다.

왁스의 형태는 크게 2가지 타입으로 나뉜다. 빠르게 녹여 사용할 수 있어 왁서가 편리하게 사용하는 구슬형 타입과 한 덩어리씩 잘라 사용할 수 있는 태블릿 타입이다. 종류도 큰 범위에서 하드 왁스와 소프트 왁스로 나뉜다. 하드 왁스는 피부에 덜 자극적인 것이 특징으로 얼굴과 겨드랑이 부위에 사용한다. 사용 방법은 몸의 부위에 왁스를 바르고 굳으면 그냥 떼어내기만 하면 된다. 소프트 왁스는 자극적이어서 팔, 다리 등에 사용하는 것이 특징이며 왁스를 얇게 바르고 부직포를 붙인 후 떼어내는 방식이다.

세진은 설명을 들으며 수첩에 필기하면서 옆에 있는 송희를 슬쩍 보았다. 팔짱을 낀 송희는 필기를 아예 할 생각이 없었다. 그런 모습이 세진은 얄밉게 보여 팔을 세게 꼬집었다.

"아씨! 뭐야!"

송희는 고개를 홱 돌렸다. 그러나 이내 송희는 모든 사람의 시선이 자신에게 집중되고 있다는 걸 느꼈다.

"내 수업에 불만 있는 건가요?"

강만하가 입을 삐죽 내밀며 말했다.

"아, 그건 절대 아닌데요. 갑자기 궁금한 게 생각나서요."

그러면서 송희는 머리를 굴리면서 유리통에 담긴 형형색색의 왁스를 가리켰다.

"저기, 왁스의 색깔은 왜 다른 건가요? 그게 너무나도 궁금했습니다."

강민하는 왁스가 색깔별로 다른 이유에 대해서 설명하려던 참이었다. 형형색색의 왁스는 각각 고유의 향기를 가지고 있으며, 부위별로 사용 방법이 달랐다. 피부를 진정시키는 데 효과가 있어 섬세한 제모가 가능한 아줄렌, 민감성 피부에 최소한의 자극을 주는 허니, 긴장을 완화하는데 효과가 있는 자스민, 탄력이 좋아 짧고 거친 모발에 제모하기 좋은 부드러운 바닐라. 그 외에도 왁스 종류는 수없이 많았다.

이렇게 강민하가 설명하는 것을, 세진은 한마디도 놓치지 않으려고 수첩에 적어 자신의 것으로 만들기 위해 노력했다. 이왕 왁서가 되기로 결심한 이상, 그녀는 대충할 생각은 없었다. 이 업계에서 손꼽히는 실력자가 되고 싶었다. 세진은 흘깃 옆을 보았고, 때마침 송희와 시선이 마주쳤다. 송희는 또 꼬집힐 것 같아 종이에 글씨를 적는 척 행동을 취했다.

세진은 수업을 듣는 자세만 보더라도, 송희가 어떤 사람인지 알 것 같았다. 모든 일에 노력을 안 하고 대충대충 넘어가려는 인간. 이렇게 믿음이 안 가는 사람하고 같은 팀을 이뤄야 하니, 세진은 답답한 마음도 들었지만 별다른 방법은 없었다.

정체를 모르는 험악한 자들과 싸우려면 같은 편이 필요했다. 다른 사람은 생각할 수 없었다. 자신과 똑같은 상황의 송희를 빼고는.

***

    복도에서부터 땀 냄새가 느껴졌다. 기자 재섭은 제대로 찾아온 것 같았다. 계속 복도를 걷다 보니 체력단련실이라는 팻말이 보였다. 밖에서 안을 들여다보니, 고교 육상 선수들이 러닝머신을 달리거나 운동기구를 활용하여 굵은 땀방울을 흘렸다.

    그렇게 재섭은 계속 훈련 과정을 보고 있었지만, 있어야 할 익숙한 얼굴은 보이지 않았다. 그는 지나가는 사람에게 여기가 대영 고등학교가 맞는지 확인했고 답을 들어보니 분명히 맞았다. 훈련에 방해가 되지 않도록 그는 조심스럽게 문을 열고 안으로 들어갔다. 팔짱을 낀 채 훈련을 지켜보던 남자가 재섭의 존재를 바로 눈치챘다. 재섭이 보기에 남자는 어려 보였고, 최근 이 학교를 졸업한 선배인 것 같았다.

    "전 코치님을 만나러 왔는데, 어디 계시는지…"

    재섭은 고등학교에 전 코치가 근무하고 있다는 걸 알고 한 질문이다.

    "잡상인은 나가시죠."

    남자의 목소리는 퉁명스러웠다.

    "어이, 학생. 원래 손님을 이런 식으로 대하나? 사회생활을 좀 배워야 하겠네?"

재섭은 그의 반응이 영 마음에 들지 않았고, 명함을 내밀며 자신이 기자라는 것을 확인시켜줬다. 남자는 떨떠름한 표정을 짓더니 명함을 바닥에 던져 버렸다.

"뚜껑 열리게 만드는구나."

재섭은 바닥에 떨어진 명함을 다시 집으며 남자에게 다가가 팔을 잡았다.

"어이, 자네는 예의라는 걸 배워야겠어. 이놈이나 저놈이나 날 개차반 취급하네? 비인기 스포츠인 육상 종목을 취재하는 사람은 나밖에 없는 거 몰라? 내가 니네 학교 기사 얼마나 많이 내보내 줬다고."

재섭은 꽤 길게 말했지만, 남자의 표정은 여전히 무표정했고 손짓으로 나가라는 손짓을 취했다.

"이게, 보자보자 하니까. 야! 전 코치 어딨어?"

재섭은 목소리를 높여 말했고, 운동하던 학생들도 일제히 재섭에게 시선을 돌렸다. 남자는 오히려 단호한 표정으로 재섭 앞에 섰다.

"죽은 사람 이야기 왜 꺼냅니까?"

남자의 말에, 재섭은 반응할 수가 없었다. 작년까지만 해도 건강에 이상이 없었던 전 코치가 갑자기 죽었다는 것이 믿어지지 않았다.

***

운동장에서는 학생들이 가볍게 러닝을 하고 있었다. 재섭은 못마땅한 표정으로 먹을 것이 잔뜩 들어있는 봉지를 남자에게 던지고 자리에 앉았다.

"자, 먹어라. 하여간 운동하는 놈들은 거지같단 말이야. 너, 스포츠 기자 월급이 얼마인지나 알고 이러는 거냐?"

"그런 건 관심 없고요. 기자라는 분의 정보력이 이렇게 떨어져서 어떻게 합니까?"

남자는 봉지를 살피며 인상을 구겼다.

"PB 상품만 사왔네. 싼 거만."

"육상은 인기 없는 종목이잖아. 내가 취재하는 것만 해도 얼마나 많은데."

그렇게 재섭은 말하고, 두 사람은 유망주들이 훈련하는 모습을 지켜봤다. 재섭은 여전히 전 코치의 죽음이 믿어지지 않았다. 전 코치는 육상계에서 국가대표 경력까지 지닌 유능한 코치로 평판이 좋았다. 그런 그가 죽어야 할 이유를 찾기가 어려웠다. 건강상의 문제가 아니라면.

"코치님께서 자살했다고 들었어요. 그렇지만, 저는 스스로 목숨을 끊으셨다고 생각하지 않아요. 코치님이 유망주들을 좀 더 키우기 위해 협회와 이야기 중이었습니다. 그리고 유능한 외국 코치와도 연락이 되어서 그 사람이 한국에 오기로 되어 있었습니다. 그런데 자살을 한다? 말도 안 되는 이야기입니다."

남자는 진지하게 말했고, 그도 여전히 코치의 죽음에 대해

혼란스러워하는 것 같았다.

"나도 전 코치님이 시스템을 바꾸고 싶어 하는 걸 들었어. 젠장, 진작 왔어야 하는 건데."

이미 늦었다는 걸 알게 된 재섭은 깊은 후회감이 몰려왔다. 재섭은 그와 마지막으로 만났던 날을 기억하려 애썼다. 무엇이 그렇게 그를 괴롭혀 자살하게 만든 것일까. 정말로 자살을 한 게 맞는 걸까. 아니면 자살을 당한 걸까.

서울에서 먼 길을 내려온 재섭은 자리에서 일어났다. 전 코치의 인생은 안타깝게 되었지만, 그의 죽음으로 인해서 물어보고 싶은 것도 사라져 버렸다.

"가시려고 합니까?"

"왜? 니네 집에서 재워주게? 그럴 놈도 아니면서. 하여간, 육상 쪽은 정이 없어."

재섭은 주머니에서 차 키를 꺼내 어느새 차가 세워진 쪽으로 걸어가고 있었다.

"전 코치님이 믿을 수 있는 기자 한 명 있다고 말씀하셨는데, 너무 늦게 오신 거 아니에요? 무슨 이야기인지는 모르겠지만, 예전에 이메일을 보낸 게 있다고 하던데요."

남자는 그렇게 말하고, 운동장 쪽으로 내려갔다. 재섭은 남자가 한 말에 신경 쓰지 않았고 스마트폰으로 서울까지 올라가는 길을 확인했다. 무려 4시간이나 걸려야 집에 도착할 수 있었다. 재섭은 여기에 오면, 뭔가 수확이 있을 줄 알았지만, 그가 만나고 싶었던 전 코치는 죽었고 이상한 놈이 예전 이메일을 확인하라니 그게 무슨 말인지 알 수 없었다.

재섭은 숨이 막혔고 상황이 이렇게 되어 버리니 다시 진지하게 퇴사에 대해서 고민했다. 그리고 그건 스포츠 기자로서의 삶도 끝나는 것이었다. 어떤 사람에 대해 의혹은 넘쳐나지만, 아무도 건드리려고 하지 않았던 대상을 취재하는 것을 포기해야 하는 걸까.

재섭은 차의 시동을 걸었다. 이메일을 확인하라니 그게 무슨 말인지 곰곰이 돌이켜 보던 그는 회사 계정의 이메일을 확인했다. 첫 페이지부터 현재 페이지까지 살펴보았지만, 전 코치로부터 받은 메일은 없었다. 남자가 이메일을 확인하라는 말은 역시나 쓸데없는 말이었다. 재섭은 차를 출발시켰고 운전하면서 습관적으로 라디오를 켰다.

취재하고 싶은 대상에 대해 계속 미련이 남았다. 스포츠계에 몸담으면서 그 사람의 은밀한 부분까지 취재하고 싶었고, 그와 관련된 것이라면 저 아래 깊은 곳까지 알고 싶었다. 하지만, 전 코치가 죽으면서 모든 게 날아간 것 같았다. 라디오에서 스포츠 뉴스가 흘러나왔다. 기자가 야구 보도를 하면서 상당히 말을 더듬어 귀에 거슬렸다.

"이 새끼는 진짜 아직도 엄청 더듬네. 뭔 인맥으로 방송을 하는 거야?"

재섭은 혼잣말하면서 채널을 바꾸려고 버튼에 손을 댔다.

"이상 한영일보 권필상이었습니다."

한영일보라는 말에 재섭은 차를 멈췄다. 그 언론사는 재섭이 몸담았던 회사였다. 꼰대들이 득실거리는 그 회사를 재섭은 기억에서 잊고 싶었지만, 기억을 더듬어 보니 재섭은 분명 그 회사에 다녔을 때 전 코치를 만났었다.

그는 회사 사이트 계정에 들어가 아이디와 비밀번호를 차례대로 입력하자 로그인에 성공했다. 회사를 그만뒀지만, 아직도 자신의 계정이 존재하다니 어처구니가 없었다. 하여간 월급은 꼬박꼬박 받으면서 일은 더럽게 안 하는 인간들이 수두룩했다. 재섭은 메일함을 차근차근 살피기 시작했다. 오래전에 일하면서 주고받았던 사람들의 이름이 스쳐 지나갔다. 그는 손가락을 빠르게 움직였고 읽지 않은 메일을 발견했다.

그리고 그때 '대영 고등학교 코치입니다'라는 메일의 제목이 보였다. 아니, 이런 메일을 전 코치가 보냈었구나. 왜 내가 이걸 놓쳤지.

시야가 꽉꽉 막혀 있던 재섭은 어둠이 걷히는 느낌이 들었다. 그는 메일을 클릭하고 페이지가 바뀌었는데, 예상과는 다르게 없는 메일이라고 떴다. 다시 재섭은 메일함을 확인했다. 몇 초 전까지만 해도 존재했던 메일이 삭제되어 없어졌다. 그는 급하게 휴지통 함으로 들어가니 그 안에 메일이 있어 다시 읽으려고 하는데 또 사라졌다. 결국 메일이 완전히 삭제되어 전 코치가 보낸 메일은 없어져 버렸다.

누가 이 시간에 메일을 확인하고 삭제한 것일까. 자신과 같은 목적을 가지고 움직이는 사람이거나, 아니면 전 코치가 남긴 흔적을 지우려고 하거나.

07

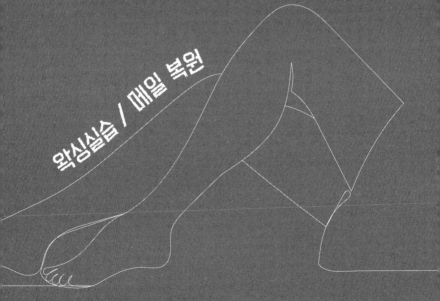

왁싱실습 / 네일 복원

왁싱실습 / 메일 복원

왁싱에 필요한 왁스에 대한 종류를 알아본 다음, 강민하는 직접 팔과 다리 부위에 왁싱을 해보는 시간을 가져보겠다고 말했다. 강민하는 송희에게 눈빛을 보냈다.

곧바로 송희는 침대에 누웠고, 그 주변으로 다른 수강생들이 에워쌌다. 강민하는 왼쪽 다리 왁싱을, 세진은 오른쪽 다리 왁싱을 위해 준비했다. 세진은 장갑을 끼면서 강민하가 설명했던 걸 기억했다. 어렵지 않을 것 같았다. 초보자도 충분히 해낼 수 있을 것 같았다. 왁싱은 약간의 기술만 필요할 뿐, 고도의 기술을 요구하는 것 같지 않는 게 그녀의 생각이었고 평소 눈썰미가 좋다는 소리도 많이 들어 자신이 있었다.

장갑을 착용한 세진은 어떤 왁스를 써야 할지 고민했다. 그녀는 소프트 왁스 중에 제모력이 좋은 아줄렌을 골라 워머기에 왁스를 녹이며 왁스 선택이 옳았는지 다시 점검했다.

왁스가 녹는 동안, 세진은 소독제를 화장솜에 묻혀 송희의 오른쪽 다리를 소독했다. 워머기에 데운 왁스를 나무 스틱에 묻힌 뒤, 손등에 대고 온도를 느꼈다. 적당하게 왁스가 데워진 것 같다고 생각한 세진은 스틱에 왁스를 묻혀 송희의 다리에 발랐다.

"아따, 뜨거워요! 파트너님."

송희는 말하고 나서 세진을 째려보았다. 정말로 뜨거운 표정 같았다.

세진은 스틱에 묻어있는 왁스를 털이 난 곳에 천천히 바르며, 송희의 표정을 살펴보았는데 여전히 뜨거운 듯 인상을 쓰고 있었다. 세진은 아랑곳하지 않고, 왁스를 꼼꼼하게 발랐다. 왁스가 부족하다고 생각한 세진은 왁스를 최대한 많이 묻히고 다시 발랐다. 그래야만 제모가 더 확실하게 될 것 같다고 그녀는 판단했다.

여전히 왁스가 뜨거운지 송희는 인상을 쓰고 있었지만 세진은 개의치 않고 왁스를 바르다가 스틱에서 왁스가 발등 위로 떨어졌다. 그게 송희는 거슬려 표정이 굳었다. 왁스를 바른 후, 세진은 부직포를 부위에 대고 거칠게 떼어냈다.

"앗, 아프다고!"

짜증 섞인 목소리로 송희가 말했다.

세진은 개의치 않고 빠른 손놀림으로 다시 부직포를 붙여 털을 제거했다. 털은 사라지고 있었지만, 송희는 점점 인상을 쓰며 표정이 좋지 않았다. 꽤나 능숙하고 신속하게 세진은 송희의 오른쪽 다리 제모를 끝냈다. 이를 지켜보던 다른 수강생들은 세진이 머뭇거리지 않고 빨리해낸 것 같다는 표정을 짓고 있었다. 보는 건 쉬워도, 실제로 한 번에 하는 건 누구라도 쉽지 않다는 걸 알고 있었다.

"손이 아주 빠르네요. 아주 빨라요."

강민하가 세진을 응시하며 말했다. 세진은 그걸 칭찬으로 여겼다. 반면, 송희는 고개를 저으며 불만족스럽다는 것을 표현했다. 이어서 강민하의 차례였고, 세진은 몰입하며 그녀는 어떻게 왁싱을 하는지 지켜봤다. 세진은 스스로 생각하길 아무리 뛰어난 강사라고 해도 특별한 차이는 없을 것으로 생각했다. 시간의 문제이고, 능숙함의 차이 정도겠지.

강민하는 누워있는 송희의 다리를 솜으로 소독했다. 세진과 다른 점은 소독하면서 다리털의 상태를 확인하는 것이었다. 사람마다 털이 나는 방향과 길이 상태는 모두 달랐다. 그걸 파악하는데 강민하는 중점을 뒀다. 강민하는 상태가 어떤지 체크한 후, 2개의 왁스를 꺼냈다. 모근을 잡아주는데 용이한 아줄렌 왁스와, 발림성이 부드럽고 떼어냈을 때 자극이 덜한 클로로필 왁스였다.

"색깔이 다르지만, 똑같은 성분의 아즐렌 왁스에요."

여기서 강민하는 수강생들을 시험해 보기 위해 거짓말을 했다. 그리고, 강민하는 워머기에 온도를 설정하고 녹였다. 왁스를 녹인 뒤에 나무 스틱을 찍어 왁스를 발랐다. 방법은 똑같았지만, 송희는 평온한 표정을 지었고 그러한 그의 모습에 세진은 의아했다.

"기분이 좋아지는 것 같아요, 선생님."

왁싱을 받으면서 송희는 만족스러워하는 얼굴이었다.

세진은 왁스에 손을 대봤다. 왁스가 뜨겁지 않았다. 자신과 전문가의 차이가 왁스의 선택과 왁스를 녹이는 과정부터 다르다는 걸 알아챘다.

다리에 왁스를 바르는 방법도 강민하는 세진과 차이점을 보였다. 강민하는 왁스의 양을 적당히 사용하여 위아래로 통일성 있게 발랐다. 왁스를 바르는 게 끝나면, 강민하는 부직포를 털에 붙였고 떼어냈다. 송희는 따끔거렸지만 편안한 표정을 지었다. 그렇게 강민하는 왁싱을 마무리했다.

침대에서 일어나 왁싱 된 양쪽 다리를 만져 보았다. 외관상으로 비슷해 보일지 몰라도, 손의 감촉으로 느껴보니 확실한 차이가 났다. 송희는 고개를 까닥거리며, 세진을 쳐다봤다. 그게 무슨 의미인지 알고 있는 세진은 자신이 왁싱한 송희의 왼쪽 다리를 만졌다. 손에서는 약간 꺼끌꺼끌한 느낌은 있었지만, 외관상으로 털이 충분히 제거되었으니 문제없다고 생각했다.

이번에 세진은 강사가 왁싱한 오른쪽 다리를 만졌다. 그 순간, 그녀는 오만했던 생각이 녹아 내려갔고 부끄러워졌다.

강민하가 왁싱한 다리는 마치 아기 피부처럼 부드러웠고 꺼끌꺼끌함도 전혀 느껴지지 않았다. 다른 사람들도 송희에게 양해를 구하고 그의 다리를 만지며 두 사람이 왁싱한 차이를 손으로 직접 느꼈다.

세진은 왁싱에 대해 너무 쉽게 생각한 것 같았고 스스로 절망감이 들었다. 그녀는 자격증을 따서 왁서가 되려는 걸로 만족할 수 없었다. 왁싱업계에서 이름을 날리고 싶었고, 그게 사랑하는 사람의 죽음을 밝히는 것과 연결되어 있다는 걸 본능적으로 알았다.

"잘했어요. 너무 낙심하지 말아요. 눈치 보지 않고, 과감하게 자신이 보고 느낀 대로 한 것만 해도 잘한 거니까."

강민하가 세진의 왁싱 실력을 긍정적으로 평가하며, 낙담해하는 그녀의 어깨를 두드려줬다. 그리고 각자 파트너들은 서로의 팔과 다리 부위에 왁싱 연습을 했다. 강사는 다음 수업부터는 실습을 할 수 있도록 모델들을 섭외해 그들이 도움을 줄 것이라고 말했다.

"문제가 뭔지 알아?"

송희가 다가왔다.

"뭐? 경험자와 초보자의 차이지. 누가 해도 똑같을 거야."

세진은 인정하고 싶지 않았다. 그녀는 먹고살려고 왁싱을 배우려는 것이 아니었다. 반드시 알아내야 하는 진실이 있었기에, 그 누구에게도 지고 싶지 않았다.

"왁스 선택부터 잘못됐어."

송희는 단호한 표정을 지었다.

"니 모근이 강해서 아즐렌은 가장 적합한 거야. 공부 좀 해라."

세진은 이전과 달리 흥분한 모습이었다.

"창의력이 전혀 없네. 그러니까 아픈 거지, 왁싱도 제대로 안되고."

"좀 참아야지. 털 제거하는데 당연히 아픈 거 아냐?"

세진은 까칠하게 말한 뒤 송희를 노려보았다.

"선생님은 아즐렌하고, 클로로필을 섞었잖아. 거기서 차이가 나는 거야."

송희는 확신에 가득 찬 표정이었다.

"아까 선생님은 같은 왁스를 쓴다고 했는데… 제대로 귀담아 안 들었지? 매사가 이런 식이구나, 너는."

세진이 한소리를 했다.

짝짝, 박수 소리였다. 세진은 박수가 난 곳을 바라보니 강민하가 자신과 송희 쪽으로 걸어오고 있었다.

"아주 잘 봤어요. 좋은 눈을 가지고 있네요."

강민하는 끼어들었다.

좋은 눈까지야. 세진은 그렇게 칭찬받을 일은 아니라고 생각했는데, 강민하는 송희를 보고 하는 말이었다. 세진은 아직

이해되지 않는지 의문스러운 표정을 지었다. 그 의문을 풀어주기 위해 송희는 사용한 왁스의 브랜드와 제품명에 대해서 세진에게 설명했고, 그뿐만 아니라 그는 다른 브랜드의 왁스 종류까지 언급했다. 이토록 송희가 왁스 종류에 대해서 빠삭하다는 점이 세진은 놀라웠다.

"선생님이 쓰신 왁스는 어디서 구입하신 건가요? 시중에 판매하지 않는 것 같던데."

송희는 호기심 가득 찬 표정으로 말했고, 세진도 집중했다.

"다르다는 걸 어떻게 알았나요?"

강민하는 놀랍다는 표정을 지었고, 대답을 기다리는 송희의 눈빛은 매우 강렬했다.

"시중에 나온 왁스를 모두 구입해서 테스트해 봤어요. 그런데 선생님이 사용한 왁스의 향이 조금 다르다는 느낌을 받았거든요. 확실하진 않지만."

민감한 코를 가지고 있는 송희였고, 세진은 그가 선행학습을 하고 왔다는 것을 알게 됐다. 세진은 완전히 송희를 자신보다 아래로 보고 있었는데, 오히려 송희가 자신보다 앞서 나가고 있었다. 꽤나 놀란 표정으로 강민하도 송희를 보고 있었다. 그 모습을 보니, 세진은 송희의 추측이 들어맞았다는 것을 알았다.

"이름 있는 왁싱 기술자들은 본인들만의 시그니쳐 왁스를 개발해요. 이번에 한 번 사용해봤는데, 역시 좋은 눈썰미와 후각을 지녔네요."

강민하가 평가했고 송희를 향해 엄지손가락을 들었다. 그녀는 다른 수강생들의 실습을 봐주기 위해 자리를 옮겼다.

왁스에 대해서 세진은 자신보다 송희가 다양한 지식과 실력을 갖추고 있다는 걸 인정했다. 송희는 신중하게 왁스를 녹였다. 두 사람은 왁스가 녹는 과정을 보며, 자신들도 훌륭한 왁싱 기술자가 되려면 왁스를 직접 개발해야 한다는 사실을 서로가 말하지 않아도 알고 있었다.

***

퇴사 이후에 처음으로 한영일보 사무실을 방문한 재섭을 향해 사무실에 있던 사람들은 이곳에 왜 왔는지 하는 모습으로 그를 보고 있었다. 재섭은 직접 사 온 커피를 하나씩 돌리며, 옛 동료들에게 오랜만에 인사했다. 그들은 떨떠름한 표정을 지으며 재섭을 맞이했고, 몇몇은 회사를 엄청나게 비난했던 재섭이 온 것에 대해 쓴소리했다. 재섭은 신경 쓰지 않고 구석에 앉아 있는 필상을 보고 그쪽으로 걸어갔다. 필상은 다른 기자가 쓴 기사의 글을 복사하는 중이었다.

"더듬아, 전화 왜 안 받아?"

재섭은 지난번 라디오 방송 출연시 말을 더듬은 필상의 책상에 커피를 올려놓았다.

"남의 사무실에 왜 왔어? 여기가 니네 동네 구멍가게도 아니고."

필상은 공짜 커피를 마시면서 왜 편의점 캔커피를 사왔냐고 투덜댔다.

"3년 동안 개처럼 일한 곳인데. 방문도 못 하냐? 전화 왜 안 받아? 연락 올 사람도 없으면서."

"꺼져라. 맞기 전에."

"더듬아. 너 그 포털사이트에 올리는 칼럼 있잖아? 그거 조회수 암울하던데, 그렇게 하면 니 연재 조만간 짤린다. 내꺼 좀 봐라."

재섭은 마우스를 뺏어 자신이 연재하는 칼럼을 볼 수 있는 사이트로 들어가 조회수를 확인시켜줬다. 그걸 보고 있는 필상은 재섭을 밀쳤다.

"포털 관계자한테 들었는데, 요새 다른 야구기자 만난다고 하더라. 이번에 니 조회수 안 나오면 거기 짤린다."

"아씨, 진짜 이제 쓸 것도 없는데."

필상은 답답해서 미칠 지경이었다.

"하나 써 줄까? 짤리는 사실은 변함없고, 수명이 좀 늘어나는 거긴 하지만."

재섭은 그에게 제안했다.

"진짜? 너, 뭐 원하는 거 있냐? 결혼식 와달라는 거지? 갈게. 축의금도 넉넉하게 할게."

필상은 다급한 표정을 지었다. 그는 포털 사이트에서 칼럼 뿐 아니라, 팟캐스트도 진행 중이었다.

"빈 봉투 낼 거잖아, 더듬아."

"아냐! 축의금 많이 낼 거야. 칼럼 쓰는 거 도와주라."

필상은 간절한 목소리로 말했다.

재섭은 주변을 살피면서 아무도 없는 걸 확인했다.

"더듬아, 계정 하나 알려줄 테니까 전산팀 가서 삭제된 메일 하나 복원해 봐."

***

옥상으로 올라온 재섭은 옆에 서 있는 필상을 보고 있었다. 필상은 방금 재섭이 작성한 칼럼을 스마트폰으로 확인하고 있었다.

"야, 반응 좀 오네. 역시 스포츠 기자는 취재고, 내용도 필요 없고, 제목만 존나 자극적으로 뽑으면 되네. 너, 제목 짓기 학원 다니냐?"

"댓글 좀 봐라. 내용도 너답지 않게 좋다는 칭찬 많잖아. 더 듬아! 형이 말하는데 이게 스포츠 기자라는 거야. 독자들은 지 쳐 있다고, 똑같이 생산되는 기사에. 적당히 나가서 취재도 좀 하고 그래라. 사람들 만나서 술만 마시지 말고."

재섭은 한 수 가르침을 선사했다.

"다음 칼럼도 좀 써주라."

"한 번이라고 했잖아."

재섭은 더 이상 칼럼에 대해서 이야기하고 싶지 않았고, 생각할 시간이 필요했다. 두 사람은 음료수를 마시며 옥상 밑을 내려다보았다. 때마침 육상부 학생들이 동네를 뛰며 훈련 중이다.

"쟤네 육상부 얘들이지? 열심히 뛰네. 육상으로 먹고사는 건 불가능한데. 저 중에 올림픽 아니다, 아시안 게임 나가는 얘들도 거의 없을 텐데."

필상은 부정적이 의견을 내놓았지만 그게 현실이기도 했다.

"점점 더 어려워지겠지. 비리가 판을 치고 있는데."

재섭은 스포츠계가 상당히 더럽다는 걸 알고 한 말이었다. 그리고 그가 아는 한 육상계는 더더욱 그러했다.

"그거 캘 거냐? 예감이 좋지 않아. 누가 메일 지웠다며? 그러면 건드리지 마라. 그러다가 골로 간다."

필상은 충고했다.

"하여간 뭐든지 쫄아 가지고. 기자는 사람들이 궁금해 하는 대상을 취재해 팩트를 써야 하는 거야. 너처럼 받아서만 쓰는 게 아니고."

재섭은 한심하게 필상을 보면서 말했다.

"쫄아있는 게 아니고, 현명하게 행동하는 거지. 그냥 데스크에서 방향 정해주는 대로 기사 써. 기자는 그렇게 하면 되는 거야. 잘리지 않게만 행동하면 되는 거라고."

필상도 자신의 의견을 굽히지 않았다. 그의 선배들이 그렇게 해왔기 때문이다.

"그러니까 니가 삼류라는 거고, 네티즌과 마니아들이 인정 안 하는 거야."

"난 모르겠다. 현명하게 행동해. 결혼도 앞두고 있으면서."

필상은 말하고 나서 먼저 옥상을 떠났다. 혼자 남은 재섭은 스마트폰으로 옮겨 놓은 메일을 다시 확인했다. 전 코치가 자신에게 보낸 메일이었다. 그의 메일 내용은 짧았지만, 문장과 사용한 단어를 보니 간절함이 엿보였다.

전 코치입니다.
사실, 기자님에게 연락하기 전, 알고 지낸 기자들에게 연락했지만 거절 당했습니다.
기자님의 기사를 잘 보고 있고, 기자님과도 몇 번 안면이 있어 수없이 고민한 끝에 메일을 보냅니다.
올림픽 육상 영웅에 대해서 말하고 싶습니다. 제 이야기를 들어주실 수 있을까요?
그 올림픽 영웅을 지도했던 사람입니다.

.
.
.

08

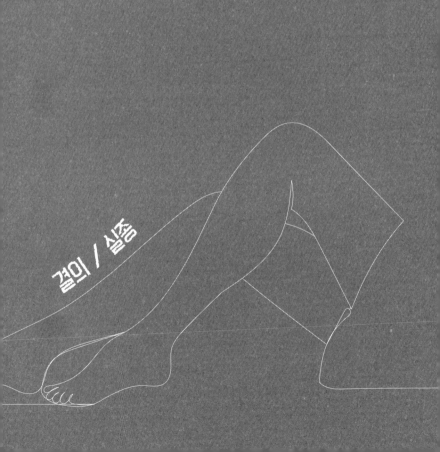

결의 / 시즌9

결의 / 실종

크리스마스이브의 거리는 연인들로 가득했다. 거리를 걷는 세진은 분위기 때문에 그런지 재섭의 얼굴을 머릿속에서 지울 수 없었다. 원래대로라면, 지금쯤 신혼집을 꾸려 즐거운 시간을 보내고 있었을 텐데. 현재 상황이 여전히 믿어지지 않았다. 그렇지만, 크리스마스라고 해서 감상에 젖어선 안 된다는 걸 세진 본인은 잘 알았다.

그녀가 도착한 곳은 파티룸이었다. 친구들은 세진을 반겼다. 이들은 각자 싸가지고 온 음식들을 세팅하는 중이었다. 이제는 연말을 보내는 문화가 점점 바뀌는 추세였다. 밖에서 식사하는 사람들도 있었지만, 파티룸을 잡아 지인들끼리 즐기는 이들도 늘어났다.

세진은 음식을 먹으면서 친구들과 대화했다. 화제는 결혼,

남자친구 이야기, 직장 뒷담화까지. 어떤 주제든 자연스럽게 흘러나오는 대로 이야기가 이어졌다.

그리고 제모에 대한 이야기가 나왔다. 서로가 어떻게 관리를 하는지 이야기를 나눴고 몇몇 친구들은 각자가 다니고 있는 왁싱샵에 대해 평가했다. 그러면서 왁싱을 꾸준히 받는 것도 비용이 많이 나간다고 이구동성으로 말했다.

가만히 이들의 이야기를 듣던 세진은 자신의 가방을 열기 시작했다. 친구들이 다른 주제로 넘어가려고 할 때, 세진은 헛기침했다.

"기술자가 눈앞에 있는 거 안 보여? 내가 너희들 제모 해줄게."

세진은 가방에서 도구를 모두 꺼냈다. 친구들은 약간 당황스러웠지만, 이들은 친한 사이여서 세진의 상황을 알고 있었다. 그 사고 후에 항상 우울하고 말이 없던 세진에게 집중하려는 일이 생긴 것 같아 다행으로 여기는 것 같았다.

친구 한 명이 바지를 걷으며 실내 수영장에 갈 예정이니 다리를 깔끔하게 제모해달라고 부탁했다. 우선 세진은 친구의 다리를 손으로 만지며 모의 상태를 확인 후 눈으로 들여다봤다.

"샤워할 때마다 미는구나? 족집게로 뽑기도 하고."

세진은 장갑을 끼며 말했다.

"절대 스스로 밀지 마. 모공 각화증 같은 피부 질환이 생길 수도 있어. 벌써 그런 조짐이 보이기도 하고."

그러면서 세진은 장갑으로 오돌토돌 솟은 부분을 가리켰다.

"아예 레이저 받을까? 그러면 귀찮은 짓 안 해도 되는데."

세진은 고개를 저었다.

"생각보다 레이저는 가격 대비 효과가 좋지 않아. 부작용이 생길 위험도 있고, 완전히 영구적으로 제거되는 것도 아니고."

제법 세진은 전문가가 된 척 말하며 왁싱하기 위한 준비 과정에 돌입했다. 그러면서 세진은 다시 한번 친구의 팔을 신중하게 살폈다. 팔 안쪽에는 털이 아예 없었지만, 바깥쪽에 털이 듬성듬성 나 있는 걸 확인했다. 세진은 곧바로 왁싱을 시작하기 위해 나무 스틱에 왁스를 찍어 털이 나 있는 방향으로 바르고 부직포를 붙였다가 떼어냈다.

세진은 거침없이 친구의 다리도 왁싱을 했다. 처음엔 의심쩍게 바라보던 친구는 만족스러운지 편안한 표정을 지었다. 다리 왁싱을 끝낸 뒤, 세진은 남아있는 왁스의 잔여물을 화장 솜으로 닦았고 피부를 진정시키기 위하여 미리 준비한 물수건으로 다리 부위를 닦았다.

깔끔한 왁싱 솜씨를 발휘하는 세진의 실력에 다른 사람들도 그녀에게 왁싱을 부탁했다. 서로에게 나쁠 게 없었다. 세진은 경험을 쌓을 수 있었고, 친구들은 돈을 아낄 수 있었다. 모두가 세진의 실력을 칭찬했고, 자신들이 다니는 왁싱샵의 왁서들과 비교해도 세진의 실력은 손색없다고 평가했다. 그렇게 세진은 점점 실전경험을 쌓아갔다. 작업에 열중하면서 친구들의 이야기를 들었지만, 세진은 특별히 반응하지 않았다. 이 정도의 실력으로는 업계에서 인정받지 못할 것이라는 걸 알았다.

친구들은 왁싱과 관련한 희망 사항을 말했다. 한 친구는 왁스의 냄새가 너무 강해 자극적이지 않은 냄새의 왁스가 개발되었으면 좋겠다고 말했다. 왁싱샵 경험이 있는 친구들은 고개를 끄덕였다. 또 한 명의 친구는 매번 왁싱샵 가는 것이 귀찮고, 왁서들과 친밀한 관계를 쌓아도 누군가에게 자신의 털을 보여주는 것이 썩 유쾌한 경험은 아니라고 했다. 그러면서, 친구는 털이 자라는 속도를 늦추거나 조절할 수 있는 왁스가 개발되었으면 좋겠다는 희망 사항도 말했다. 친구들은 웃음으로 넘겼지만, 세진은 하던 왁싱을 멈췄다.

뭔가 큰 충격을 받은 듯, 세진은 도구를 정리하고 자리에서 일어났다. 친구들은 그런 세진을 의아하게 보고 있었다. 세진은 양해를 구하고, 먼저 그곳을 나왔다. 복도를 걷는 그녀의 발걸음은 그 어느 때보다 급했다. 당장 추진해야 할 일이 생겼다. 세진은 평범한 왁서로 남을 수 없었다. 이 땅에서 인정받는 특별한 왁서가 되고 싶을 뿐이었다.

***

어렵게 마련한 신혼집은 불도 켜져 있지 않았고, 송희는 소파에 누워 있었다. 그의 시선은 TV 옆에 놓인 지범과 함께 찍은 사진에 고정되어 있었다. 떠나버린 지범의 존재가 지금 이 순간도 믿어지지 않다. 이런 끔찍한 일에 지범이 휘말리지 않았다면, 송희는 크리스마스이브에 그와 시간을 보내고 있었을 텐데. 좀 더 지범에게 잘해주지 못한 게 후회스러웠다. 그저 당연하게 즐기던 시간은 이제 돌아오지 않았다. 크리스마스이브의 저녁이 끝나가려고 할 때, 스마트폰이 울렸다. 송희는 자신을 걱정하는 가족의 전화일 것이라고 생각해 스마트폰에는 눈길도 주지 않았다.

상대는 집요하게 전화를 해댔다. 송희는 스마트폰을 들여다봤다. 소파에서 몸을 일으켜 세워 전화를 받았다. 세상엔 자신과 똑같은 상황의 사람이 한 명 더 있었고, 그는 외투를 챙겨 입고 밖으로 나갔다.

크리스마스이브 날씨는 한파로 꽁꽁 얼어붙었다. 송희의 입에서 하얗게 입김이 나올 정도로 매서운 날씨였다. 그녀는 길거리 포장마차로 향했고, 그 안에서는 세진이 오뎅을 먹고 있었다.

"오늘 뭐 했어?"

"그냥 소파에 누워 있었지. 왜 전화했어? 너도 어지간히 할일 없었나 보네."

"왁스 좀 연구해봐."

"이미 하고 있잖아. 그쪽 지식이 부족한 건, 너잖아. 가서 공부 좀! 수준 낮아서."

송희는 퉁명스럽게 말했다.

"국내에 유통되는 제품의 종류와 브랜드만 알고 있는 것으로 만족하지 마."

세진은 오뎅 국물이 든 컵을 내려 놓고 주변을 두리번거렸다. 주변을 경계하는 세진을 보면서 송희도 무슨 말을 할지 잠시 기다렸다.

"왁스에 들어가는 전성분을 원산지 별로 조사해. 그리고 그 성분들이 인간의 몸에 어떤 영향을 미치는지도 철저하게 조사하고."

세진은 그 어느 때보다 힘주어서 말했다. 송희는 달라진 세진의 눈빛과 표정을 읽었다. 그녀에게서 진실을 밝히겠다는 압도적인 기운이 느껴졌다. 사건을 종결시키는 데 급급한 형사들, 그리고 그런 형사를 맹목적으로 신뢰하는 가족들. 형사들의 말이 진실일 수도 있겠지만 송희는 지범이 죽기 전까지 매달렸던 연결고리의 끈을 직접 알고 싶었다.

"넌, 뭘 할 거야?"

한참 후에 송희는 말했다.

"모근을 연구할 거야. 생장기, 휴지기, 퇴행기까지, 전부 다."

그렇게 말한 세진은 점퍼 주머니에 손을 넣고 포장마차를 나왔다. 송희는 여전히 그녀의 성격이나 어투, 행동은 마음에 들지 않았다. 하지만, 그녀가 추진하려는 이번 계획에 대해선 반대 의사가 없었다. 자신이 가려던 길이었으니까.

***

　몸은 피곤했지만, 정신은 멀쩡한 재섭은 집으로 돌아왔다. 그는 컴퓨터 앞에 곧장 앉았다. 컴퓨터의 로딩 시간 동안 재섭은 전 코치가 보낸 메일을 오늘에서야 확인한 것이 후회스럽기만 했다.

　그때 메일을 읽었다면, 전 코치의 죽음도 막을 수 있지 않았을까 하는 후회가 몰려왔다.

　그는 검색 창에 올림픽 영웅 채동수의 이름을 쳤다. 새로 페이지가 바뀌었고, 채동수가 환하게 웃고 있는 사진과 그가 소속된 클러치 스포츠의 이름이 보였다. 클러치는 유명 스포츠 에이전시 업체였다. 채동수 뿐 아니라 여러 유명한 스포츠 선수들을 보유했으며, 육상협회 등 6개 경기단체의 마케팅 대행까지 했다.

　채동수의 수상 내역이 펼쳐졌다. 각종 국제대회에서 거둔 화려한 성적이 단연 눈에 들어왔다. 육상의 불모지인 한국에서 이러한 특급 선수가 나타나 국제대회에서 실력자들을 상대로 거둔 훌륭한 성적이었다.

　뭐니 뭐니 해도 채동수의 수상 내역 중에 가장 눈에 띄는 건 역시나 올림픽에서 거둔 성과였다. 올림픽 육상 남자 100m 동메달. 그 누가 아시아 무대가 아닌, 올림픽 무대에서 한국 출신의 선수가 육상 100m에서 메달을 딴다고 상상할 수 있을까.

모두가 불가능하다고 생각했던 일을 해낸 사람이 채동수였다. 세계무대에서 그가 거둔 성적으로 인해 그는 국가에서 영웅 대접을 받았고 그와 관련된 방송도 많이 제작되어 방영됐으며, 영화와 드라마로도 만들어질 예정이다. 그뿐만 아니라, 전국민을 대상으로 실시한 가장 좋아하는 스포츠 선수 순위에서 당당히 1위에 선정된 인물도 채동수였다. 모든 언론사에서도 채동수를 추켜세웠으며, 만약 그가 올림픽 100m에서 금메달을 획득한다면 역대 한국 스포츠 선수 중에 가장 먼저 이름이 언급되어야 한다는 의견도 많았다.

흥미로운 얼굴로 재섭은 기사를 살펴보면서 댓글의 반응도 확인해 봤다. 온통 찬양 일색이었고 그를 비꼬거나 비난하는 댓글은 단 하나도 없었다. 이번에 재섭은 여러 커뮤니티 게시판에 들어가 채동수의 이름을 검색했다. 이곳도 역시나 반응은 똑같았다. 재섭의 의견도 크게 다르지 않았다. 올림픽 영웅이 흘린 땀과 상상을 초월할 정도의 노력은 비난하고 싶지 않았다. 단, 전 코치가 죽기 전까지는 말이다.

그는 의자에서 일어나 턱을 괸 채 방을 왔다 갔다 했다. 생각이 많아 보이는 그였다. 전 코치가 갑자기 자살했다는 것에 대해서 재섭은 그냥 넘어갈 수 없었다. 게다가 왜 전 코치는 자기 제자에 대해서 할 말이 있다고 메일을 보냈던 걸까. 기자는 거짓이 아닌 진실만을 전달하는 것이라고 기자 생활 동안 재섭은 믿었고 지금도 그 마음가짐은 변하지 않았다.

누구나 인정하고 자신도 팬으로 응원하는 올림픽 영웅 채동수에 대해서 재섭은 어떠한 편견 없이 중간 입장에서 그를 조사하기로 마음을 정했다.

간단하게 배를 채우기 위해 재섭은 부엌으로 가서 사발면을 꺼냈다. 커피포트에 물을 넣은 뒤 물이 끓길 기다렸다. 평소에 전혀 전화하지 않는 필상에게 전화가 왔다. 재섭은 그가 술을 먹고 잘못 걸었다고 생각해 받지 않았다. 필상은 전화를 끊지 않았다.

"야, 번호 눌러져 있다. 끊는다."

재섭은 귀찮은 듯 전화를 끊으려고 했다.

"야, 칼럼 하나 더 써줘."

필상이 애원했다.

"끊는다."

"야! 야! 잠깐만! 기다려봐. 중요하게 할 말 있어."

필상의 간청에, 재섭은 통화를 끊으려다가 기다렸다. 그는 필상이 어떤 말을 할지 충분히 짐작갔다. 그는 필상이 부탁할 칼럼을 또 작성해줄 시간적 여유가 없었다.

"뭐하냐? 끊는다."

재섭은 젓가락으로 사발면을 휘저으며, 스마트폰에 손을 댔다.

"잠깐… 자, 잠깐. 이거, 이상한데."

필상은 뜸을 들였다.

"더듬아, 끊는다."

그 수법이 마음에 들지 않는 재섭은 라면을 입 안으로 넣으며 말했다.

"알아보라고 했던 채동수의 절친한 친구 있잖아!"

다급한 목소리였다. 필상은 할 말이 있었다.

재섭은 젓가락을 내려놓고 집중했다. 그는 필상에게 슬쩍 지나가며 채동수와 어릴 적부터 함께 육상을 했던 친구에 대해서 알아보라고 했기 때문이다. 재섭이 얼핏 듣기론 채동수는 그 친구를 계기로 육상을 시작했다는 이야기를 들었다. 필상의 필력에 대해선 늘 혹평했지만, 그의 정보력만큼은 꽤 인정하는 부분이 있었다. 여기저기 많이 기웃거리는 필상의 주변에 정보원들이 많다는 걸 알고 있었기 때문이다. 그가 무슨 말을 할지 재섭은 기다렸다.

"그 친구 실종된 것 같아."

***

대형 강의실에서 수강생들은 왁싱을 하기 위한 준비과정에 돌입했다. 각 침대에는 왁싱 실습을 돕기 위해 참여한 모델들이 누워 있었다. 수강생들 사이에서 세진과 송희도 각자의 스타일대로 준비했다. 송희는 왁스의 제품을 살피면서 어떤 왁스를 쓸지 고민하고 있었다.

세진은 누워 있는 남자의 팔을 눈으로 살폈다. 모의 양은 꽤 많았다. 팔에 난 털에 왁스를 발라 왁싱을 한다는 일차원적인 생각에서 세진은 벗어나기 위해 노력했다. 그렇게 단순하게 접근해선 그녀가 원하는 수준의 왁서가 될 수 없었다. 세진은 팔을 집중해서 쳐다봤다. 털의 방향, 길이, 굵기까지. 그녀는 남들이 쉽게 간과할 수 있는 부분에 집중했다.

"자, 팔부터 왁싱 하세요. 시간 잴 거예요."

강민하의 말에 수강생들은 왁스의 종류만 파악하고 바로 왁스를 워머기에 녹였다. 그 중 유일하게 왁스 선택을 신중히 하고 있는 사람은 송희 뿐이었다. 테이블에 놓인 수십 개의 왁스 겉면을 살폈다.

각각의 왁스는 다양한 색깔로 만들어져 있어 눈길을 끌었고, 앞면의 상표와 제품명이 적혀 있는 라벨도 깔끔했다. 송희는 다른 수강생들을 보았다. 몇몇은 벌써 왁스를 팔에 바르고 있을 정도로 빠른 진행 과정을 보였다.

"의욕이 없어?"

송희 옆에서 세진은 한마디 내뱉고 그녀도 왁스를 모두 녹였다.

여전히 송희는 왁스 선택에 시간을 소비했다. 겉면의 라벨은 그럴듯해 보였지만, 송희는 결코 겉면에 보이는 표시를 완전히 신뢰하지 않았다. 왁스 제품에서 가장 중요한 건, 뒷면의 라벨이라고 그는 믿었다. 뒷면 라벨에는 글씨들이 작게 적혀져 있었다. 원산지, 유통기한, 제조업소, 수입업체, 그리고 전성분이 보였다.

일반적인 왁스의 성분에는 글리세린, 파라핀, 로진 등이 포함되어 있다. 여기 있는 왁스가 특별히 문제될 건 없었다. 하지만, 송희는 왁스 중에 유일하게 특정 오일이 포함되어 있는 왁스를 찾을 수 있었다. 그 오일은 피부에 잘 스며드는 뛰어난 흡수력을 가지고 있는 게 특징이었고 송희는 망설임 없이 그 왁스를 선택해 작업에 들어갔다. 녹인 왁스를 모델의 팔에 도포했다. 그리고 왁스가 굳으면 떼어냈다. 이러한 과정을 거치며 송희는 스스로 부족한 점이 느껴졌다. 아직 자신은 임기응변으로 흉내를 내는 정도에 그쳤다. 좀 더 피나는 노력이 필요했다.

"다리로 넘어가세요."

강민하가 수강생들이 왁싱하는 모습을 지켜보며 지시했다. 수강생들은 팔에 왁싱을 했듯이, 똑같은 방법으로 다리 왁싱으로 들어갔다. 세진은 잠시 숨을 고르며 예리한 눈빛으로 누워 있는 사람의 다리털을 살폈다. 털의 길이와 굵기를 파악하고 바로 왁싱에 들어가려고 할 때, 세진은 털의 상태에서 그 사람이 최근 섭취한 영양 상태를 알 수 있을 것 같았다. 사람의 털은 저마다 특징이 있었다. 그 털을 정교하게 살피다 보면, 왁스의 전성분과 어울리는 털과 그렇지 않은 털을 구분할 수 있을 것 같았다.

왁싱이 진행되면, 진행될수록 세진은 눈에 보이는 털이 아닌, 털의 성질을 파악하는 것이 중요하다는 걸 몸소 느꼈다. 그렇게 하는 것이 추후에 다른 왁싱샵과의 차별성을 가질 수 있는 부분이라는 걸 세진은 알았다. 왁스를 도포한 털에 부직포를 붙인 후 떼어냈다. 털이 뜯겨나가고 맨살이 드러났다. 겉으로 보이는 살인사건의 이면에 또 다른 진실이 숨겨져 있는 걸까.

다리에는 털이 수북했다. 강민하가 시간이 많이 남지 않았다고 발언했다. 세진은 시간 내에 끝내기 위해 속도를 올렸지만, 다리 부분의 작업은 쉽지 않았다. 세진은 마음속으로 생각했다. 이 털을 자신이 마음대로 컨트롤 할 수 있다면, 만약 그게 가능하다면 진실에 좀 더 가까이 갈 텐데.

강민하가 종료를 선언하자, 세진과 수강생들은 일제히 행동을 멈췄다. 강민하는 예리한 눈으로 수강생들이 왁싱을 실시한 팔과 다리를 점검했다. 그녀는 경험이 많아 슬쩍 보아도 수강생들을 평가할 수 있었다. 대체로 그녀가 볼 때 수강생들의 실력은 비슷했다. 강민하는 송희가 왁싱한 모델의 팔과 다리를 봤다. 다른 수강생들과 비교할 때, 확실히 송희의 실력은 뛰어났다. 그리고, 강민하의 시선은 송희가 사용한 왁스로 향했다. 그의 진정한 실력은 손기술이 아니라 바로 제대로 된 왁스를 고르는 탁월한 눈이었다.

　마지막으로 강민하는 세진 쪽으로 갔다. 강민하는 이 모델이 다른 사람보다 모량이 많고 모가 상당히 두꺼워 세진이 고전할 것으로 생각했는데 자신의 눈을 의심했다. 시간이 흐른 지 불과 며칠 밖에 되지 않았지만, 세진의 실력이 일취월장했기 때문이다. 강민하는 왁싱된 모델의 다리를 좀 더 가까이서 살폈다. 대부분의 수강생은 왁싱 후 관리에 대해서 소홀했다. 그래서 왁싱을 받은 사람들의 피부는 붉어져 있었고 이것은 지극히 자연적인 현상이었다. 왁싱은 모근까지 제거하기 때문이다. 강민하는 이리저리 살폈다. 다른 수강생들이 왁싱한 것보다 붉은 기가 확실히 덜했다. 초보자가 단기간에 이 정도로 숙련된 실력을 보인 건 처음이다.

　"세진 씨하고, 송희 씨하고 돋보이네요. 두 사람한테는 이번에 제가 쓴 책을 선물로 줄게요."

　그러면서 강민하는 박수를 유도했고, 다른 수강생들은 두 사람을 향해 박수쳤다. 강민하는 박수치면서 세진을 보았다. 세진은 왁싱에 임하는 마음가짐이 달랐다. 생계를 위해서 온 게 아니었고, 마치 세진은 처절한 사투를 벌이고 있는 것 같았다.

　세진과 송희는 칭찬에도 크게 반응하지 않았다. 이 정도의 실력으로 만족할 수 없었다. 더욱 실력을 향상시켜 진실이 무엇인지 두 눈으로 확인하고 싶었다.

***

사람이 실종되었다는 말을 듣고 나서 한동안 재섭은 멍했다. 일반적인 실종 사건도 섬뜩한데, 채동수와 관련된 사람이 실종되다니. 게다가 실종된 사람은, 사람들이 자살한 것으로 알려진 전 코치의 제자이기도 했다. 채동수의 육상 인생에 적지 않은 영향을 끼친 것으로 보이는 두 사람이 죽었거나, 실종되었다는 것은 어떻게 해석해야 하는 걸까.

그의 차는 어느덧 체육 입시학원이 보이는 상가 건물에 도착해 있었다. 여러 가지 의문을 가진 채 그는 상가 건물 안으로 들어갔다.

곧장 체육 입시학원의 사무실로 향한 재섭은 몇몇 직원들이 컴퓨터 앞에 앉아 일하는 중인 것을 확인했다. 이들의 나이가 어린 걸로 보아 재섭은 이 학원 출신의 대학생들이 파트 타임으로 일하는 것으로 추측할 수 있었다.

"안녕하세요, 이대선 강사님 계신가요?"

사람이 있는지 확인하는 일반적인 질문을 던졌는데, 재섭은 분위기가 싸하다는 느낌을 받았다.

입시학원에서 일하는 강사들은 재섭을 경계하며 쳐다봤다. 역시나 그의 예상대로 강사들은 그런 사람은 없다며 짧게 답하고 자리에서 일어나 손수 문을 열어주며 나가달라는 손짓을 취했다.

"혹시, 이대선 강사가 육상 올림픽 영웅 채동수에 대해서 이야기하지 않았나요? 같이 어울렸다는…"

"학원 등록에 관한 게 아니면 나가주세요. 저희도 바빠서요."

"이대선 강사가 말했었죠? 자기가 채동수하고 꽤 잘 안다고. 그것만 말해주세요."

"그런 이야기는 모르겠고, 그만두셨습니다."

"그만둔 게 맞나요?"

의미심장한 표정을 짓고 있는 재섭이다. 그러자 강사들은 그를 밖으로 나가게 했고, 문이 닫혔다.

재섭은 계단을 내려오면서 미련이 남은 듯 닫힌 문 쪽을 보았다. 그의 직감으로 분명히 강사들이 이대선 강사에 대해서 이야기하는 걸 회피하고 있었다. 어떤 이유로 그런 걸까. 누가 그렇게 시킨 것인가, 아니면 스스로 그렇게 행동하는 것일까.

밖으로 나온 재섭은 다시 차에 몸을 실었다. 시동을 걸고 천천히 출발한 재섭은 다음 행선지를 어디로 가야 할지 정하지 못했다. 고민을 거듭하면서 운전하던 그는 백미러를 봤다. 직원 한 명이 소리를 지르며 뛰어오고 있었다. 조금 전, 입시학원 사무실에 있었던 직원이다. 재섭은 일단 차를 세우고 창문을 내렸다.

"저기요. 헉헉, 강사님… 아니 대선 오빠 좀 찾아주세요."

"예? 아까는 모른다고 하셨던 것 같은데…"

"화장실 간다고 하고, 나온 거예요. 저도 실종되었다고 생각해요. 그 채동수 선수하고 같이 다니는 사람 있잖아요."

여자는 기억을 더듬으며 생각하고 있었다.

"맞다! 클러치 스포츠 사람이었는데. 채동수 선수 인터뷰할 때 TV에서 종종 보던 사람이요."

"에이전트 허창재!"

클러치라는 말에 곧바로 재섭은 반응했다.

"네네 맞아요! 대선 오빠가 학원에 안 나오는 시점부터 그 남자를 여기 편의점 앞에서 본 적 있어요. 갑자기 이곳에 온 게 조금 이상했는데. 아이고 너무 늦었다. 가볼게요. 기자님이라고 하셨죠? 꼭 찾아주세요."

그 말을 하고 나서 앳돼 보이는 직원은 뛰어왔던 길을 되돌아갔다.

다시 재섭은 차를 출발시켰다. 조금 전까지 목적지를 정하지 못한 그의 머릿속은 정리가 되어가고 있었다. 채동수와 이대선에 대해서 알고 있는 사람을 만나야만 했다.

먼 길을 달린 재섭의 차는 군대 위병소 근처에 차를 세웠다. 재섭은 차에서 내려 위병소 쪽으로 걸어갔고 외부 방문자 기록부에 이름을 적고 나서야 옆에 마련된 면회장으로 들어갈 수 있었다. 이미 면회를 하고 있는 군인과 가족이 보였다. 재섭은 스마트폰을 꺼내 통화를 누르면, 구석에 앉아 있던 군인 한 명이 일어났다. 그쪽으로 재섭은 걸음을 옮겼다.

"요새 군대 많이 좋아졌네. 스마트폰도 들고 다니고. 안녕하십니까."

재섭은 군인과 간단하게 인사를 했고, 직접 가지고 온 음식과 여러 종류의 책을 탁자 위에 올려놓았다. 군인은 음식을 먹기 시작했고, 재섭은 군인을 보면서 자신의 군생활과 비교해 많이 편해 보인다고 속으로만 생각했다.

"채동수 선수하고 꽤 친했었죠?"

바로 본론으로 재섭은 들어갔다.

"중학교 때부터 자주 어울려 다녔죠. 지금은 뭐 한국 스포츠의 보물과도 같은 존재라 만나기가 힘들지만. 그냥 좋았던 추억 정도로 기억하려고요. 그놈이 한국 역사상 최고의 스포츠 선수가 될 줄이야. 신발에 사인이나 많이 받아놓을걸. 그래서 신발을 비싸게 팔아먹는 건데."

필요 이상으로 군인은 말을 많이 하고 젓가락으로 순대를 집었다.

"또 한 명 있었죠? 이대선이라고."

재섭의 물음에, 군인은 먹던 순대를 잠시 내려놓았다.

"대선이도 가까웠죠. 기자님도 조사해서 알겠지만, 둘이 엄청 친했고요. 저도 같이 어울리는 한 명이었고."

"이대선 씨가 연락이 안 됩니다."

"예? 그럴 리가요? 어디 해외로 간 거 아니에요?"

군인의 얼굴이 상당히 어두워졌고 걱정하는 기색이 역력했다.

"정말 대선이가요? 거짓말 하는 거 아니죠? 잠시만요."

군인은 밖에 있는 친구들에게 문자를 보내며, 이대선의 행방에 대해 확인하고 있었고 답장을 확인하고 나서 한숨을 내쉬었다. 그런 모습을 보면서 재섭은 이제부터는 천천히 다가가야 한다는 걸 알았다. 상대는 말할 준비가 되어 있었다.

"사실, 대선이가 올림픽 영웅 동수보다 훨씬 뛰어났었죠. 올림픽에 나갈 사람은 대선이가 될 줄 알았는데."

군인은 자신의 생각을 말했다. 재섭은 훨씬 뛰어났다는 표현에 주목했다. 육상의 경우, 일반적인 구기 스포츠 종목과 비교해 실력 차이를 극복하는 건 상당히 어려운 일이었다.

"채동수 선수는 중학교 때 부상이 있었나요?"

"아뇨, 부상을 당한 적은 없었어요."

"그러면, 대회 참가를 안 했던 이유가?"

재섭은 물었다. 그는 여기 오기 전에, 중고등학교 육상대회 성적을 모두 조사했다. 이대선의 이름은 쉽게 찾을 수 있었지만, 채동수의 이름은 발견할 수가 없었다. 어떤 특별한 이유가 있어 참가를 안 한 것인지 재섭은 궁금증을 가지고 있었다.

"참가는 했었죠. 꼬박꼬박."

군인은 말했다.

"비공식 대회?"

"아뇨, 여러 대회에 많이 출전했죠. 대선이하고 같이."

군인의 말을 듣고 나서 재섭은 오전에 보고 왔던 대회의 성적을 기억했다. 그 대회에서 이대선은 1등을 했지만, 채동수의 이름은 찾을 수 없었다.

***

어느덧 왁싱 수업은 막바지로 접어들었다. 각 조별로 차례대로 페이스라인 실습을 하는 중이었고, 강민하와 수강생들 전원이 각자 평가점수를 매기는 중이었다. 좀 더 세심한 기술이 필요한 페이스라인에 대해 수강생들은 애를 먹었다. 왁싱을 받는 사람들은 자극이 심해 아파하는 표정을 지었다.

얼굴의 이마, 눈썹, 인중, 구레나룻 등은 다른 부위보다 피부가 약해 조금의 자극도 크게 느껴진다. 다른 수강생들의 왁싱이 끝난 이후, 모델은 거울을 들어 얼굴을 살폈다. 그는 헤어라인을 만지면서 고개를 갸우뚱거렸다. 그게 어떤 의미인지 모두가 알고 있었고, 직접 왁싱을 주도한 수강생은 겸연쩍게 웃으며 아직 배우는 중이라고 변명했다. 다른 수강생들도 충분히 공감되는지, 서로서로 격려하며 웃고 떠들기 시작했다.

그걸 지켜보고 있는 세진의 얼굴은 냉소로 가득 찼다. 그녀의 머릿속은 각 부위마다 어떻게 시작을 해서 끝을 맺을지 시뮬레이션을 돌리고 있었다. 헤어라인, 눈썹, 인중, 콧망울, 구레나룻은 같은 털이었지만, 모질 자체는 달랐기 때문이다. 또 털이 제거되는 것만큼, 중요한 건 왁싱을 받는 사람이 통증 없이 만족할 수 있느냐였다. 털이 제거되었다는 것만으로, 자신은 훌륭한 왁서가 되었다고 생각하면 큰 오산이라고 세진은 믿었다.

그렇게 세진은 마음가짐을 단단히 하고 장갑을 끼었다. 옆에 있는 송희도 동시에 장갑을 끼었다. 둘은 서로의 역할에 대해서 알고 있었다. 모두가 그들에게 집중했고, 강민하가 시작을 외쳤다.

우선 송희는 신중하게 여러 종류의 왁스를 살피더니 모델의 피부에 가장 적합한 알로에 성분이 들어간 하드 왁스를 골랐다. 알로에는 피부 보호를 해줘 민감한 얼굴 부위에 사용하기 좋은 왁스라고 송희는 판단했다. 그는 뒷면의 전성분과 원산지를 확인한 뒤, 바로 그 왁스를 쓰려고 하는데 문득 제조업체가 눈에 들어와 다시 확인하고 그 왁스를 손에서 내려놓았다. 제조업체에서 생산한 왁스는 현지에서 제조과정이 투명하지 않아 경고 받았던 해외 기사를 확인했었기 때문이다. 송희는 왁스 생산부터 자신이 직접 관여하고 싶은 마음이 점점 커져만 갔다.

송희가 왁스를 녹이는 사이, 세진은 시간을 허투루 쓰지 않았다. 그녀는 헤어라인, 미간의 잔털, 눈썹, 수염, 구레나룻을 장갑 낀 손으로 만지며 모의 성질을 파악했고 어떤 순서로 왁싱을 할지 지도를 그리고 있었다. 그녀는 처음엔 체계적인 순서 없이 왁싱을 했지만, 미리 설계하지 않은 왁싱은 평범한 왁싱에 불과했다. 머릿속으로 완벽한 설계도를 구축해 왁싱에 들어가야 왁서도, 고객도 모두 만족할 수 있는 것이었다.

워머기로 왁스를 녹인 송희가 나무 스틱으로 왁스를 찍어 온도를 확인한 뒤 나무 스틱을 세진에게 넘겼다. 세진은 누워 있는 모델의 얼굴을 아래로 내려다보면서 머릿속으로 그렸던 설계도를 떠올렸다. 그리고 세진은 나무 스틱에 묻은 왁스를 모델의 이마에 최대한 길게 도포했고 바르는 횟수를 최대한 적게 가져갔다.

여러 번 나무 스틱을 이마에 갖다 대면, 왁싱을 받는 사람은 왁서의 실력에 의문을 품게 된다. 신중하게 하는 것도 중요하지만, 왁싱에서 가장 중요한 점은 속도이기도 했다. 이어서 세진은 이마의 잔털에 왁스가 굳으면 빠르고 정확한 손놀림으로 왁스를 떼어냈다. 받는 사람이 아프다는 느낌보다는, 시원함을 느낄 수 있도록.

왁싱을 받는 사람은 편해 보였다. 세진은 지금과 같은 속도와 힘으로 왁싱을 이어 나가면 된다고 판단해 바로 얼굴 볼과 구레나룻 부분으로 작업을 들어갔다. 면적이 넓은 얼굴 볼은 왁스를 털이 난 방향대로 도포하고 굳으면 떼어냈다. 세진은 평소보다 왁스가 사람의 피부와 융합이 잘되는 느낌이 들었고 그 이유를 알 것 같았다. 세진은 잠시 숨을 고르면서 왁스를 선택한 송희를 쳐다봤다. 사람의 피부에 걸맞는 왁스를 꼼꼼하게 선택한 송희의 안목을 절대로 간과할 수 없었다. 이 부분에 있어선 그를 절대 따라갈 수 없을 것 같았다.

그다음은 턱, 인중, 코까지 마무리하면 페이스 왁싱이 끝났다. 왁싱을 받은 사람은 눈을 뜨고 자신의 얼굴을 만져 보았다. 세진은 거울을 넘겨줬다. 그는 거울로 얼굴을 살피더니 만족스러워하는 표정을 지었다.

강민하는 조용히 박수를 치며, 세진과 송희의 실력을 칭찬했다. 다른 수강생들도 둘의 실력이 월등하다고 인정하는 분위기였다. 강민하는 전화가 걸려 와서 받았다. 세진의 시선은 그녀에게로 향했다. 강민하는 걸려온 전화를 상당히 신중한 자세로 받으며 밖으로 나갔고, 세진은 그녀에게서 눈을 떼지 않았다.

학원에 등록한 이유는 강민하가 단순히 유능한 왁서여서가 아니었다. 강민하가 속해 있는 사회로 침투하려는 목표가 있었다. 그녀의 오퍼가 들어올 날을 기대하면서.

***

거리에 차를 세운 재섭은 차 안에서 조용히 대기한 채 낡은 건물을 바라보고 있었다. 사람의 뒤를 캐는 것에 대해서 재섭은 흥미가 전혀 없었지만, 이번만큼은 어쩔 수 없었다. 그는 지난 몇 주 동안 정식으로 취재를 요청했었지만, 상대는 연락을 받지 않았다. 계속 한 사람을 주시하고 있던 재섭은 비닐봉지에서 간단한 간식거리를 꺼내 먹기 시작했다. 시간도 보낼 겸 그는 스마트폰으로 동영상 사이트에 들어가 에이전트 허창재라고 검색하자 그와 관련된 동영상을 찾을 수 있었고 그중에 스포츠 에이전트의 삶이라는 제목의 동영상을 클릭하고 시청했다.

동영상 속, 깔끔한 양복을 입은 허창재가 등장했다. 고급스러운 사무실의 벽면에 '클러치 스포츠'의 회사 로고와 그의 회사가 관리하는 유명 스포츠 선수들의 브로마이드가 걸려 있었다.

그중에 육상계의 스타 채동수의 사진을 비추는 시간이 다른 선수들과 비교해 길었다. 컴퓨터 앞에 허창재는 앉아 있으면서 영문 계약서를 확인했다. 그리고 그는 누군가에게 전화를 걸더니 유창한 영어로 계약서에 대해 이야기했다. 그 영상을 보면서 재섭은 웃음이 나왔다. 누가 봐도 마치 연출된, 완벽한 보여주기식의 영상이니까.

재섭은 다시 건물 쪽을 보면서 영상의 재생속도를 빠르게 조절했다. 허창재는 회의실에서 주도적으로 업체들과 이야기를 나누며 계약을 성사시켰고, 업체의 고위 관계자는 계약 배경에 대해 믿을 수 있는 에이전트이기 때문이라며 인터뷰했다.

허창재의 일상은 계속 이어졌다. 이번에 그는 인천공항 입구장에서 누군가를 기다렸다. 잠시 후에 스포츠 트레이닝복 차림의 외국 사람들이 입국했고, 허창재는 그들 쪽으로 다가가 반갑게 악수했다. 허창재는 자신을 촬영하는 사람들에게 세계적으로 유명한 육상 코치라고 말한 뒤, 다소 과장된 행동으로 그들과 이야기를 나눴다. 뻥도 잘 치네. 이제는 퇴물 코치일 뿐인데, 라고 재섭은 생각했다.

허창재의 하루는 계속 이어졌다. 그는 넓은 대학 강당에서 스포츠 에이전트를 꿈꾸는 학생들을 상대로 강연했다. 허창재는 주먹을 불끈 쥐어 보이며, 에이전트에게 가장 중요한 건 선수가 필요한 것을 먼저 읽는 눈이라고 강조하자 학생들은 박수를 쳤다. 이것도 짜고 치는 느낌이 들었다.

선수의 개인적인 일도 신경 써야 하는 것이 에이전트의 삶이었다. 허창재는 지방에서 올라온 선수 가족들과 함께 호텔 앞에 도착했다. 허창재는 호텔 안으로 들어가 체크인하고, 선수 가족들에게 편히 쉬라며 호텔 카드를 넘겼다. 선수의 가족도, 자신의 고객이라고 말하는 허창재. 그렇게 그에 대한 영상은 끝났고, 댓글은 칭찬 일색이었다. 비웃음이 나오는 걸 재섭은 참으면서 다시 정면을 응시했다.

오랜 기다림 끝에 허창재가 밖으로 나왔다. 재섭은 집중해서 그를 보았다. 그런데, 허창재의 행동은 조금 전 보던 영상과는 다소 차이가 있었다. 공식 자리에서 허창재는 신중하고 예의 있게 행동했지만, 지금은 정반대의 모습이었다. 그는 연속으로 바닥에 침을 뱉었다. 뒤이어 건물에서 나오는 사람은 육상 유망주였다. 허창재는 선수의 뒤통수를 머리로 때리는 예상 밖의 행동을 취했고 자주 그렇게 하는 듯 보였다.

건물에서 나온 허창재와 유망주는 어디론가 걸어갔다. 아마
도 근처에 차를 주차해서 그쪽으로 걸어가는 것으로 보였다.
재섭은 차에서 내리려다가 멈췄다. 여기서 판단을 잘해야만 했
다. 허창재를 따라가느냐, 아니면 여기 남아서 건물 밖으로 나
올 사람을 기다리느냐. 허창재는 왜 이곳을 방문한 것일까. 그
것도 자신이 관리하는 운동선수와 함께. 분명히 어떠한 목적을
가지고 온 것이 확실할 텐데. 재섭은 같이 움직일 수 있는 동료
가 없다는 것이 뼈아팠다. 사실, 이게 스포츠 기자들의 현실이
기도 했다. 회사에서는 스포츠 기자가 팀으로 움직이는 걸 싫
어했다. 돈도 안 되는 일에 두 명이 움직이는 건 인력 낭비라는
말이었다.

　게다가 스포츠 기자들이 취재를 나가는 것조차 구박을 줬
다. 취재한 기사라고 해도, 관심을 받지 못하면 아무런 필요가
없다고 윗선에서는 평가했다. 재섭이 현재 움직이고 있는 비용
모두 사비였고 이 일에 대해서 회사에 보고하지 않았다.

　언젠가 재섭은 회사 사람들과 점심 후에 커피를 마시면서
채동수에 대한 이야기를 나눴었다. 그때, 막 인턴기자로 들어온
대학생도 있었다. 인턴기자는 채동수가 거둔 국제대회 성적에
대해 다소 의문을 제기했다. 그러자, 동료 기자들은 싸늘한 시
선으로 인턴기자를 보더니 매서운 얼굴로 단지 개인적인 의견
을 말한 인턴기자를 강하게 비난했다.

　국제대회에서 국가를 빛내고 있는 스포츠 영웅을 응원해주

지 못할망정 그냥 닥치고 무조건 응원하라는 뉘앙스가 강했다. 그런 비난이 너무 심해 재섭도 끼어들지 못했다. 주변에 그 이야기를 듣고 있던 사람들이 인턴기자가 들을 수 있도록 미친놈이네, 라고 자기들끼리 이야기하고 있었기 때문이다.

인턴기자는 그 후에 회사에 나타나지 않았다. 아무리 국가를 빛내고 있는 스포츠 영웅이라고 해도, 갑자기 경기력이 향상한 것에 대해 궁금해 하는 건 당연한 일이었다. 선수가 경기력 향상을 위한 어떤 훈련 과정을 거쳤는지 알고 싶은 것도 당연했다. 이러한 훈련 과정에 대해 유명 스포츠 선수들은 인터뷰를 통해 투명하게 공개했다. 그러나 채동수는 아니었다.

그 점 때문에 재섭은 단독으로 움직이는 것이었다. 긴 고민 끝에 그는 차 안에 계속 있었다. 허창재가 여기까지 온 이유가 있을 것이다. 그렇게 그는 기다림과 싸웠다. 시간은 계속 흘렀다. 아무도 건물 밖으로 나오지 않았다. 간혹 지나가는 사람은 있었지만, 주목할 사람은 아니었다.

자신의 결정에 대해서 후회가 들었다. 재섭은 차의 시동을 걸었다. 완전히 실패한 하루라고 단정 지으려고 할 때, 건물 밖으로 나온 사람을 재섭은 주목했다. 검은색 모자를 쓴 남자, 그 남자는 약물 디자이너 겸 딜러였다. 베테랑 스포츠 기자들만 알고 있는 비밀스러운 인물이 눈앞으로 지나가고 있었다.

09

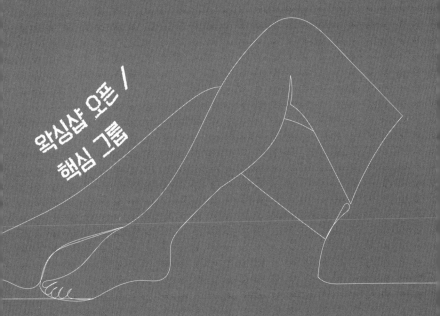

왁싱샵 오픈 /
핵심 그룹

왁싱샵 오픈 / 핵심 그룹

벽면에 피부미용사 자격증 2개가 걸려 있었다. 이곳은 세진과 송희가 새로 오픈한 왁싱샵 내부였고, 그들은 일찍 출근했다. 세진과 송희는 정문을 열고 청소에 열중했다. 세진은 손걸레로 테이블, 진열장, 의자를 닦았다. 송희는 빗자루로 바닥을 쓸었다. 고객은 왁서의 실력을 보기 전에, 왁싱샵의 내부를 먼저 평가한다. 그런 이유 때문에 세진과 송희는 매일 청소를 실시했다. 데스크 쪽 청소가 끝나면, 세진은 문을 닫았다. 문에는 왁싱 하우스라는 상호명이 새겨져 있었다.

세진은 자신이 쓰는 시술실을 청소했고, 도구들을 가지런히 정리하며 잠시 상념에 빠졌다.

학원에서 수업을 모두 마친 뒤, 간단하게 다과를 즐기는 시간을 가졌다. 수강생들은 같이 수업하면서 꽤 친해져 있었다.

그들 틈에서 송희도 대화하면서 웃고 있었다. 세진은 그런 그의 모습이 오히려 슬프게 느껴졌다. 그 역시도 소중한 사람을 잃었고, 지금처럼 웃고 있는 건 본심을 숨기기 위해서니까. 구석에서 세진은 조용히 음료를 마셨고, 그녀 옆으로 강민하가 다가왔다.

"세진 씨, 무슨 생각 하고 있는 거예요? 벌써 가게 오픈 준비?"

"아니요. 시험이 걱정되어서요."

"에이, 세진 씨는 눈감고도 그냥 시험 통과할 텐데. 이건 비밀인데 다른 강사들보다도 훨씬 실력이 우수해요."

"정말요? 칭찬 감사합니다."

"내가 전에도 말했지만, 왁서는 누구나 노력만 하면 될 수 있어요. 그러나 실력 있는 왁서로 오랫동안 남는 사람은 많지 않죠. 대부분 발을 담갔다가, 빼는 경우가 다반사예요. 여기 있는 수강생들은 안 그랬으면 좋겠지만."

강민하는 주변을 두리번거리며 말했다.

"저는 절박한 심정이긴 해요. 경기가 많이 어렵잖아요. 집이 많이 힘들어서 어떻게든 왁서로서 자리 잡고 싶어요."

세진은 의지를 표명했다. 이런 마음가짐을 강민하에게 표현하고 싶은 마음이 더더욱 강했다.

"그런 마음가짐이 쭈욱 이어졌으면 좋겠네요. 계속 지켜볼게요."

강민하는 고개를 끄덕이며 말했다.

"선생님, 저기…"

세진은 하고 싶은 말이 있었다. 그러나 그녀는 말을 끝까지 하지 못했다. 다시 한번 신중히 생각해 보았다. 지금 가슴속에 품고 있는 말을 해도 타이밍이 맞는 것인지. 그녀는 강민하의 얼굴을 살폈다.

"감사합니다."

세진은 고개를 숙였고, 강민하는 고생했다면서 어깨를 두드려줬다. 아직은 기다려야 한다. 먼저 접근하기보다는, 제안이 올 때까지 세진은 기다리겠다고 판단했다. 강민하가 오퍼의 가능성에 대해서 문을 닫는다면, 세진은 영원히 진실을 알 수 없는 공간에 갇히게 될 것이라는 두려움이 있었다.

그때 내린 판단에 대해서 세진은 조금은 후회됐다. 이제, 왁싱샵을 오픈한지는 4개월째. 아직 연락은 오지 않았다. 시술실 청소를 마친 세진은 밖으로 나왔고, 송희는 커피머신을 청소하다가 세진을 불러 세웠다.

"널 믿은 내가 잘못이지. 이게 뭐야?"

송희의 표정은 잔뜩 불만으로 가득해 있었다.

"또 그 소리야? 말했지? 기다려야 한다고, 그쪽에서 관심을 보일 때까지."

"하여간 뭐든지 사람 잘 만나서 동업해야지. 너랑 손잡은 건 완전 실수야. 난 며칠만 두고 보고, 진전 없으면 안 할래. 완전

시간 낭비야."

"야! 넌 그렇게 쉽게 다가갈 수 있다고 생각했어? 그 사람이 관심을 보일 때까지 기다려야 한다고. 그래야 우리가 안정적으로 그쪽으로 들어갈 수 있는 거야."

세진은 받아쳤다. 그녀도 숨이 턱턱 막힐 정도로 답답한 심정이었다.

"서두르지 않는 걸 보니… 넌, 벌써 네가 사랑하는 사람을 잊었구나?"

송희의 그 말에, 세진은 곧바로 반응하여 그녀의 멱살을 잡았다.

"함부로 지껄이지 마."

세진은 멱살을 좀 더 꽉 쥐었는데, 송희도 가만히 있지 않았다.

"니 장단에 맞춘 게 이꼴 이야."

두 사람은 멱살을 더욱더 세게 쥐었고, 세진은 확실히 힘에서 밀리는 걸 느꼈다. 숨을 쉴 수가 없는 그녀는 정신력으로 버텼다. 송희를 원망하고 싶지 않았다. 이렇게 그녀가 행동하는 게 충분히 이해가 갔다. 오히려 그 역시도 절박하다는 걸 알 수 있었다. 세진도 이렇게 하염없이 기다려도 되는지 후회하고 있었다.

왁싱샵의 문이 열렸다. 두 사람은 서로의 멱살을 놓았다. 오늘 첫 손님이었고, 세진은 손님을 반겼다. 송희도 억지웃음으로 손님을 반기며 커피머신의 버튼을 눌렀다. 세진은 그런 송희를 바라보았다. 그가 거칠게 나왔지만, 못하겠다고 선언한 건 진심이 아니었다.

왁서가 된 두 사람은 평소처럼 업무에 돌입했다. 어느덧 왁싱샵 내부의 시계는 저녁 8시 50분을 가리켰다. 세진은 마지막 손님을 배웅하고, 왁싱샵 문을 닫았다. 그는 소파에 털썩 앉으며 한숨을 내쉬었다. 피곤한 하루였다. 실적은 생각보다 나쁘지 않았다. 그렇다고, 아주 유명한 가게로 거듭난 건 아니었고 지점을 늘리지도 못했다. 아직 동네 수준에서 머물고 있었다.

거물들을 상대하려면, 그들의 수준에 맞게 왁싱샵을 확장시켜야겠다는 생각이 머릿속을 맴돌았다. 세진은 몸이 녹초가 되었지만, 정신은 그녀를 쉬게 내버려 두지 않았다. 세진은 간신히 몸을 일으켜 세워 시술실 안으로 들어온 후 문을 잠갔다. 그녀는 항상 주머니에 소지하는 열쇠를 꺼내 책상 서랍 투입구에 넣고 서랍을 열었다.

서랍 안에는 꽤 많은 바인더가 들어 있었다. 세진은 바인더를 하나 꺼내서 펼쳤다. 바인더 한 면에 고객의 이름, 날짜, 부위별 모가 보관되어 있었다. 세진은 바인더의 페이지를 넘겼다. 다른 고객의 이름도 보였다. 왁싱 후 제거한 고객의 털을 수집하는 건, 세진이 고객들 모르게 하는 은밀한 일이었다.

새로운 일회용 장갑을 낀 세진은 방금전 왁싱을 한 고객의 털이 부착된 부직포를 바구니에서 꺼냈다.

부직포에서 떼어낸 털을 고무판에 놓았다. 세진은 바인더에서 주단위로 모아놓은 같은 부위의 털도 끄집어내 비교했다. 전체적으로 모가 자라는 속도가 전보다 줄었다.

사람의 몸은 신기했고, 털이 자라는 속도는 분명히 늦추거나 가속 시킬 수 있었다. 털이 자라는 속도를 조절할 수 있는 건 다양했다. 사람의 영양성분, 환경적 요인, 그리고 왁싱에 사용하는 왁스까지. 세진은 오늘 사용한 왁스를 살폈다. 이전과 다른 전성분이 들어간 왁스였다. 세진은 급하게 왁싱실을 나왔고, 송희가 사용하는 왁싱실 문을 열었다. 그는 혼자서 왁스를 제조하는 연습을 하고 있었다. 송희도 바로 집에 가지 않고 오랜 시간 이곳에 남아 샘플용 왁스를 만들었다.

"조금 전, 네가 준 왁스를 사용해봤어."

세진은 오전에 있었던 일을 모두 잊어버리고, 송희에게 먼저 말을 걸었다.

"지난번하고 비교해서 모의 자라는 속도가 늦춰진 것 같아. 물론, 식습관의 영양도 있긴 하겠지만."

"그거 어렵게 찾은 거야. 해외에서 극소량으로 만든 왁스거든."

송희가 답을 했고, 세진도 궁금증이 풀렸다.

왁스가 효과가 있다고 말하자 송희도 기분이 풀린 것 같았다. 세진은 방해하지 않기 위해 문을 닫으려고 했다.

"6개월 안에 승부를 보자."

송희가 느닷없이 선언했다.

"여기서 원료를 구하는 건 한계가 있잖아?"

세진은 좋은 왁스를 만드는 것이 까다롭다는 걸 알았다. 아무리 다양한 지식을 가지고 있다고 해도 설비 시설과 전문 작업자들을 보유하지 못하면 소용이 없었다. 국내에서도 왁스를 생산하는 곳은 있었다. 하지만, 원료 수급에 한계가 있었고 국내는 세팅된 생산 라인을 바꾸는 것을 싫어했다. 새로운 제품을 발굴하는 것에 관심이 없었다.

"내가 원하는 비율대로 왁스를 제조해줄 수 있는 업체를 찾았어. 해외에서 굉장히 유명한 곳이고 원료부터 생산, 운송까지. 추적관리 시스템이 아주 잘되어 있는 곳이야."

송희가 힘주어서 말했다.

"물량 개런티 안 되면 어렵잖아."

세진은 현재 상황을 냉정하게 바라봤다.

"국내 수요를 늘리면, 자기네들이 왁스를 제조해준대. 그러려면, 우리가 전국에서 3위권 안에는 들어야 해. 우리 대신해서 수입해줄 업체는 찾아놓긴 했는데."

송희의 목소리에는 힘이 있었다. 세진도 흐릿했던 시야가 확 트이는 것 같은 느낌이 들었다.

***

어두운 표정으로 재섭은 식당을 나왔다. 기자 선배와 인사를 하고 헤어졌다. 그는 머리가 복잡해 잠시 걸었다. 업계에서 정보원이 많기로 알려진 선배들을 찾아가서 디자이너 겸 딜러 조인혁에 대해서 수소문해 보았지만, 그에 대해서 자세히 알고 있는 사람은 없었다. 마지막으로 조인혁을 발견한 이후, 그를 놓친 부분이 후회스럽기만 했다.

재섭은 좀 더 많은 사람을 만나야겠다는 생각이 들었지만, 또 한편으로 여러 사람을 만나고 다니는 것이 결코 좋은 방법이 아닐 것 같다는 생각이 들었다. 자신이 조인혁에 대해서 쑤시고 다닌다는 소문이 나면 곤란했다.

좋은 방법이 없을까 궁리하던 재섭은 스마트폰을 꺼내 필상에게 전화를 걸었다. 실력은 없는 놈이었지만, 잡다한 정보는 많이 알고 있으니까.

"어디야? 해외칼럼 베껴다가 쓰고 있냐?"

늘 그렇듯, 재섭은 칼럼 이야기로 대화를 시작했다.

"칼럼 써줄 거냐? 아니면, 끊는다."

"한 달 치 써줄게."

"그렇게 나와야지, 짜식이. 나 없으면 아무것도 못 하는 놈이."

"불명예로 은퇴한 선수들이 지금 뭐 하고 있는지 최신 정보로 업데이트 해줘 봐."

"불명예라. 오케이, 그 정도는 뭐 쉽지."

필상은 자신감 있게 답했다.

재섭은 그만의 생각이 있었고, 불명예로 은퇴한 선수들이 지금 무엇을 하는지 철저히 조사할 생각이었다. 한번 잘못된 일에 발을 담그면, 그 늪을 벗어나기 어려웠고 다시 실수할 확률이 매우 높았다.

정보를 바탕으로 재섭은 경기도 남양주의 카페 창가에 앉았다. 카페 맞은편에 보이는 간판 중에, 재섭의 시선을 끄는 건 야구 아카데미라는 간판이었다. 은퇴한 프로야구 선수들은 최근 들어 야구 아카데미를 개설해 초중고생, 그리고 사회인 야구를 하는 사람들을 가르쳐 수입을 얻고 있었다. 아카데미 건물로 들어가거나, 나오는 사람 중에 수상한 사람은 보이지 않았다. 이대로는 안되겠다 싶어 재섭은 카페 밖으로 나와 야구 아카데미 건물 안으로 들어갔고 지하로 향하는 계단을 내려가려는데 누군가 올라오고 있었다. 이럴 수가, 계단으로 올라오고 있는 사람은 조인혁이었다.

이 자식이 여기 숨어 있었구나. 조인혁의 존재는 도핑 디자이너였고 야구 아카데미를 운영하는 사람은 도핑으로 리그에서 추방당한 전직 프로야구선수였다.

재섭은 얼굴이 노출되었지만, 아무렇지 않게 행동했다. 이때, 그의 주머니에서 명함이 떨어졌고 때마침 계단을 올라오던 조인혁이 명함을 집었다. 조인혁은 뒤집혀 있는 명함의 앞면을 확인하려고 하는데, 재섭은 재빠르게 명함을 뺏었다.

"아이고, 감사합니다. 좋은 하루 보내세요."

재섭은 안도의 한숨을 내쉬며, 계단을 빠르게 내려가 야구 아카데미 안으로 들어갔다.

"필상아! 어디 있냐? 필상아!"

재섭은 갑자기 누군가를 급하게 찾는 척 연기하며 아카데미 안을 휘젓고 다녔다. 그는 이 안에 자신이 찾으려는 사람이 있을 것이란 확신이 들었다. 아카데미 사장이 모습을 드러냈다. 재섭은 찾으려는 사람이 없다는 걸 확인한 뒤였다.

"아이고 죄송합니다. 여기 코인노래방이 아니네요."

재섭은 고개를 숙이고 쏜살같이 아카데미를 나와 계단을 올라갔다. 그는 건물 뒷문으로 나갔다. 그곳은 주차장이었다. 재섭의 시야에 방금 막 시동을 걸고 떠난 차량의 번호판이 보였다. 그는 차량 번호판을 응시했다. 익숙한 차량이었다. 차는 잠깐 멈췄다. 또 한 사람을 태우기 위해서다. 올림픽 육상영웅 채동수였다.

***

상당히 뚱뚱한 체형의 남자가 왁싱샵을 방문했다. 세진은 비만인 체형의 손님을 반갑게 맞이했다. 남자 손님에게서 약간 이상한 냄새가 났지만, 왁싱샵을 운영하는 입장에서는 모든 손님이 소중하기 때문에 내색을 할 수 없었다. 세진은 남자 손님에게 작성란을 보여줬다. 어느 부위에 왁싱을 원하는지부터 평소 식습관, 피부타입 등등. 손님은 말없이 작성란을 적기 시작했다. 그런데 남자는 갑자기 작성란을 구겼다.

"그냥 가야겠네요. 죄송합니다."

남자는 급하게 말한 뒤 떠나려 하고 있었다.

"손님! 잠시만요."

세진은 막아섰고 손님을 신중하게 바라보았다. 그가 기분 나쁘지 않게 빠르게 그의 겉모습을 훑었다. 얼굴에 수염 자국이 굵게 나 있다. 수염 자국을 보면, 다른 신체부위의 모의 양도 가늠할 수 있었다. 좀 더 정확하게 파악하기 위해서 세진은 남자의 목젖에도 수염자국을 확인했다. 그렇다면, 가슴털과 겨드랑이털의 양도 꽤 많을 것으로 추측할 수 있었다.

"혹시 약속이 있으신가요? 여기까지 어렵게 오셨는데, 이렇게 그냥 가시면 마음에 걸릴 것 같아서요."

세진은 평소보다 더욱 친절하게 말했다. 이대로 손님을 놓칠 수 없었다. 손님 한명 한명이 그녀에게 소중했다. 가게를 운영하고, 대표가 되어보니 돈을 버는 게 생각보다 만만치 않다는 걸 느꼈다. 왁싱 인구는 증가하고 있었지만, 아직 남성들이 왁싱샵을 방문하는 것에 대해 낯설게 느끼는 것도 알고 있었다. 어쩌면, 떠난 손님은 영원히 돌아오지 않을지도 모른다. 그런 생각이 들자 세진은 더욱 손님을 놓칠 수가 없었다.

"가야 할 것 같네요. 수고하세요."

손님은 결정을 내린 것 같았다.

"한 번 편하게 왁싱을 받아보시는 게 어떻겠어요?"

세진은 손님에게 제안했다. 그녀가 보기에 남자가 왁싱샵을 방문한 이유를 알 수 있을 것 같았다. 남자 손님은 손잡이에서 손을 뗐고, 세진을 바라보았다. 그는 고민하고 있었다. 세진은 가까이서 남자의 얼굴을 더 자세히 볼 수 있었다. 그는 분명히 어떤 콤플렉스가 있어 이곳에 온 것이 확실했다.

시술실 안으로 남자를 안내했다. 남자는 침대에 누웠다. 세진은 차분한 음악을 틀어 분위기를 편안하게 만들었다. 이번 손님은 몸을 꽁꽁 싸매고 있었다. 세진은 좀 더 이야기하면서 그와 친밀도를 쌓기로 마음먹었다. 고객이 편안함을 느껴야 자신이 왁싱 하기가 편했고, 단순히 모를 제거하는 왁서로 남고 싶지 않았다. 고객의 심정을 충분히 이해하고, 고객의 니즈를 정확하게 읽는 왁서가 되고 싶었다. 그게 입소문과도 연결될 수 있는 부분이었다. 한 명의 고객도 중요한 영향력을 끼칠 수 있는 힘이 있다.

규모를 확장하기 위해 세진은 여러 가지를 했었다. 그녀는 송희와 함께 전단지를 제작해서 아파트 일대를 돌아다니며 배부했다. SNS에도 홍보를 해보았지만, 반응은 미적지근했다. 고객을 새로 늘리는 건 어려운 일이었다. 주변에 왁싱샵이 꽤 많았고, 새롭게 왁싱샵을 오픈하려는 움직임도 보였다. 그래서인지 세진은 위기감을 느끼고 있었다. 이런 식으로 가다가는 위험했다.

"처음이신가요?"

"왁싱샵을 방문하는 건 두 번째에요."

"아, 그러신가요?"

"처음 간 곳에서… 참 기분 더러웠어요. 왁싱을 받고 난 이후, 직원 놈들끼리 떠드는 걸 우연히 들었어요. 제 몸에 난 털에 대해서 더럽다고. 자기들끼리 떠들면서 냄새나는 돼지같은 놈이라고 말했죠. 지금 당신도 속으로 그렇게 생각하는 거죠?"

남자 손님은 추측한 대로 말했다.

"그렇게 말한 사람들은 기본이 안 되어 있는 왁서에요. 저는 그런 사람들은 왁서 취급도 안 해요."

세진은 일회용 장갑을 끼고 손님에게 왁싱을 시작한다고 말했다. 그녀는 우선 남자 손님의 바지를 걷었다. 원래 왁싱을 하려면 간편한 복장으로 갈아입어야 했지만, 손님은 끝내 거부했다. 모의 양이 아주 많지는 않았지만, 모에서 약간 이상한 냄새가 나는 것 같았다. 원래 몸에서 나는 냄새였고, 이건 아무리 손님이 관리해도 쉽게 없어지지 않는 냄새였다.

세진은 램프 옆 버튼을 눌렀다. 다른 왁싱실에 신호를 보낼 수 있는 버튼이었다. 문이 열리고, 송희가 들어왔다. 그 역시도 친절하게 남자 손님에게 인사를 했다. 평소 껄렁껄렁 하는 모습은 전혀 찾아볼 수 없었다.

"새로 오신 손님이에요."

세진은 말했고, 송희는 남자 손님의 모를 살폈다. 그리고 송희는 손님 팔의 모도 확인했다.

"학창 시절부터 놀림을 많이 당했어요. 혼자서 면도기로 제모를 해보았는데, 상처가 많이 나고 깔끔하게 정리되지 않아서 오히려 더 놀림을 당했습니다."

"손님, 저희는 고객의 콤플렉스라고 느끼는 부분 까지도 수용하는 사람들입니다. 저희가 조금이나마 도움을 드리고 싶으니 믿으셔도 됩니다."

세진은 어떻게든 손님을 안심시키고 싶었고, 진정성 있게 모든 손님을 대하는 것이 왁싱샵 운영의 철칙이었다.

"음, 저희 왁싱샵에서 직접 개발한 시그니쳐 왁스를 사용할게요. 손님분께서 만족도가 높으실 거예요."

"비싸지 않나요?"

"오늘은 무료로 해드릴 테니 걱정하지 마세요."

송희의 속마음은 무료로 하는 게 말이 안 되었지만, 세진의 지시를 따르기로 했다. 그는 겉으로 기분 좋게 말하고, 잠시 왁싱실을 나왔다. 그 사이, 세진은 가장 먼저 왁싱할 부위의 다리털에 진정제를 발랐다. 곧이어 다시 송희는 카트를 끌고 등장했다. 남자 손님은 카트 위를 주목했다. 유리병에 담긴 왁스가 눈에 들어왔다.

"저희는 업체에서 납품하는 왁스를 그냥 쓰지 않아요."

송희는 다양한 색의 왁스를 꺼냈다.

"고객 모의 성질에 맞게 왁스를 써야 합니다. 모와 어울리는 왁스가 있고, 그렇지 않은 왁스가 있거든요. 왁스 제품의 브랜드, 원산지만 보는 것이 아니고 성분의 비율까지 정확히 분석해서 사용하는 것이 저희 왁싱샵의 특징입니다."

"흐음."

손님의 반응은 미적지근했다. 그가 경험한 바에 의하면, 다들 겉으로는 그렇게 말하곤 했다.

"그리고, 운영을 위해 무조건 낮은 가격의 왁스만 사용하지 않아요. 낮은 가격에는 함정이 많거든요. 원료 성분을 숨기거나, 아니면 승인되지 않은 공장에서 만드는 가짜 왁스도 많아요."

어느덧, 송희는 왁스를 모두 녹였다. 세진은 나무 스틱에 왁스를 도포하고 왁싱에 들어갔다.

다리, 팔, 그리고 다른 부위까지. 세진은 손님에게 왁싱을 할수록 죽어버린 남자친구 재섭의 존재가 더욱 생각났다.

***

편의점에서 간단하게 재섭은 사발면과 핫바로 끼니를 때웠다. 스포츠 기자의 월급은 쥐꼬리만 해 그는 식비라도 아끼려고 노력했다. 그는 스스로에게는 지독히도 아꼈지만, 사랑하는 세진을 위해서는 모든 걸 해줄 수 있었다. 사발면 국물을 들이

켜면서 방금 있었던 일을 돌이켜봤다.

허창재의 차가 야구 아카데미를 방문했다. 야구 아카데미 안에는 도핑 디자이너 겸 딜러 조인혁이 있었다. 그리고 볼 일을 마친 허창재의 차가 그냥 떠날 줄 알았는데, 입구 근처에서 올림픽 영웅 채동수를 태우고 떠났다. 흥미로운 건, 야구 아카데미를 운영하는 사람은 도핑으로 퇴출당했던 전직 야구선수였다. 이들이 한 공간에 있었다는 건 틀림없었다. 그렇게 생각 안 하는 것이 오히려 이상했다. 그 많고 많은 야구 아카데미 중에 이들이 우연으로 만날 리는 없으니까.

재섭은 사발면을 내려놓고, 스마트폰으로 기사를 검색했다. 여러 기사를 보면서 그는 점점 표정이 구겨졌다. 채동수에 대해서 의혹을 제기할 수 있는 부분은 있었지만, 그는 도핑 테스트를 회피한 적은 없었다. 그렇다면, 도핑 테스트를 연기했을 수도 있지 않았을까. 재섭은 기사를 검색해 보았지만, 채동수는 도핑 테스트에 성실하게 임했고 그가 어떤 언론사와 인터뷰를 가진 기사를 찾았다. 기사의 질문 중에 최근 만연하고 있는 도핑 테스트에 대해서 채동수에게 질문한 것이었다. 채동수는 도핑 테스트를 강화해야 하며, 국제 스포츠 사회에서 도핑 없는 깨끗한 스포츠 문화가 형성되어야 한다고 모범 답변을 했다.

자신의 예상이 빗나가자 재섭은 풀이 죽어 버렸다. 그는 먹은 음식을 쓰레기통에 넣고 편의점 밖으로 나왔다. 그동안 투자한 시간과 노력이 아까웠다. 이대로 포기해야 하는 걸까. 그렇지만, 재섭은 자꾸만 의문이 들었고 그 의문을 떨쳐낼 수가 없었다. 채동수에 대해서만 삐딱하게 보려는 것이 아니었다. 그의 실력은 중간과정 없이 너무나도 갑작스럽게 일취월장했고, 그의 육상생활에서 중요했던 사람들이 죽었거나 실종되었다. 이상한 점이 꽤 많았다.

재섭은 계속 신중히 생각했다. 채동수는 그가 말했던 대로 깨끗한 것일 수도 있지 않을까. 그에 대해서 괜히 의심했던 건 아닐까. 그때, 재섭은 자신의 이름을 부르는 목소리가 들려 뒤돌아보았다. 재섭은 남자가 누구인지 잘 생각나지 않는 얼굴이었다. 아무래도 모자를 쓰고 있어서 그런 것 같았다. 남자의 어깨와 팔 근육은 어마어마했다.

"정 기자, 섭섭하네. 나도 못 알아보고."

남자는 모자를 벗으며 재섭에게 아는 척을 했다.

"아니, 왜 이렇게 몸이 좋아지셨어요?"

그제야 재섭도 남자를 알아보고는 반갑게 미소 지었다. 남자는 전직 축구 선수였는데 현역 때는 몸이 호리호리했었다. 이 정도로 몸이 커진게 쉽게 납득이 되지 않았다.

"어디 무슨 격투기 대회 나가세요?"

"정 기자도 운동 좀 하지 그래?"

그러면서 남자는 오른쪽 팔뚝을 만져 보라는 행동을 취했다.

"왜 이렇게 몸 키운 거예요? 현역 때는 운동도 열심히 안 했으면서."

재섭은 팔뚝을 만져 보고 나서 말했다. 팔이 돌덩어리 같았다.

"헬스장 열었어. 등록 좀 해야지?"

"전 숨쉬기 운동도 벅차요. 몸이 좋긴 한데, 좀 징그럽다."

남자의 몸을 여러 번 살펴봐도 재섭은 그 생각뿐이 없었다. 그때, 그의 머릿속을 스쳐 지나가는 게 있었다.

"도움 좀 빌린 거 아니에요?"

"약속이 있었네. 나중에 밥이나 먹자고."

갑자가 남자는 자리를 떠나려고 했다. 재섭은 남자의 팔을 잡았다.

"말 안 할게요. 혹시 약의 힘을 받으신거에요?"

"아냐, 나는!"

남자는 강하게 손사래 쳤다.

"헬스 트레이너들 금지 약물 많이 하죠? 몸 키우려고. 그렇죠?"

재섭은 악착같이 따라가며 질문했다.

"그렇긴 한데… 난 절대, 절대로 아니야!"

남자는 말하고 나서 빠른 걸음으로 그 자리를 떠났다. 재섭은 더 물어보고 싶은 게 있어 따라갔다. 남자는 찔리는 구석이 있는지 갑자기 뛰었다. 재섭은 걸음을 멈췄다. 헬스 트레이너가 된 남자를 따라가 그가 금지약물을 사용해서 근육을 키웠다는 건 자신과 아무런 상관이 없었다. 그의 생각은 여전히 채동수에게 향해 있었다.

재섭은 분명히 채동수가 약물 디자이너와 만난 것을 확인했다. 하지만, 채동수는 도핑 검사를 모두 통과했다. 재섭은 문득 한 가지 생각이 떠올랐다. 도핑 테스트 관련하여, 채동수 옆에 그를 도와주는 또 다른 조력자가 존재할 수 있다는 것을.

***

살집이 많은 손님은 침대에 누워 있었다. 세진은 나무 스틱에 바른 왁스를 그의 가슴털에 도포했다. 세진은 남자가 콤플렉스를 가지고 있다는 사실을 잘 알아 빠르고 신속하게 작업해야 할 필요성을 느꼈다. 콤플렉스를 가지고 있는 사람은 자신의 신체 부위를 노출하는 것을 꺼렸고, 남자의 가슴털은 상처로 남아 있었다. 세진은 부드럽게 왁스를 발랐다. 시원한 왁스가 모에서 느껴졌는지 남자의 표정이 미묘하게 변했다. 세진은 다시 한번 왁스를 도포했다. 남자는 기분이 나쁘지 않은 것 같았다. 오히려 왁스가 그의 피부에 스며들수록 마음이 편안해진 것 같았다. 고객의 피부를 정확히 분석하고 적절한 전성분을 배합한 왁스가 놀라운 힘을 발휘하는 걸 세진은 두 눈으로 목격했다. 남자 손님은 입을 히죽거렸다. 그는 한결 심적으로 안정된 것 같았다.

"징그럽죠?"

"아니요. 전혀 그렇지 않아요."

"이것 때문에 스트레스가 정말 심했어요. 충격을 받아서 그 이후에 수영장 한번 가본 적도 없고요."

"그대로 두는 것도 저는 괜찮다고 생각하는데."

"으음. 더럽잖아요."

"너무 스트레스 받지 마세요. 오늘을 계기로 자유롭게 수영장도 가셨으면 좋겠어요."

세진은 허투루 하는 말이 아니었다. 자신의 샵을 방문하는 손님에게 도움을 주고 싶었다. 세진도 콤플렉스가 있었다. 그녀는 오른쪽 볼에 흉터가 나 있었다. 그 흉터를 항상 화장으로 가렸다. 지금 이 말을 내뱉은 그녀는 흉터를 왜 가렸을까 싶었다. 그냥 있는 그대로 드러내는 것도 괜찮은 건 아닐까.

세진은 신속하게 왁싱을 끝냈다. 남자 손님은 깔끔하게 왁싱된 가슴을 만져 보았고, 모가 제거된 것에 대해 상당히 흡족해하는 모습이었다. 그렇게 왁싱이 끝나면, 세진은 왁싱실을 나왔다. 손님도 왁싱실을 나오면서 계산하기 위해 카드를 세진에게 내밀었다.

"오늘은 저희가 특별히 무료로 해드리고 싶네요."

"아니요. 계산해 주세요."

손님이 카드를 계속 내밀었지만, 세진은 받지 않고 이것도 일종의 그녀의 영업 방식이다. 손님은 미안한 표정이 가득했다.

세진은 그 표정을 보아하니, 다음에 이 손님이 온다는 확실한 보장은 없었지만, 만약 왁싱샵에 대한 이야기가 나오면 자신의 가게를 기억할 것이라는 확신이 들었다.

비용적으로는 손해였다. 시간, 노동력, 왁스 사용량까지. 그러나 정기적으로 방문하는 고객층을 늘리는 게 중요했다. 약간의 손해라도 감수하지 못하면, 어떤 가게든 운영해선 안 될 것 같았다. 어려울수록 배포가 커야 한다는 걸 세진은 배웠다.

"조심히 들어가세요."

세진은 친절하게 말했다.

"다음에 꼭 오겠습니다. 정말로요. 2주 후에 오면 될까요?"

손님은 미안한 표정으로 계속 서 있었고, 그도 비용을 내지 않는 게 불편했다.

"아니요, 3주 후에 오시면 될 것 같아요. 그때가 길지도 않고, 짧지도 않게 털이 자라있을 겁니다."

세진은 확신에 가득 찬 표정이었다. 이미 남자의 모 성질에 대해서 파악을 끝냈다.

"제가 꼭 보답할게요. 오늘 정말로 감사합니다."

남자 손님은 끝까지 미안한 표정을 보인 채 떠났다. 그 순간을 기다렸다는 듯, 송희가 입을 내밀며 밖으로 나왔다.

"진짜 가지가지 한다."

그는 잔뜩 불만에 가득 차 있었다. 왁싱샵은 재정적으로 어려운 상황이었고 최근에는 손님이 줄고 있었다. 그런데 공짜 손님이라니. 송희는 머리끝까지 화가 치밀어 올랐고, 곧장 세진에게 다가가 그녀를 노려봤다. 마음 같아서 한 대 치고 싶었지만 차마 그럴 수 없었다.

"난 이제 니랑 더 이상 못하겠다."

송희는 가운과 장갑을 벗어 바닥에 던졌다.

"여기서 포기하면, 모든 게 끝나."

세진은 차분하게 말했다. 그녀도 화가 치밀어 올랐으나 지금 할 수 있는 건 그 자리를 지키는 것이었다. 힘든 시기이지만, 왁싱샵을 계속 운영해야만 했다.

"모든 게 끝났어. 우리가 왁서가 되어서 잡는다? 그건, 애초에 실패한 접근이란 거야. 동업자 잘못 만나서 이게 뭔 생고생이야, 젠장!"

이후에 송희는 불평불만을 늘어놓고, 자기 가방을 챙겼다. 그는 영원히 이곳에 다시 올 생각이 없었다. 세진도 처음에 그를 설득했지만, 이제는 그 설득도 안 먹히는 걸 직감했다. 세진의 마음도 흔들렸고 불안감이 증폭되는 기분이 들었다. 같은 목표를 가지고 매일 얼굴을 보던 사람의 빈자리가 크게 느껴질 것이다.

전화벨이 울렸다. 세진은 전화를 받았다. 예약 손님의 전화였다. 전화를 끊자마자 다시 전화가 걸려 왔다. 그 이후에도 계속해서 예약 전화가 이어졌다. 이런 적은 처음이었다. 세진은 장난 전화일 것이라는 생각에 사로잡혔다. 그녀는 통화를 하며 송희가 나가는 모습을 지켜봤다. 이제 더 이상 만날 일은 없겠지.

통화를 끝낸 세진은 소파에 털썩 주저앉았다. 몸에 힘이 빠져나가는 느낌이 들었다. 상황은 최악을 향해 달리고 있었다. 수입이 적어 임차료도 부담으로 다가왔다. 가게를 오픈하기 위한 대출금도 신경 쓰였다. 머리가 아픈 세진은 스마트폰을 켜고 재섭과 찍은 사진을 봤다.

'미안해. 아마도 진실을 못 찾을 것 같아. 더 이상은 나도 힘이 들어. 이제는 포기해야 할 것 같아. 미안해, 정말로.'

가게의 문이 열렸다. 손님이 들어왔다. 남녀 커플이었다. 세진은 자리에서 일어났고, 오늘은 영업을 그만하기로 마음먹었는데 상황은 그렇게 말할 수 없었다. 연속적으로 손님들이 가게 안으로 들어왔다. 이상한 일이 벌어지고 있었고, 세진은 잠시 넋이 나갔다. 순식간에 가게 안에 여러 손님이 들이닥쳤다.

"오늘은… 저 혼자여서요."

세진은 이렇게 많은 손님을 보내야 한다는 사실이 아쉬웠지만, 솔직하게 말해야만 했다.

"다들 잘 오셨어요. 금방금방 해드릴게요."

가게로 들어온 사람은 송희였고 그는 손님을 안내했다. 세진은 송희를 보고 있었다. 여전히 그가 밉고 이기적이라고 생각했지만, 그녀의 얼굴을 보니 이상하게 심적으로 안정되는 느낌이 들었다. 세진은 잠시 송희와 눈이 마주쳤다. 송희 특유의 오만한 표정이 밉지 않았다.

***

프로 야구단 선수시설 미팅룸에는 선수들이 편안한 차림으로 앉은 상태에서 대기하고 있었다. 선수들은 평소에 교육이 있으면 이곳에 모였다. 용모가 단정한 남자가 들어왔다.

"안녕하세요, 도핑콘트롤센터 연구원 조지범입니다."

지범은 선수들에게 인사를 했다. 곧바로 마이크를 들고 도핑 방지에 대한 교육을 실시했다. 처음에 지범도 긴장했지만 각 프로 스포츠 구단을 돌면서 경험을 터득해 이제는 익숙했다. 도핑 교육의 중요성에 대해서 구단 프런트도 인지하고 있었다. 특히 구단들은 지범이 교육을 해주길 원했다. 이쪽 방면에서 인정받고 있다는 사실에 지범은 매우 기뻤다.

이론과 과거 사례들에 대해선 간단하게 설명을 끝낸 지범은 도핑콘트롤센터가 하는 일에 대해 정돈되고 깔끔한 말투로 설명했다. 그리고 지범은 예전에는 도핑 테스트가 많지 않았고 체계적으로 진행이 되지 않았지만, 지금은 확연히 다르다고 말했다. 몇몇 선수들은 도핑 테스트가 강화되었다고 말하자 집중해서 그 이야기에 관심을 보이고 있었다. 지범도 선수들의 눈빛에서 집중하고 있는 게 느껴졌다. 이어서 그는 파워포인트 화면에 경각심이라는 단어를 띄웠다.

"성적이 나오지 않고 슬럼프에 빠지면, 유혹에 흔들리게 됩니다. 그러나 그 유혹에 한 번 빠지게 되면, 여러분들이 힘들게 노력해서 성취해낸 모든 것이 사라집니다. 최근 KBO에서 도핑 방지법을 강화할 예정이라 불시에 도핑테스트가 진행될 예정이라고 합니다. 부디 이 안에서 잘못된 선택을 하는 분들이 없기를 바랍니다. 잘못 손대는 순간, 모든 걸 잃을 수도 있습니다."

지범이 교육을 끝내고 자료를 정리할 때, 스마트폰이 울렸다. 지범의 얼굴이 근심으로 변해버렸다. 그는 서둘러 미팅룸을 나왔다. 약속 시간을 어기면 곤란해서 뛰었다. 구두 소리가 그의 마음을 대변하고 있었다.

밖으로 나온 지범은 곧장 차가 세워진 곳으로 뛰어가 안에 올라탔다. 차가 주차장을 빠져나갔다. 그의 차를 뒤쫓는 차량이 있었다. 바로 재섭이었고, 그는 운전하면서 투덜댔다.

"전화, 이메일로 문의 한 것 씹더니 이제야 얼굴을 내비치네. 어디를 그렇게 급하게 가시나."

***

운전하는 재섭은 잔뜩 얼굴을 찡그리고 있었다. 지범의 차를 조심스럽게 따라가고 있었지만, 예상과는 다르게 그는 회사로 복귀하는 것이 아니었다.

"어디를 그렇게 가는 거야?"

재섭은 빨간불에 걸려 차를 멈췄다. 지범의 차를 확인하면서 그는 조수석에 있는 서류를 넘겼다. 지범이 속해 있는 회사의 조직도가 눈에 들어왔고, 그의 직책은 검사관이었다.

시간이 꽤 지났고, 재섭은 여전히 지범의 차를 따라갔다. 차는 인적이 드문 어느 시골 동네로 접어들었다. 도대체 이런 곳에 왜 지범이 온 것인지 이해가 되지 않았다. 회사에 반차를 내고, 고향집에 내려온 것일까. 지범의 프로필을 확인했지만, 그의 고향은 이곳이 아니었다. 길을 착각해서 잘못 들어온 것일까. 하지만, 지범의 차는 여전히 계속 달렸고 중간에 멈추거나 비상등을 켜지 않은 것으로 보아 목적지는 이곳 어딘가에 있었다.

점점 더 미궁 속으로 빠지고 있는 가운데, 재섭은 갈증이 나서 커피를 한 모금 들이키고 내려놓았다. 지범의 차는 허름한 공장으로 들어갔다. 재섭은 공장을 지나쳤고 차를 돌려 다시 공장 앞으로 지나갔다. 지범이 차에서 내려 공장 안으로 들어가는 모습이 스쳐 지나갔다. 재섭도 공장 안으로 따라 들어가고 싶었지만, 경비원이 지키고 있어 그러지 못했다. 그는 다시 차를 돌려 공장 앞을 지나갔는데 몇 명의 경비원들이 문 앞으로 나와 대기하며 자신의 차를 주시하고 있었다. 재섭은 이 주변에서 기다려야겠다는 계획을 철회할 수밖에 없었다. 경비원들이 벌써부터 의심하고 있었기 때문이다. 재섭은 당황하지 않은 채, 그대로 직진해서 공장 주변을 떠났다.

비좁은 차 안에서 대기한 지 5시간이 넘었다. 몸이 쑤셔 나갈까도 고민했지만, 재섭은 꾹 참았다. 어딘가에서 누가 지켜보고 있을지 모르는 가능성까지 재섭은 고려하고 있었다. 그가 밖을 보면, 여전히 아파트 주차장은 고요했다.

차 한 대가 주차장으로 들어왔다. 조금 전까지 피곤했던 재섭의 눈은 또렷하게 바뀌었고 표정도 달라져 있었다. 주차장에 차를 세운 지범이 차에서 내리고 아파트 안으로 들어갔다. 한 사람에 대해서 뒷조사를 하려면, 거주지를 알아야 하는 건 필수여서 재섭은 이미 지범이 사는 곳을 파악했다. 이렇게까지 하고 싶지 않았지만, 재섭은 기자라는 직업적인 특성상 어쩔 수 없었다. 뒷조사에서 대상의 거주지를 파악하는 건, 가장 기초적인 정보였지만 가장 중요한 것이기도 했다. 어디를 돌아다녀도 최종 도착지는 집이 될 확률이 매우 높았다.

아파트 안으로 지범이 들어갔다. 차 안에서 재섭은 기다렸다. 10분 동안 기다리기로 마음먹었다. 간혹 차에 물건을 놓고 되돌아오는 상황까지 그는 감안하고 있었다. 시간이 지난 후, 재섭은 차에서 내려 조수석에 놓인 종이백을 들고 지범의 차가 있는 곳으로 걸어갔다. 차의 블랙박스는 시동이 꺼지면 자연스럽게 함께 꺼졌다. 이미 블랙박스의 기종까지 파악하고 있었다.

재섭은 주변을 살피며 승용차 앞 번호판을 만지작거렸다. 그는 준비한 스패너로 번호판을 빼냈고, 봉지 안에서 번호판을 꺼냈다. 그 번호판이 차량의 진짜 번호판이었다. 능숙한 솜씨로 재섭은 가드에 번호판을 다시 장착했다. 지범이 KBO에서 도핑 교육을 했을 당시에 재섭은 주차장에서 번호판을 바꿔놓았다.

그는 번호판을 챙겨 차에 올라탔다. 번호판 모서리에 초소형 카메라를 부착해 놓은 것을 떼어냈다. 노트북에 연결하여 찍힌 영상을 확인했다. 공장 안에 있던 지범이 밖으로 나오는 모습이 촬영되어 있었다. 그리고 공장 밖으로 나오는 다른 사람들도 촬영되어 있었다. 에이전트 허창재, 도핑디자이너 조인혁, 그리고 올림픽 영웅 채동수. 그런데 나머지 2명은 누구지.

10

왁싱테스트 /
추적 과정

왁싱테스트/추적 과정

왁싱샵의 인기는 반짝이 아니었다. 세진과 송희는 손님을 받느라 정신없는 하루를 보내고 있었다. 자연스럽게 왁스의 사용량도 늘어났다. 두 사람은 왁싱샵 밖으로 나왔다. 건물 앞에 화물 차량이 도착해 있었고, 차량을 몰고 온 사람은 파렛트에 박스를 쌓고 있었다. 직원은 세진과 송희를 보고 정중하게 인사를 했다. 그의 존재는 세진에게 왁스를 공급하는 유통업자 및 수입대행을 하는 업체였고, 사장은 직원과 함께 왔다.

"아이고, 사장님. 오늘도 또 왔습니다. 저희 왁스를 사용해주셔서 감사합니다."

사장은 세진과 송희를 보면서 말했고, 직원에게 파손되지 않도록 정확하게 박스를 파렛트에 올려놓을 수 있도록 지시했다.

"업체에서 좋은 왁스를 수입하시니까 저희가 항상 믿고 사용할 수 있네요."

세진도 사장에게 감사함을 표현했다. 최근 들어 왁스의 사용량이 증가해서 왁스가 급하게 필요한 경우가 많았다. 왁스가 부족해 세진은 시중에 판매하는 왁스를 사용하려고 했지만, 송희는 품질이 좋은 왁스 사용을 계속해서 고집했다. 송희는 현재 거래하는 업체에 급한 사정을 설명해 왁스를 받을 수 있었다. 신뢰할 수 있는 업체였다.

"요새 시장 상황은 어떤가요? 사장님께서 여러 업체에 공급하시는 걸로 알고 있는데 저희가 좀 어떤가요?"

세진은 알고 싶었다.

"지금 사장님 쪽 물량은 전국에서 TOP 3안에 들 겁니다. 저희야 갑자기 물량이 늘어나니 너무 감사하죠."

사장은 설명하고 박스를 열었다. 잠자코 지켜보고 있던 송희가 박스 안의 왁스를 하나 열어서 살펴보고 제조업체명을 확인했다.

"사장님, 제조업체 오라클 어떤가요? 제가 알기로 그쪽이 상당히 가격을 높게 내는 걸로 알고 있는데."

송희는 사장의 표정을 살폈다.

"아이고, 맞습니다. 솔직히 조금 당황스러울 때도 많더라고요. 오래 거래하던 회사여서 가격 인상이 때로는 부담스럽기도 하고요. 저희 마진은 거의 없다시피 합니다."

"페터슨 아시죠?"

"거기 아주 유명하죠. 설비도 좋고, 오라클보다도 아마 더 역사가 깊은 회사인 걸로 알고 있어요. 유럽, 일본 쪽에 수출도 많이 하고 있고요."

"그쪽 담당자하고 이야기 중인데."

"정말요? 페터슨은 저희가 연락해도 반응 없는 곳인데."

사장은 놀라워하는 모습을 보였다.

"페터슨에서 제가 원하는 전성분 비율대로 왁스를 만들 수 있을 것 같아요. 그래서 말인데, 혹시 수입 대행을 해주실 수 있나요? 근데, 그쪽 조건이 100% 선금 조건이더라고요."

"아, 그렇군요. 결제조건이 좀 그런데. 제가 주고받았던 메일을 봐도 될까요?"

유통업체 사장은 메일 내용을 확인했다. 송희의 말은 사실이었다. 사장은 100% 선금을 먼저 이행해야 한다는 리스크가 있었지만, 이 정도 물량은 다른 업체 몇 군데 합한 것보다 훨씬 돈이 되는 금액이었다. 사장도 알고 있었다. 여기서 거절할 경우, 거래처가 떠나 버린다. 그러나 100% 선금 조건은 위험부담이 너무 컸다. 아무리 이름이 있는 회사라고 해도 갑자기 경영상태가 안 좋아서 공장문을 닫아버리면, 선금은 그냥 버리는 것이었다.

"아, 잠깐만요, 다른 수입업체에서 자기네들 물건 써달라고 계속 전화가 오네요."

송희는 능글능글한 표정을 지으며 경쟁사에서 온 전화를 보여줬다. 송화가 전화를 받으려다가 사장이 그의 손을 잡았다.

"바로 진행하시죠. 대신 저희도 창고 사정에 여유가 없기 때문에 물량은 3개월 안에 가져가셔야 합니다."

유통업체 사장의 말에 송희는 그와 악수했다. 세진은 팔짱을 낀 채 송희를 바라봤다. 끼어들고 싶었지만, 왁스에 대해선 전적으로 송희를 믿을 수밖에 없었다.

***

처음에 장사가 잘되기 시작한 것에 대해 세진은 늘어나는 왁싱에 대한 관심이 반영된 결과라고 생각했지만, 그건 아니었다. 모든 건, 콤플렉스가 있었던 손님이 다녀간 이후였고 그는 오랜만에 왁싱샵을 방문하여 시술실 안에 들어가 있었다.

"감사해요. 유명하신 분인 줄 몰랐어요. 저희 왁싱샵을 다른 분들에게 소개해주셔서 다시 한번 감사드립니다."

세진은 영향력 있는 유튜버의 존재감이 어마어마하다는 걸 몸소 느꼈다.

"왜 왁서가 되신 거예요?"

유튜버의 질문에 세진은 손에 들고 있던 나무 스틱을 남자의 허벅지에 떨어뜨렸다.

"그냥 이 일이 좋았어요. 매일 다양한 사람들을 만나는 것도 즐겁고요."

세진은 말하고 나서 나무 스틱을 잡으려고 하는데 갑자기 손이 떨렸다. 조금 장사가 잘된다고 해서 처음에 세운 목적을 잊고 있었다. 장사가 잘되고 안되고, 그게 중요한 게 아니었다.

사랑하는 재섭을 점점 잊고 있다는 것에 대해 세진은 자신에게 화가 났고 반성했다. 어쩌면 영원히 이렇게 일만 하고 재섭에 대한 진실을 밝히지 못할지 모른다는 두려움에 몸이 떨렸지만, 그녀는 흔들리지 않으려고 정신을 재무장했다.

자신은 프로 왁서였다. 손님에게 불안감을 보여선 곤란하다. 그녀는 집중해서 왁싱을 재개했고, 부직포를 붙여 허벅지의 모를 제거했다. 지금 이 순간, 세진은 더욱 재섭의 얼굴이 떠올랐다. 그가 살아 있을 때, 자신이 왁싱을 직접 해줬더라면. 그의 모라도 간직하고 있었더라면.

똑똑똑 노크 소리와 함께 문이 열리고 송희가 들어왔다. 보통 각자 손님이 있을 때는 절대로 왁싱을 방해하지 않았다. 그런데 어딘가 송희의 얼굴이 평소와는 달리 흥분한 모습이다. 세진은 손님에게 양해를 구하고, 시술실 밖으로 나왔다. 뜻밖의 인물, 그 존재는 바로 강민하였다. 그녀를 보자마자, 세진의 심장이 쿵쾅쿵쾅 뛰었다.

"잘 지냈어? 요새 장사 잘된다고 업계에서 소문이 아주 자자하던데."

강민하는 꽃을 건넸다.

"선생님, 제가 먼저 찾아뵈어야 했는데 너무 감사합니다."

세진은 왁싱샵을 열고 나서 가장 기쁜 순간을 맞이했다. 그녀는 강민하를 찾아갈지 수십 번이나 고민했었다.

　　"우리 가게보다 요새 더 잘나가는 것 같네. 이러다가 우리 회사 흡수합병 하는 거 아니야?"

　　강민하는 왁싱샵을 둘러보며 농담 섞인 말을 했다. 세진은 그런 강민하를 쳐다봤다. 그녀는 여전히 회사를 운영하고 있었지만, 실무적인 일은 안 하고 있다는 이야기를 들었다. 손목에 문제가 생겼다는 건, 왁서에겐 치명적이었다.

　　"한 사람은 모의 성질을 파악해 작업하고, 또 한 사람은 모의 성질에 맞는 왁스를 철저하게 분석에서 사용한다? 아주 좋은 조합이야. 예전부터 알아봤지. 자, 그러면 실력 좀 볼까?"

　　강민하는 상당히 기대된다는 표정을 드러냈다. 세진은 강민하를 시술실로 안내했고, 송희도 카트를 끌고 시술실 안으로 들어왔다. 강민하는 편안하게 누웠다. 송희는 특별 제작한 왁스를 섞어 녹였다. 그는 왁스가 포장되어 있던 겉면 포장지를 강민하가 볼 수 있도록 슬쩍 옆에 놓았다. 송희는 은근히 자랑하고 싶은 부분이 있었다. 강민하는 왁스의 포장지 전성분 표시사항을 보고 깜짝 놀랐다. 피부에 잘 스며들 수 있는 성분이 풍부하게 포함되어 있었다. 게다가 제조업체는 페터슨이었다. 세계적으로 가장 유명하고 품질적으로 우수한 왁스 제조업체이지만, 국내에는 수입되지 않는 제조사였다. 그 정도로 해외업체는 수입허가를 내주는 것에 대해 까다로웠다. 그런데, 지금 강민하 눈앞에 있는 제품은 그녀 역시도 탐내던 업체의 제품이었다.

정확한 온도로 왁스를 녹인 송희가 나무 스틱으로 휘저으며 온도를 확인한 뒤, 세진을 보고 고개를 끄덕였다. 세진은 나무 스틱을 잡았다. 이번 왁싱은 그 어느 때보다 중요하다는 걸 두 사람은 알고 있었다. 세진은 왁스 온도가 평소보다 조금 뜨겁다고 생각했지만, 왁스에 대해선 송희를 전적으로 믿었다.

세진은 데워진 왁스를 강민하의 팔에 도포했고, 그녀는 약간 움찔했으나 눈을 천천히 감았다. 조금 더 왁스를 도포하면, 강민하는 왁스가 살짝 뜨겁게 느껴졌지만 뭉쳐있던 근육이 이완되는 듯, 곧 편안한 표정을 지었다. 좋은 분위기 속에 다리, 팔의 왁싱이 마무리 되었다. 강민하는 왁싱이 된 부위를 만져 보았다. 그녀는 일어날 생각이 없었다.

"전신 왁싱 부탁해."

"예, 알겠습니다."

세진은 표정 변화 없는 얼굴로 송희에게 눈빛을 보냈다. 강민하가 모든 부위에 왁싱을 하겠다는 건, 이게 일종의 예비 테스트라는 확신이 굳어졌다. 송희는 부위별로 적합한 왁스를 선택했다. 그가 해외 제조업체에 부탁하여 원하는 전성분으로 만들어진 스페셜 왁스였다.

왁스가 준비되면, 세진은 바로 왁싱에 들어갔다. 겨드랑이, 허벅지, 브라질리언까지. 한 사람은 왁스를 만들었고, 한 사람은 왁싱을 했다. 둘은 좋은 호흡을 보였고, 시간도 단축할 수 있었다. 세진은 최대한 집중력을 발휘해 왁싱을 끝마쳤다. 이제, 평가는 강민하에게 넘어갔다.

***

강민하가 메모지를 건넸다. 세진은 메모지를 받아서 살폈다. 메모지에는 주소가 적혀 있었다.

"왁싱샵을 운영한다는 게 쉬운 일이 아니야. 장사라는 게 지금 잘되고 있어도 언제 어떻게 될지 아무도 몰라. 뭔가 조금만 인기를 끌면, 한탕 해보려고 달려드는 사람들도 많아서 경쟁도 심하고."

"맞아요. 여기 주변에도 벌써 많이 생겨서 저희도 걱정이 많이 되네요."

세진은 주변의 경쟁업체를 모두 파악했다. 새로 생겨나는 왁싱샵 일수록 내부 인테리어를 고급스럽게 해서 손님들을 끌어들이려는 움직임을 보였다.

"난 두 사람을 많이 아껴. 이렇게 매일 일하다 보면 지칠 거야."

강민하는 경험에서 나온 말이었다.

"체력적으로 힘이 들긴 하더라고요. 막상 샵을 운영해보니까 손님이 줄어들면 스트레스로 잠이 안 올 때도 많고요."

세진은 부담이 많아 보이는 표정을 지었고 송희도 그 점에 대해서 부인하지 않았다.

"단 몇 번의 와싱으로 평생 모을 수 있는 돈을 얻을 수 있다면, 두 사람은 해볼 생각 있어?"

강민하의 미간에 주름이 잡혔다.

"저는… 하고 싶어요. 돈이 많이 필요하거든요."

송희는 돈에 대해서 욕심을 보였다.

"세진이는?"

"저도 돈이 좋아요. 그 일을 하면, 지금보다 훨씬 많이 벌 수 있는 거죠?"

세진 또한 돈에 집착하는 모습을 보였고, 강민하는 고개를 끄덕였다. 송희는 기뻐서 어쩔 줄 몰라 하는 표정이었다. 물론, 세진은 그게 의도한 과장된 연기라는 걸 알고 있었다.

세진은 돈 따위는 필요 없었다. 드디어 강민하의 오퍼가 들어왔고, 이제 그녀가 속한 집단에 침투할 수 있는 미세한 구멍이 열렸다. 세상은 조금씩 재섭을 잊고 있었다. 가족들과 친척들까지도. 세진의 목표는 확고했다. 숨겨져 있는 진실을 밝히는 일은 그녀가 해야 할 일이었다.

"적힌 곳으로 와."

강민하의 말에, 그녀가 준 메모지의 내용을 확인했다.

***

    지범이 공장에서 찍힌 영상을 보는 재섭은 다시 영상을 돌려보고 멈췄다. 아무리 영상을 돌려봐도 두 사람의 얼굴은 파악이 되지 않았다. 흥신소에 사진을 보여주면, 금방 알아낼 수 있겠지만 비밀이 조금이라도 새어 나오는 걸 그는 원치 않았다. 재섭은 메신저 채팅창을 켜고, 필상에게 도움을 요청하기로 결심했다. 사진을 보내려고 마음먹은 재섭은 채팅창을 껐다. 이제는 그 누구도 믿을 수 없었다. 시간이 걸리더라도 혼자서 해결해야만 했다.

    다시 재섭은 영상을 보면서 생각에 잠겼다. 스포츠 선수, 에이전시 사장, 도핑 디자이너, 도핑 검사관 까지. 이들이 하나로 묶여 있고, 같은 장소에 있었다는 건 도핑과 관련되어 있다고 그는 추리했다. 그렇다면, 나머지 2명 역시 도핑 쪽으로 연관된 사람이 아닐까.

    약물이 생산된 이후 그 약물을 유통하고, 투여하고, 검사까지 하는 사람들이 있다. 둘은 그 중간과정에서 어떤 역할을 하는 사람들이 아닐까. 거기까지 재섭은 추리했지만, 생각이 복잡하게 꼬여있을 뿐 그다음 과정으로 나아가지 못했다.

    둘 중 한 명은 남자이고, 한 명은 여자. 그 외에 마땅히 파악할 수 있는 단서가 없었다. 그렇게 재섭은 눈이 아파 영상을 그만 보려고 했는데, 남자와 여자의 복장 중에 눈에 들어오는 것이 있었다. 여자의 귀에 마스크가 걸려 있었다. 최근에는 바이러스가 잠잠해져 사람들은 마스크를 쓰지 않고 있었다. 감기에 걸려서 마스크를 쓸 수도 있었지만, 얼굴 혈색과 행동을 보면 감기에 걸린 것 같지 않았다.

집중해서 생각하다 보니 재섭은 잠시 TV를 켜서 스포츠 뉴스를 찾기 위해 채널을 돌렸다. 채동수에 대해 집중하는 사이, 최근 스포츠계가 어떻게 돌아가는지 흐름 정도는 파악해야 했기 때문이다.

그는 채널을 스포츠 뉴스에 고정했고 때마침 뉴스가 시작됐다. 뉴스 첫 꼭지의 타이틀은 '세계반도핑기구 체모 검사 확대 추진 가속화'였다. 반도핑기구의 임원은 앞으로 실시할 국제대회에 체모 검사를 실시할 것이라고 밝혔다. 재섭은 노트북 화면 속의 여자, 강민하를 봤다. 그녀가 어떤 일을 하는지 짐작할 수 있었다. 체모를 제거해주는 직업 왁서라는 사실을.

***

컴퓨터 화면의 영상을 바라보는 세진의 얼굴은 배신감으로 가득 차 있었다. 영상을 볼 때마다 화가 치밀어 올랐고, 지금 이 순간도 마찬가지였다. 공장에서 녹화된 영상에는 강민하뿐 아니라, 함유준도 함께 있었다. 처음 세진은 그 영상을 보고 충격을 받았다. 영상은 재섭이 남긴 USB에서 찾을 수 있었다. 재섭은 형사가 이번 일에 개입되었는지 끝내 밝혀내지 못했던 것 같다.

처음 사건이 터졌을 때, 세진은 적극적으로 일 처리를 해준 함유준과 형사들에게 고마워했다. 하지만, 이제 와서 돌이켜 보니 함유준의 행동은 무척이나 부자연스러웠고 그의 표정과 말투 역시 가식적이었다. 형사들의 신속한 일 처리와 범인 검거도 어떤 틀 안에 맞춰진 움직임이었다. 감옥에서 죽은 범인 주성식 역시도 진짜 범인이 아니었다. 갑작스럽게 그가 교도소 안에서 죽었다는 것도 모두 이들이 계획한 것이었다.

잠시 세진은 자리에서 일어났다. 신혼집인 빌라에 혼자 산지도 꽤 시간이 흘렀다. 모든 장식품이 짝으로 맞춰져 있었다. 물건을 살피던 세진은 거실 벽에 걸어놓은 사진을 봤다. 재섭과 함께 찍은 웨딩사진이었다.

재섭이 사망한 이후, 가족들은 세진에게 새로운 삶을 살길 원했다. 천천히 조금씩 재섭을 잊으라고 했다. 심지어 재섭의 가족도 신혼집을 정리하라고 했다. 그들은 세진이 다시 좋은 사람을 만나기를 바란다고 했다. 재섭을 사랑해줘서 고맙다는 말도 함께. 그러나 세진은 마음이 움직이지 않았다. 누군가를 다시 좋아할 생각조차 들지 않았다. 세진에게는 오직 재섭뿐이 없었다. 다른 사람을 사랑한다는 건, 세진에게 있을 수 없는 일이었다.

가족들은 그녀에게 재섭이 죽은 건 하늘이 무너지겠지만, 범인의 존재를 밝혀내고 응징했다는 것만으로 최악은 아니라고 말했다. 이 말을 듣고 나서 세진은 모두가 큰 착각에 빠져있다고 말하려다가 참았다. 그녀는 직접 모든 것을 밝혀낸 후, 가족들에게 재섭이 죽은 과정을 설명하겠다고 다짐했다.

그렇다면, 진짜 범인은 누구인 걸까.

***

평소보다 세진과 송희는 왁싱샵 문을 일찍 닫았다. 둘은 함께 이동하기 위해 차량이 있는 곳으로 걸어갔다.

"운전해."

세진은 차 키를 송희에게 건넸다.

"조수처럼 부려 먹네."

송희가 운전석에 탔다. 둘이 함께 탄 차량은 출발했다. 차량은 강민하가 알려준 장소로 향하고 있었다.

"그때, 니가 보여줬던 영상 말이야."

송희는 차가 조금씩 막히자 입을 뗐다.

"왜?"

세진은 평소와 같이 대답했지만, 그 영상에 대해서 자꾸 이야기가 나오는 것이 편하지 않았다. 이 차 안에 혹시 도청 장치가 있을 가능성도 배제할 수 없었다. 세진은 그 영상에 대해서 송희에게 보여준 바 있다. 그렇기 때문에 송희가 세진에게 협조하고 있는 것이기도 했다.

"거기에 있던 새끼들. 오늘 다 나오는 거겠지?"

"글쎄, 우리가 가는 장소는 거기가 아닌 것 같은데."

세진은 답하면서 창밖을 봤다. 영상 속의 장소는 공장이었지만, 오늘 강민하가 찾아오라고 한 장소는 공장이 아니었다.

"어떤 새끼가 죽인 걸까. 이 개자식들 만나면 바로 죽여 버릴 수도 없고."

"아직은 누가 그랬는지 섣불리 말하기 힘든 단계야. 어디까지나 추측일 뿐이지."

세진은 침착함을 유지하고 있었다.

"설마, 거기서 우릴 죽이려는 건 아니겠지?"

송희는 걱정스러운 얼굴로 말했다.

"그건 아닐 거야. 그쪽도 우리가 필요하거든. 지난번에 내가 보여준 기사 확인했잖아?"

세진의 말에, 송희는 그렇긴 한데, 라고 답했다. 세진은 스마트폰으로 기사를 재차 확인했다. 최근자 스포츠 기사였다. 유명 국가대표 레슬링 선수가 도핑검사에 적발됐다. 도핑기관은 소변에서는 검출하지 못했지만, 체모에서 도핑 사실을 확인했다. 레슬링 선수는 허창재의 클러치 스포츠 소속이었다. 그 일이 있고 난 후, 허창재는 기자들과 인터뷰를 자청했고 다른 클러치 스포츠 선수들에 대해서 도핑 검사를 모두 받겠다며 의혹을 불식시키는 선제 조치를 취했다. 그 뜻은 클러치 소속 선수들이 왁서에게 왁싱을 받았지만, 왁싱이 완벽하지 않았다는 것이기도 했다.

차는 어느새 목적지 근처에 도착했다. 세진은 마음이 조마조마했다. 겉으론 아무렇지 않은 척 연기하는 것도, 지금 이 순간은 힘들었고 몸에 경련이 일어나는 것 같았다. 그녀는 손잡이를 잡으며 떨림을 진정시키기 위해 노력했다. 이렇게 미끼를 덥석 물어도 괜찮은 거겠지. 괜찮을 거야. 모두 확인했잖아.

***

며칠 전, 세진은 건물 옥상에서 몸을 숨긴 채 밑을 내려다보았다. 건물 사이 골목에서 강민하와 함유준이 만나는 걸 확인했다. 강민하는 다짜고짜 함유준의 멱살을 잡았다.

"네가 장난쳤지?"

"무슨 말 하는 거야? 이게 돌았나? 감히, 형사한테."

함유준은 손을 뿌리쳤고, 둘은 서로 대치했다.

"일을 똑바로 해야지. 검사관 관리 제대로 왜 안 했냐고!"

강민하는 흥분한 표정으로 말했다.

"니가 수배한 왁서가 하급이었나 보지?"

함유준은 맞받아쳤다.

"무슨 말 하는 거야?"

"내가 다른 왁서를 제안할 거야. 니가 실력 없는 왁서를 데리고 오니까 일이 이렇게 된 거야."

함유준은 자신만의 생각이 확실하게 있었고, 이미 다른 실력 있는 왁서에게 접촉했다.

"날 재낀다고?"

"그러니까 진작 똑바로 했어야지."

함유준은 한심하다는 얼굴로 강민하를 내려다봤다.

"넌, 니 역할에 충실하면 되는 거야. 수사망에 오르지 않게 경찰 내부에서 움직이라고."

"어이, 경찰 상대로 개기지 마. 넌, 이제 쓸모없어."

"내가 널 끌어들였잖아. 나한테 이런 식으로 대하면… 너한테도 좋지 않을 텐데."

강민하는 거칠게 말했다. 대화를 듣고 있던 세진은 모든 퍼즐이 하나하나씩 맞춰지는 것 같았다.

"이미 허 대표님께 보고했어. 넌, 이번에 증명하지 못하면 끝난 거라고. 거, 똑바로 하지 그랬냐?"

함유준은 비웃으면서 강민하를 손으로 밀치고 걸어갔다. 그 자리에 남은 강민하는 초조한 모습을 보였다. 옥상에서 세진은 상황을 지켜보고 있었다. 이토록 불안에 떠는 강민하의 모습은 처음 봤다. 그녀가 현재 처한 상황도 대충 짐작이 갔다.

어느 조직에 속해서 상당한 입지를 굳혔던 강민하 사장. 그녀의 소개로 함유준 형사도 조직에 가입한다. 그러나, 강민하 소속 왁서의 실수로 인해 허창재가 관리하는 스포츠 선수가 도핑검사에서 걸렸다. 그 이후, 함유준은 다른 왁서를 끌어들이려고 한다. 이렇게 되면, 강민하의 입지는 매우 좁아진다. 조직 안에서 입지가 좁아지면, 제거되기 마련이다. 강민하는 빠른 걸음으로 거리를 걸었다.

"허 대표님, 저 강민하에요."

강민하는 그 후에 계속 억울하다는 입장을 드러냈다.

"저한테 이러시면 안 되죠? 제가 그동안 얼마나 노력을 많이 했는데. 저희한테도 기회 주세요. 공정한 경쟁으로 실력 증명할 테니까."

강민하는 크게 말하고 있었고, 자기도 소리가 컸다는 걸 눈치를 챘는지 주변을 두리번거렸다.

"뛰어난 왁서요? 당연히 있죠."

강민하는 통화를 끝냈다. 며칠 후 그녀는 세진과 송희의 왁싱샵을 찾아왔다.

***

차는 어느 건물 앞으로 이동했고, 건물 앞에 가방을 들고 서 있는 강민하가 보였다.

"오래 기다리셨죠?"

세진은 미리 준비한 음료수를 뒷좌석에 탑승한 강민하에게 건넸다.

"방금 막 왔어. 시간에 맞춰서 제때 왔네. 다들 저녁 식사는?"

"든든하게 먹었어요. 이제 어디로 가면 될까요?"

송희가 천천히 차를 몰았다.

"계속 직진. 다음 신호등 나올 때까지."

강민하는 손가락으로 정면을 가리키며 말했다. 차는 직진을 했고 신호등이 시야에 들어왔다.

"좌회전. 다 왔어, 500m 정도 가면."

강민하가 말할 때마다 세진은 떨림이 멈추질 않았다. 이럴 줄 알았으면 긴장을 풀어주는 약이라도 먹고 올걸.

"저기, 건물 보이지? 그 앞에 세워."

강민하가 손끝을 들어 건물을 가리켰다. 차는 건물 앞에 후진주차 중이었다. 세진은 내리기 전에 온갖 생각이 들었다. 함유준을 만나게 되면 어떤 표정으로 그를 대해야 하는 걸까. 송희 혼자서 안에 들어가도록 할까. 이미 함유준은 나의 계획을 파악하고 있는 건 아닐까. 그가 뒤를 밟는다는 느낌은 전혀 눈치를 채지 못했는데. 세진은 여기까지 왔지만, 계속 갈등하고 있었다. 강민하가 가방을 뒤적이는 사이, 송희는 주차를 완료했다.

"이걸 쓰고 들어가야 해."

강민하는 세진과 송희에게 물건을 건넸다. 세진이 건네받은 물건은 안대였고, 송희도 왜 안대를 써야 하나 망설이는 표정이었다.

"테스트가 있을 거야."

강민하의 입에서 나온 말이었다.

"어떤 테스트인가요?"

세진은 바로 질문했다.

"큰돈이 그렇게 쉽게 굴러올 거라 생각하지는 않았지?"

오히려 강민하가 질문했다. 세진과 송희도 그 부분에 대해선 동의하는 부분이었지만, 테스트를 받는 건 결코 달갑지 않았다.

"난 너희 둘한테 모든 걸 걸었어. 우린 여기서 증명해야 해. 만약 증명하지 못하면, 우린 모두 끝이야."

강민하는 말하고 나서 밖을 살폈다. 어떤 남자들이 걸어오는 걸 확인했다.

"선택해. 자신 없으면, 돌아가고."

마지막으로 강민하가 기회를 줬다.

안대를 손에 쥔 송희는 심각하게 갈등하고 있었다. 세진도 마찬가지였다. 어떤 위험이 그들을 맞이할지 세진은 가늠하기 어려웠다. 그러나 세진과 송희는 선택사항이 하나밖에 없다는 것도 알았다. 두 사람은 동시에 안대를 썼다. 차의 문이 열렸고, 남자들이 세진과 송희의 팔을 잡았다. 세진은 천천히 걸었다. 발을 내딛을 때마다, 세진의 마음속에선 두려움이 점점 증폭되었다. 어쩌면, 이곳에서 죽을 수도 있겠다는 생각이 들었다.

***

전국 육상선수권 대회가 벌어지는 계룡종합운동장의 레인에 선 사람은 지범의 동생이었다. 관중석에서는 지범이 경기를 지켜봤다. 지범의 동생은 육상계에서 주목하는 존재는 아니었다. 그 옆에는 전국 고교 랭킹 1위가 버티고 있었다. 총성 소리와 함께 선수들은 스타트를 끊었다. 역시나 모두의 예상대로 고교 랭킹 1위 선수가 선두로 나왔다. 지범의 동생은 추격했다. 비록 그는 뒤쳐져 있었으나 포기하지 않았다. 젖 먹던 힘을 다해 달린 그는 선수 몇 명을 제치고 랭킹 1위 선수와 근소한 거리까지 와서 2등으로 골인했다. 꽤나 숨이 차는지 지범의 동생은 헉헉댔다. 그 옆으로 랭킹 1위 선수가 다가와 등을 두드리며 격려했고, 몇몇 관중들이 페어플레이를 펼친 육상 꿈나무들의 모습에 박수를 쳤다.

"동생은 깨끗한 것 같은데, 누구와는 달리."

그 목소리에 지범은 뒤돌아보았다. 뒤에서 다리를 꼬고 앉아 있는 사람의 정체는 바로 재섭이다.

"말과 행동이 달라서야 원."

지범은 신경을 끄고 자리를 떠나려 했다. 처음 보는 사람이었고, 자신에게 하는 말이 아니라고 믿었다.

"동생은 훌륭하네요. 정정당당하게 승부할 줄 알고. 형은 좀 많이 더럽지만."

"누구시죠? 나한테 하는 말이에요?"

지범은 불쾌한 표정을 지으며 반응했다.

"왜 그렇게 둘러봐요? 본인이 뭐 찔리는 게 있으신가?"

재섭은 슬쩍 지범을 떠보았고, 지범은 잔뜩 재섭을 노려보았다. 재섭은 손에 든 스마트폰으로 영상을 보여줬다. 공장에서 찍힌 지범의 모습이었다. 지범의 낯빛이 급격히 어두워졌다.

"당신이 찍힌 거, 10분 후에 허창재 에이전트한테 메일 발송 예약해 놓았습니다. 이런 영상이 그에게 가면 당신에게 좋을 건 없겠죠?"

재섭은 그 자리를 떠나려고 하는데, 지범이 자신을 부르는 목소리가 들렸다. 욕설과 함께.

***

여전히 앞은 보이지 않았다. 세진은 계속 걸었다. 옆에 부축하는 상대에 의해 강제로 걷는 것이나 다름없었다. 눈으로 볼 수 없으니, 현재 상황을 청각과 후각으로 파악하려고 했지만 쉽지 않았다. 장소에 도착하게 되면, 세진은 어떻게 행동해야 할지 생각하고 있었다. 자신을 보면, 함유준이 어떠한 반응을 보일까. 그게 가장 큰 문제였다.

만약, 함유준이 왁싱샵에서 살해된 남자의 약혼자가 여기까지 왔다는 걸 말하면, 그와 함께 움직이는 인원들은 어떻게 반응할까. 그 점이 걸려 세진은 초조함을 잠재우기가 힘들었다. 함유준에게 맞설 뭔가가 있어야 할 텐데. 부축하는 사람들이 걸음을 멈췄다.

"자, 오셨네. 안대를 벗으셔도 됩니다."

목소리의 주인공에 대해서 세진은 알 수 있을 것 같았고 그녀는 천천히 안대를 벗었다. 불빛이 그녀를 반겼고, 시야가 천천히 확보되어 허창재가 모습을 드러냈다.

강민하는 세진과 송희를 소개하며, 자신이 직접 가르친 제자들이자 최근에 업계에서 주목하고 있는 신진 왁서들이라고 설명했다.

"우리 강 사장, 괜찮겠어? 상대가 너무 센데."

허창재는 썩 마음에 들지 않아하는 태도를 보였다.

"아직 인지도는 부족할지 몰라도 실력으로는 수준급이에요. 왁스도 직접 개발하는 왁서들이에요."

강민하가 말했지만, 허창재는 떨떠름한 표정을 거두지 않았다. 그때, 반대편 문이 열렸다. 함유준과 그가 직접 데리고 온 왁서들이다. 함유준은 세진의 존재를 바로 확인했다. 그는 세진 쪽으로 걸어오면서 몸속에서 총을 꺼냈다.

"일단, 한 명 죽이고 시작하죠."

총을 든 함유준의 말에, 세진은 죽음이 코앞으로 다가온 것 같았다.

***

 지하 주차장에 각 차량의 트렁크가 열려 있었다. 남자들은 민첩한 움직임으로 트렁크에 사과박스를 실었다. 각각의 차량은 함유준 형사, 강민하 사장, 조지범 검사관의 것이었다.

 함유준은 약속이 있어서 먼저 차량에 탑승한 뒤 지상으로 나왔다. 그는 목적지로 향하기 위해 스마트폰을 찾았지만, 지하 1층 화장실에 놓고 온 사실을 뒤늦게 깨달았다

 지상에 잠시 차를 주차한 함유준은 빌딩 안으로 들어갔다. 그는 비상계단으로 내려가 화장실로 들어가려고 했지만, 아직 강민하가 지하 주차장에 남아 있는 걸 목격했다. 차량 트렁크가 다시 열렸고, 남자들이 사과박스를 추가로 더 실었다. 그걸 본 함유준의 표정은 굳어 버렸고 저절로 욕설이 나왔다. 불공평하게 분배된 돈을 보면서 함유준은 강민하를 쳐내고 싶어졌다.

***

 함유준은 세진의 이마에 총을 대고 발포할 기세였다. 세진은 이대로 죽을 수 없었다. 재섭에 대해서 밝혀내야 할 진실이 아직도 많았기 때문이다. 그러나 지금 상황은 죽음과 가까워져 있었다.

 "그러게 그냥 가만히 있어야지. 가만히 있어 주는 게 도와주

는 거라고 했지?"

세진은 모든 것이 끝났다고 생각하며 송희를 봤다. 침묵하고 있었다. 강민하도 마찬가지였고, 그녀는 자신이 다음 타겟이 될까봐 불안에 떨고 있는 것 같았다.

복수란 어려운 것이구나. 아무리 계획을 철저하게 세웠다고 해도, 그 계획은 결국 누군가에게 간파당하기 마련이구나.

'끝났다. 나의 인생도, 그리고 복수도.'

세진은 조용히 눈을 감았다. 그녀는 최후의 순간을 준비했다.

***

조수석에 앉아 있는 지범은 손잡이를 꼭 잡고 있었다. 그는 언제든지 나갈 준비를 하고 있었다. 그만큼 이 자리는 불편했다.

"채동수 도핑검사 결과 조작했죠?"

운전석에 앉아 있는 재섭은 단도직입적으로 말했다. 시간을 끌어서는 곤란했고 심리적으로 위축되어 있는 사람을 더욱 몰아붙여야 하는 것이 그의 계산이었다.

"아뇨… 그게 무슨 소리인 거죠?"

지범은 부인했고 마치 아무것도 모른다는 표정을 지었다.

"대책 매뉴얼대로 행동하시는군요. 뭐 이렇게 나올 줄은 알았어요."

"난 아무것도 몰라요."

"그래요, 좋아요. 헌데 의혹이든, 사실이든, 기사로 나가는 걸 당신 조직도 그렇고, 연관되어 있는 사람들도 원하지는 않을 것 같은데? 난 진실을 밝히기 위해선 뭐든지 할 놈이에요."

"지금 협박하는 건가요? 난 모른다고 했잖아요."

"협박이 아니고, 지범 씨에게 도움을 요청하는 거예요."

재섭은 자신의 목적을 명확하게 전달했다.

"난 아무것도 몰라요."

여전히 지범은 이 대화를 지속하는 것에 대해 불편함을 느껴 차 문을 열었다.

"장소 하나만 알려주면 돼요. 그러면, 당신에 대해선 기사로 안 내보낼게요."

재섭의 제안에 지범은 한숨을 쉬고 문을 다시 닫았다.

"채동수는 시합 나가기 전에 제모를 할 거예요. 그렇죠? 항상 그런 패턴일 테니까?"

재섭은 슬쩍 떠보았지만, 지범은 침묵으로 일관했다.

"채동수가 어느 왁싱샵으로 가는지 그것만 알려주면 돼요. 그게 끝이에요."

재섭은 단 한 가지만을 원했다. 그는 지범의 눈빛이 조금씩 흔들리는 걸 알 수 있었다.

＊＊＊

"형사 아저씨. 요새 들어서 좀 많이 설치시네."

어둠 속에서 걸어오는 남자는 바로 채동수였다. 모든 사람의 시선이 채동수에게 향해 있었다. 채동수 옆에는 조인혁 약물 디자이너, 오혜연 도핑검사관도 함께였다.

세진도 이 자리에서 올림픽 동메달리스트이자 국가를 빛낸 육상 영웅 채동수를 실제로 만날 줄은 꿈에도 상상 못했다.

"총 내려놓으시죠?"

허창재가 끼어들었다.

"죽여야 합니다. 우리의 뒤를 캐고 다니고 있다고요."

함유준은 흥분하면서 자신의 의견을 굽히지 않으려고 했다.

"형사님, 저는 두 번 말하는 것을 아주 싫어합니다. 자꾸 독단적으로 행동하지 마세요."

허창재의 말은 부드러웠지만, 오히려 그 부드러움이 함유준을 주눅 들게 만들었다.

"젠장. 죽여야 한다니까…"

함유준은 총을 거두었지만, 여전히 시선은 세진에게 향해져 있었고 그녀의 행동을 면밀히 감시하지 못했던 걸 후회하고 있는 것 같았다. 세진은 한숨 놓았지만, 여전히 이 안에서 살아나갈 수 있을지 걱정이 앞섰다. 올림픽 영웅의 존재도 불편하게 다가왔다. 채동수가 이 안에서 자신을 구해줄 수 있을 것 같지 않았다.

"함 형사님, 우리 실력을 보고 판단하자고요. 중요한 대회들이 남았어요."

채동수가 함유준에게 다가가 어깨를 툭툭 쳤다.

세진은 조심스럽게 채동수를 살폈다. 이러한 분위기에 채동수는 상당히 익숙해 보였고, 한두 번 겪어 본 게 아닌 것 같았다.

"손님들을 모셔놓고, 너무 우리끼리 친목을 다졌습니다. 간단히 소개라도 해야죠?"

허창재가 살짝 웃으면서 분위기를 바꿨다. 강민하는 세진과 송희를 가리켰다.

"최근 가장 주목받고 있는 왁서들이에요. 업계에서 점점 그 실력을 인정받고 있어요. 국내에서 매장 수를 계속 늘리고 있어 현재 사용하는 왁스 소요량을 봤을 때 전국에서 톱클래스 수준이고요. 무엇보다도, 단기간에 이 정도로 올라왔다는 건 굉장한 성취입니다. 어쩌면, 실력으로는 이미 업계 톱 실력자들을 능가했다고 저는 생각해요."

강민하의 설명을 듣고 나서 세진은 놀랄 수밖에 없었다. 이 정도로 그녀가 자신과 송희를 인정하고 있을 줄이야. 강민하의 절박한 상황도 점차 이해가 가기 시작했다. 바통을 이어받은 함유준이 말하려고 했다. 세진은 그 옆에 있는 남자와 여자를 빠르게 살폈다. 세진 보다는 10살가량 많아 보이는 여자는 어디선가 본 익숙한 얼굴이었다. 동시에 세진은 그녀가 자신을 깔보고 있는 듯한 시선을 느꼈다. 불편한 시선을 느낀 건, 송희도 마찬가지였는지 그는 여자를 노려보고 있었다.

"세계적인 왁서입니다. 국제 왁싱대회에서 최근 5년간 3회 수상했습니다. 왁서 같지도 않은 사람들과 비교하기에는 너무나도 실력 차이가 나죠."

함유준은 자신감에 가득 차 있었다. 그와 함께 이곳에 온 왁서들도 마찬가지였고 그들의 눈빛은 전혀 흔들림이 없었다. 국제대회 경험자들이어서 그런지 긴장하는 모습이 없었다. 그들은 세진, 송희와 같은 신진 세력들과의 비교 자체가 불쾌하다는 모습을 시종일관 드러냈다.

세진은 상대 여자 왁서의 모습이 익숙했던 이유가 기사에서 봤기 때문이다. 세진은 일을 시작하면서 항상 자신은 최고라는 생각으로 임했지만, 눈앞에 보이는 왁서는 업계에서 가장 인정받고 있는 실력자였고 이는 커리어가 증명했다. 잘나가는 업자가 여기까지 온 걸 보면, 이번 일에 걸린 돈이 상당하다는 걸 알았다. 양쪽의 신경전이 흥미롭기만 한 채동수는 박수를 치며 좋아했다.

"이야, 재밌겠네요."

채동수는 손을 비비며 기대하고 있는 모습이었다.

"자, 이동합시다. 모두 전력을 다하세요. 지는 쪽은 어떻게 될지 아무도 모르니까."

허창재가 문 쪽을 가리켰고, 사람들은 그를 따라가기 시작했다. 남을 배려하는 부드러운 말투 속에 잔인함이 풍기는 사람이 허창재였다. 상대해야 할 남자 왁서가 의도적으로 송희의 어깨를 툭 치고 지나갔다. 송희가 따지려고 다가갔지만, 세진은 저지했다. 의도적으로 거는 신경전에 휘말려들 필요가 없었다.

"어이, 귀걸이 아저씨."

송희의 외침에 남자 왁서가 뒤돌았고, 그의 오른쪽에 한 귀걸이가 유난히 빛났다.

"갈 거면, 지금 가. 이제라도 안 늦었으니까. 알간?"

송희는 오기 있게 말했고, 그건 승부에서 절대 물러서지 않겠다는 의지의 표현이기도 했다. 송희는 누군가에게 무시당하는 것을 가장 싫어했다. 세진은 저 앞에서 걸어가는 사람들의 뒷모습을 봤다. 세진은 알고 싶었다. 어떤 새끼가 나의 전부인 사람을 죽인 걸까. 도대체 어떤 놈이.

***

저녁 늦은 시간, 재섭은 집으로 돌아왔다. 그는 집안으로 들어서자마자 세진에게 스피커폰으로 전화를 걸었다. 옷을 갈아입고, 저녁 식사를 준비하고, 식사하면서도 세진과 통화를 하다 보니 벌써 1시간이 지났다는 걸 확인했는데 팀장으로부터 전화가 와서 받았다.

"야! 너 잘리고 싶어? 경기 끝나면, 기사 바로 올리라고 했지?"

"네, 다른 언론사 기사 복사 붙여넣기 해서 바로 올리겠습니다."

재섭은 상대하기 싫은 팀장과 통화를 마치고, 다시 세진과 통화를 했다.

"오빠, 우리 결혼 믿어지지가 않아."

"행복하게 살자. 서로 아껴주면서."

"응, 사랑해."

통화가 끝났다. 재섭은 애초에 결혼 생각이 없었지만, 세진을 만나고 나서부터 마음이 바뀌었다. 그는 평생 세진을 사랑하고 그녀에게 모든 걸 헌신할 수 있었다. 이런 감정을 재섭은 그동안 한 번도 느껴보지 못했다.

지금 조사하는 일에 대해서 재섭은 한 가지만 확인하면, 그가 발견한 팩트를 사람들에게 알릴 수 있었다. 그가 이렇게 행동하는 이유는 돈을 위해서 그러는 게 아니었다. 기자로서 정확한 사실을 전달해야 한다는 책임감과 사명감이 있었다. 그리고 스포츠 생태계가 더럽혀지는 것도 내버려 둘 수 없었다.

문자 한 통이 재섭에게 도착했다. 그토록 재섭이 기다리던 문자였다.

[경기도 광명시 왁싱 스퀘어로 모레 오후 3시경에 방문 예정입니다.]

지범의 문자였고, 이건 그 어떤 것보다 가치 있는 정보였다. 재섭은 일이 원하는 방향으로 풀리고 있어 주먹을 불끈 쥐었다. 그는 이제 곧 모든 스포츠팬이 궁금하지만, 입 밖으로 내지 못했던 궁금증을 밝히는데 있어 한 걸음 다가간 것 같았다.

***

침대가 2개 놓여 있는 공간에선 긴장감이 흘렀다. 모델들은 침대에 누워 있었다. 세진과 송희, 그리고 그들이 상대해야 할 왁서들은 작업 준비를 시작했다. 세진은 곁눈질로 상대해야 할 왁서를 살폈다. 역시나 그녀는 명성대로 준비가 철저했고 빈틈이 없어 보였다. 무엇보다 그들은 긴장하지 않고 있었다. 세진은 불리한 승부라는 걸 알았다. 국제대회에서의 경험은 중요한 승부에서 그 위력을 발휘하기 때문이다. 이들과 비교했을 때, 경험이 미천하다는 건 불리하게 작용할 가능성이 컸다.

"떠는 거 아니지?"

세진은 왁스를 가방에서 꺼내는 송희에게 툭 던졌다.

"전혀. 똑바로 해. 난 실수 안 하니까."

송희는 오히려 세진이 걱정스러웠다.

"여기 온 이유를 되새겨 보자. 돈 때문에 온 거잖아, 우리는."

"큰돈 만져보자."

송희는 살짝 크게 말했다. 이 상황을 지켜보고 있는 허창재, 조인혁, 강민하, 함유준, 오혜연의 눈을 의식하고 있었다.

"10분 안에 깔끔하고 완성도 있게 왁싱하는 쪽이 이기는 겁니다. 간단하죠?"

허창재는 왁서들에게 동의를 구하려는 듯 물었고, 세진과 상대 왁서는 예, 라고 대답했다.

"근데, 그러면 재미없으니까 지는 쪽은 대가를 치러야겠죠? 손가락 하나 자르던가."

허창재가 말하고 나서 주변을 살폈다. 채동수는 동의하는 뜻으로 박수를 쳤다. 조인혁도 오케이 사인의 손짓을 보냈고 함유준, 강민하, 오혜연도 반대표를 던지지 않았다. 세진은 점점 표정이 굳어갔다. 이놈들은 사람 목숨 따위는 상관하지 않는다. 만약에 승부에서 졌을 경우, 허창재가 말한 대로 손가락 하나 자르는 것으로 끝날 것 같지 않았다. 어쩌면, 진짜 목숨이 날아갈지도 모른다.

"그렇게 벌써부터 떨고 있으면 안 됩니다."

허창재가 소리쳤다. 마침내 사활을 건 왁싱 승부가 시작됐다.

세진은 솜뭉치로 누워있는 모델의 팔, 다리, 가슴, 배를 소독하며 어디서부터 왁싱을 해야 할지 머릿속으로 차분하게 정리했다. 이번 승부는 시간 싸움이었다. 최대한 왁스를 도포하는 횟수를 줄여야겠다고 세진은 마음먹었다. 왁스를 여러 번 바르다 보면, 시간 내에 왁싱을 끝내지 못할 것 같았다.

"긴장하지 마세요. 몸에 힘을 빼셔도 돼요."

왁서는 왁싱을 받는 사람의 마음도 읽어야 했다. 받는 사람이 불편함을 느끼면, 제대로 된 왁싱을 할 수 없었고 시간도 지체되었다. 이쯤 되면 소독은 충분해 세진은 왁스를 기다렸다. 하지만, 송희는 여전히 왁스를 녹이고 있었다. 평소보다 시간이 지체되고 있었다.

"계속하고 있어."

송희는 세진에게 계속 소독하라고 주문했다. 세진은 반박하려다가 송희를 봤다. 이토록 집중하는 건 오랜만에 보는 모습이었다. 상대 쪽으로 눈을 돌렸다. 그들은 이미 왁스를 모델의 상체에 도포했고 앞서 나갔다. 송희의 주문대로, 세진은 계속 소독했다. 상대는 확실히 숙련된 자들이라 속도가 빨랐다.

"오케이, 끝."

송희는 왁스가 묻은 나무 스틱을 세진에게 건넸다. 시간이 늦었기 때문에 세진의 얼굴은 다급했다. 그런데, 왁스의 발림이 굉장히 좋다. 왁스가 모에 확실히 스며드는 느낌이었다. 소독을 오랜 시간 한 것도 왁스 도포에 효과가 있었다.

"오호, 루키들이 힘을 내는데?"

허창재는 관전이 즐겁기만 했다.

베테랑 왁서는 무서운 속도로 따라붙는 세진을 확인하더니 속도를 올렸다. 그녀는 속도라면 누구에게도 지고 싶지 않았다. 앞서 나가는 게 중요했다. 그러는 사이, 상대 왁서는 배에 나 있는 잔털을 지나쳤다. 반면에, 세진은 꼼꼼하게 왁싱을 이어 나갔다. 그녀의 성격상 눈에 보이는 털을 지나칠 수 없었다. 세진은 미간을 찌푸리면서 대퇴부 왁싱에 집중했고 부직포를 떼어내며 마무리했다.

"종료해."

허창재가 왁싱 종료를 선언했다. 세진과 상대 왁서는 도구를 내려놓았다.

"아직 다 못했는데…"

세진은 모델의 발등 부분에 대해 왁싱을 끝내지 못했다. 이에 비해 상대 왁서들은 순조롭게 모든 부위에 왁싱을 끝낸 것 같았다. 세진과 송희는 탄식했다. 정말 운도 없었다. 왜 하필이면 이런 막강한 상대를 여기서 만난 것일까. 애초에 불가능했던 계획에 오랜 시간 집중한 것 같았다.

"승부가 결정된 것 같습니다, 허 대표님."

도핑 디자이너 조인혁이 왁서들 가까이로 다가왔다. 허창재와 채동수도 모델들의 왁싱 상태를 살폈다. 강민하 사장과 함유준 형사도. 세진은 한숨을 쉬며, 자포자기하는 강민하의 얼굴이 눈에 들어왔다.

"명백히 한쪽의 패배군."

세진은 눈을 감았다. 이윽고, 총성 소리가 들렸다. 그녀는 마음속, 재섭의 이름을 외쳤다.

***

클러치 스포츠의 사무실에 함유준이 찾아왔다. 허창재는 직접 드립 커피를 내려 그에게 건넸다. 함유준은 커피를 마시고 나서 능글맞은 표정으로 변해 있었다. 허창재는 표정 변화가 없었지만, 함유준의 존재가 껄끄러운 것 같았다. 연락 없이 찾아오는 손님을 허창재는 늘 경계했다.

"허 대표님, 너무 하신 것 아닙니까?"

"무슨 말씀이신지요?"

"우리는 팀이지 않습니까? 여러 사람이 같이 일을 했는데, 누구는 더 많이 주는 게 조금 그렇습니다. 허 대표님이 강민하와 오래전부터 일했다는 건 알고 있지만, 솔직히 좀 섭섭합니다."

함유준은 현재 심정을 표현했다.

"아이고, 제가 함 형사님을 얼마나 많이 생각하는데요. 우리 직원이 좀 실수한 것 같습니다. 내일 곧바로 챙겨 드리겠습니다."

허창재는 큰 문제 아니라는 듯 대처했다. 그러면서 그는 서로 같이 일하는 사람들끼리 문제가 발생하는 것을 원치 않는다는 입장을 표명했다.

"대표님, 제가 경찰 내부에서 노력 많이 하는 거 아시죠? 미리미리 챙겨주시면 좋았을 텐데. 강력계 형사가 자꾸 대표님 회사 왔다 갔다 하면, 서로 좋을 게 없지 않습니까?"

"옳은 말씀입니다."

허창재는 시원스럽게 답했다.

"사건 일어날 때마다 뒤처리한 거 아시잖아요? 저도 다른 형사들 통제하려면 돈이 넉넉히 필요해서. 하하."

함유준은 그 누구보다 돈 욕심이 많았다.

"예, 맞는 말씀이에요. 형사님 없으면, 우리는 일찌감치 무너졌죠."

"그럼, 기대하겠습니다."

함유준의 얼굴이 편안하게 바뀌었다. 그는 허창재가 상당히 마음에 들었다. 자신을 상당히 대우해주는 느낌을 받았다.

"아이고 전화가 와서요. 오늘은 멀리 못 나갑니다."

허창재는 전화를 받으면서 고개를 숙였고, 함유준은 휘파람을 불며 사무실 밖으로 나왔다.

*　*　*

총을 맞은 사람은 바로 함유준 형사였고, 정확히 그의 이마에 관통했다. 조인혁은 총구를 아래로 내려놓았다.

"아, 참 대표님. 나 이런 거 싫어한다니까. 오늘 밥 못 먹겠네. 이 새끼도 참. 적당히 개겼어야지? 지 분수도 모르고."

조인혁은 바닥에 쓰러진 함유준을 보면서 한마디 했다.

"잘했어. 밥맛없는 새끼! 설치고 다니더니 꼴좋다."

강민하가 박수를 치며 완전히 달라진 태도를 보였다.

세진은 어떤 말도 할 수가 없었다. 눈앞에서 사람이 총에 맞고 죽었다. 그런데, 여기 사람들의 반응은 뭐지. 사람이 죽은 것을 완전히 놀이로 생각하는 것 같았다. 총을 쏜 조인혁이 재섭을 죽인 걸까.

"우리 왁서분들도 수고 많았습니다."

허창재는 베테랑 왁서와 모델들에게 봉투를 건넸다. 베테랑 왁서도 함유준의 존재는 벌써 잊은 듯, 돈을 받고 주변을 정리했다.

뒤늦게 세진은 현재 상황을 파악했다. 이건 테스트를 포함하여, 허창재가 함유준을 제거하기 위한 계획도 포함되어 있었다. 허창재는 모든 인원을 통제할 정도로 막강한 힘을 보유하고 있다.

"이 바닥에서 일한 지 얼마 되지도 않았는데 세계적인 클래스 왁서하고 비슷한 수준이면 엄청난 거지. 게다가 왁싱 상태도 더 깔끔하고. 자, 열심히 일해 봅시다."

허창재가 송희에게 악수를 건넸다. 이어서 허창재는 세진과도 악수했다. 마침내 세진은 그녀가 원하던 사람들과 같은 선상에서 일하게 됐다.

* * *

높은 언덕길을 오르는 재섭은 숨이 찼지만 걸음을 멈출 수 없었다. 계속 침묵으로 일관했던 대학생에게 연락을 받았다. 곧 만나게 될 대학생을 통해 그가 경험했던 일에 대해서 알게 되면 채동수, 허창재와 관련된 과거를 좀 더 자세히 알 수 있을 것이라는 희망이 싹트고 있었다. 대학생의 마음이 변하면 곤란해 재섭은 언덕길을 뛰어올라 대학교 정문 앞에 도착했다. 정문 주변을 서성이는 후드티의 남자를 봤다. 깔끔하게 생긴 남자의 하얀 피부가 유난히 눈에 띄었고, 재섭은 그쪽으로 걸어갔다.

"양성훈 씨 맞으시죠?"

재섭의 물음에 남자는 고개를 끄덕였다. 둘은 대학교 안으로 들어가 벤치 의자에 있는 곳으로 가서 앉았다.

"채동수 선수에 대해서 말하고 싶은 게 있으신 거죠?"

재섭은 유선상으로 나눴던 이야기를 재차 확인했다.

"음, 정확히 말하면 채동수가 아니고, 다른 사람이지만요."

양성훈은 잠시 생각하더니, 그가 겪은 이야기에 대해서 털어놓았다.

***

양성훈은 여자친구 김동미와 캠퍼스 커플로 지냈지만, 최근 들어서 연락이 되지 않아 걱정스럽기만 했다. 수업이 끝난 후, 양성훈은 서둘러서 오피스텔로 향했다. 김동미가 혼자서 자취하는 오피스텔이었고, 양성훈은 문을 두드렸지만 열리지 않았다. 그는 비밀번호를 알고 있어 집 안으로 출입할 수 있었다.

양성훈은 오피스텔 안의 풍경을 보고 충격을 받았다. 김동미는 초점 없는 눈빛으로 소파에 앉아 있었다. 문제는 그게 아니었다. 김동미가 앉아 있는 소파 주변 테이블에는 흰색 가루의 마약 봉지가 여러 개 보였다.

그때, 초인종이 울렸다. 김동미는 중요한 손님들이라며 직접 나갔는데 그 모습은 제정신이 아니었다. 문이 열렸다. 집으로 찾아온 건 조인혁과 허창재였다. 김동미는 돈을 지불하고, 조인혁은 마약 봉지를 김동미에게 건넸다. 그런데, 이들은 나가지 않고 계속 서 있었다. 김동미는 나가 달라고 요청했지만, 이들은 오히려 집안 깊숙이 들어와 소파에 앉았다. 마치 그들은 자신의 집인 것처럼 행동했다. 양성훈은 열 받아 조인혁에게 따지려고 했는데 그는 상대가 기어오르지 않게 총을 꺼냈다. 김동미는 비명을 지르려고 했는데 허창재가 입을 막았다.

"너희들의 행동, 생각은 이제부터 내가 통제하는 거야. 오케이?"

허창재는 칼을 꺼내 김동미의 목에 대고 그녀는 겁에 질려서 고개를 끄덕였다. 김동미는 이들이 자신의 배경을 알고 있다는 것을 눈치챘다. 유명 정치인이자 차기 대선 후보로 낙점 받은 김진우의 딸인 것을. 김동미는 아버지에게 전화를 걸었고 스마트폰을 허창재에게 넘겼다.

"위원님, 따님께서 마약을 흡입하고 있습니다. 강력한 대선 주자이신 걸로 알고 있는데 만약 이게 알려지면, 모든 정치 인생 끝나잖아요? 그렇죠? 서로 윈윈 하는 딜을 제안해 드리고 싶은데 말입니다."

허창재는 거물 정치인을 상대로도 거침이 없었고, 정치인에게 딸의 지속적인 마약 흡입은 아킬레스가 될 것이라는 것도 알았다. 허창재는 긍정적인 답변을 받았고, 통화를 종료했다. 같은 공간에 있는 사람들이었지만 서열은 정해졌고 양쪽은 희비가 갈렸다.

***

한글 파일에 단어가 하나하나 입력됐다.

정치인, 에이전트, 약물 디자이너, 도핑 검사관, 왁서, 그리고 올림픽 영웅.

재섭은 키보드에서 손을 뗐다. 이제야 모든 게 정리되는 느낌이 들었다. 채동수와 허창재가 날뛸 수 있는 이유를 알 수 있을 것 같았다. 대선 주자인 정치인은 딸 때문에 정치 인생이 끝나는 걸 원치 않을 것이고, 어떻게 해서든 허창재의 요구를 들어줬을 것이다.

이제는 허창재 소속의 모든 선수가 의심스러웠다. 그중에는 리그에서 MVP 성적을 내는 선수도 있었고, 아시안게임에서 금메달을 획득한 선수도 있었다. 허창재도 문제였지만, 김진우 후보가 조직 안에 개입되어 있을 줄은 상상도 못 했다. 재섭은 그의 힘이 어마어마하다는 것을 알고 있었다. 사실상 이번 대선에 그가 당선될 확률은 매우 유력했다. 차기 대통령 후보가 개입된 조직이라. 여기까지 알아낸 재섭의 마음이 흔들렸다. 그만큼 거물 정치인은 두려운 존재였고, 이들 외에 관련된 인물들이 더 있을지도 모른다. 돈을 대주는 재력가, 일을 처리하는 킬러, 그리고 살인 사건이 일어나면 현장을 정리하는 범죄 현장 청소 업체까지. 각자의 영역에서 능력 있는 자들이 아주 끈끈하게 뭉쳐 철통방어를 하는 것 같았다.

머릿속이 복잡해진 재섭은 자리에서 일어나 소파에 앉아 TV를 켰다. 채널을 돌리다가 오히려 열이 받기 시작했다. 채동수가 찍은 광고가 채널을 돌릴 때마다 나왔다. 거짓 스포츠 영웅에게 대중들이 열광하는 사실은 거북스러웠다. 재섭은 스포츠 예능 프로그램에 채널을 고정했다. 특별 게스트로 채동수가 출연했다. 프로그램 출연자들은 채동수를 한껏 띄워줬고, 채동수는 수줍게 웃으며 다음 올림픽에는 최선을 다해서 금메달을 따고 싶다고 말했다. 출연자들은 채동수의 이름을 연호했다.

"채 선수가 뛰어난 성적을 거둘 수 있었던 원동력은 무엇인가요?"

프로그램 MC의 질문이었다.

"노력입니다. 체육관에서 남들보다 땀을 많이 흘렸어요. 노력은 절대 배신하지 않더라고요."

채동수는 온갖 고생을 다 한 듯 말했다. 출연진들은 박수를 쳤고 그에게 경외감이 가득한 표정을 지었다. 더 이상 그 모습을 보고 싶지 않은 재섭은 TV를 껐다. 그는 뒤엉켜 있는 마음에 결심이 생겼다. 채동수의 가면을 벗겨내겠다고 마음먹었다. 결국, 채동수가 약쟁이란 사실은 변할 수 없는 사실이니까.

11

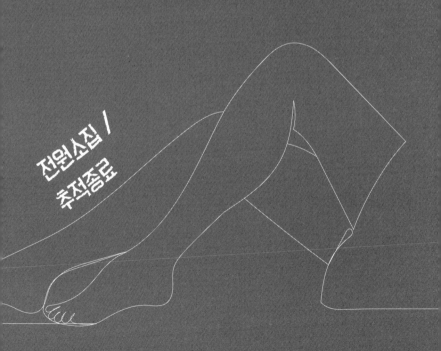

전원소집 /
추적종료

전원소집 / 추적종료

눈앞에서 운동선수가 훈련하는 모습을 지켜보는 게 세진과 송희에게는 처음이었다. 규모가 상당히 큰 피트니스 센터에서 채동수는 코치와 함께 가볍게 몸을 푼 다음, 훈련에 돌입했다. 채동수는 레그 프레스 기구에 앉아 허벅지 운동을 했다. 그가 조금 힘들어하는 표정을 보이면 옆에 있던 코치가 다독거렸고, 채동수의 얼굴에선 핏줄이 섰다.

이번엔 채동수는 엎드려 있는 상태에서 양발을 스트럽 핸들에 걸고 배로 끌어당겼다. 일종의 복근을 강화하기 위한 훈련이다. 채동수의 동작이 느려 질 때마다 코치는 그가 자극받을 수 있도록 소리를 질렀다. 다음으로 상체 훈련으로 넘어갔다. 그는 턱걸이를 했다. 개수에 집착하지 않고, 정확한 자세로 모든 상체 근육을 쓰면서 훈련하는 데 중점을 뒀다. 다음으로 그는 덤벨을 들었다. 채동수는 무게를 무겁게 들지 않았고 자세에 집중했다. 자세가 틀어지면, 코치가 자세 교정을 해줬다.

훈련은 계속 이어졌다. 채동수는 짐볼을 활용하는 훈련을 했다. 그는 짐볼에 누운 상태에서 두 손에 원판을 들고 버텼다. 짐볼 크런치, 짐볼 레그레이즈까지. 하나의 볼로 상체와 하체를 골고루 훈련할 수 있었다.

이번에 채동수는 요가매트에 앉은 상태에서 양발을 들고 웨이트볼을 주고받는 훈련과, 엎드려 있는 상태에서 얼굴 쪽으로 웨이트볼이 굴러오면 팔꿈치를 들어 웨이트볼을 코치에게 미는 훈련까지 했다.

훈련이 끝난 뒤 채동수는 약간 지쳐보였다. 그는 앉아서 쉬려고 했지만, 코치는 쉴 틈을 주지 않았다. 마지막 타이어 끌기 훈련이 그를 기다렸다. 채동수는 타이어를 끌고 왔다 갔다 했다. 코치는 시간을 재면서 늦어지면 한 번 더 라고 외쳤다. 지독히도 힘든 훈련에 채동수의 얼굴은 땀이 비 오듯이 내렸고 힘겹게 모든 훈련을 소화했다. 코치가 단백질 음료를 그에게 건넸다. 스스로도 훈련이 만족스러운 채동수는 기분 좋은 웃음을 보였다. 훈련을 지켜보던 세진은 먼저 자리를 떠났다. 그가 훈련하는 모습을 보니 재섭이 남겼던 내용 중의 하나인 채동수의 옛 스승 전 코치가 생각났다.

***

늦은 밤, 헬스장의 불은 꺼져 있었다. 후드티를 입고 나타난 채동수는 헬스장으로 들어갔다. 캄캄한 내부가 그를 반겼지만, 이곳이 익숙한 채동수는 문을 열고 휴게실로 들어갔다. 그 안에는 조인혁과 허창재가 있었다. 채동수는 수백 번 고민했지만, 확실하게 결정을 내린 표정으로 상의를 벗었다. 조인혁은 약물 투여를 위해 주사를 준비했다. 그 주사를 놓게 되면 근육과 근력 향상에 도움이 된다.

그때, 문이 열렸다. 채동수의 스승 전 코치였고 그는 조인혁이 손에 든 주사기를 봤다.

"동수야, 이게 뭐 하는 짓이냐! 넌 가능성이 있어. 스테로이드 주사는 안 돼!"

전 코치는 다급한 모습을 보였고, 허창재가 막아섰다.

"코치님, 이미 동수는 우리하고 함께 하기로 했습니다."

"당신은 어차피 이용만 할 거 아냐? 당신은 에이전트 자격이 없어. 이게 뭐 하는 짓이야. 인생을 망치려고 하다니."

"코치님, 그렇게 말씀하시면 섭섭하죠. 동수야, 너의 의견을 말씀드려."

허창채는 여전히 전 코치를 막아섰다.

"코치님, 저는 평생 삼류 선수로 남고 싶지 않아요. 전, 할 겁니다."

채동수는 자신이 내린 결정에 대해서 흔들림이 없었다. 그는 조인혁에게 주사를 놓아달라고 부탁했다.

"동수야! 내가 말했잖아. 이제부터 성적 나올 거라고. 넌 잠 재력이 있어. 절대로 하면 안 돼!"

전 코치는 있는 힘껏 소리를 질렀다. 그는 어떻게든 제자가 잘못된 길로 가려는 것을 막고 싶었다. 성적이 나오지 않는 선수가 유혹에 흔들려 망가지는 경우를 전 코치는 수도 없이 많이 봐 왔다. 그러나 자신의 제자들이 유혹에 흔들려 잘못된 판단을 해서 선수 생활이 끝나는 걸 그는 결코 원치 않았다. 자신이 키운 제자는, 자신의 손으로 지키고 싶었다.

"빨리 놔 주세요."

채동수는 의견을 바꾸지 않았다. 그는 어떻게든 이기고 싶었고 성공하고 싶었다. 정당하지 못한 방법을 써서라도. 그는 이 바닥에서 주목받고 싶었고, 언제나 엑스트라 취급을 받는 것도 진저리가 났다. 자신보다 실력이 우수한 선수들도 약물의 힘을 빌리고 있다고 그는 믿었다.

주사기를 손에 쥔 조인혁은 바로 채동수의 어깨에 주사를 놓았다. 이어서 엉덩이와 허벅지에도.

"동수야! 안돼!"

전 코치가 채동수에게 다가가려는 것을 허창재가 막아섰다.

"기왕 이렇게 된 거 우리와 한배 탑시다, 코치님."

"이 새끼들… 니들이 한 짓 내가 다 말할 거야. 그리고 동수는 협박 때문에 한 거고. 내가 다시 복귀시킬 거야."

전 코치는 죽일듯한 표정으로 허창재를 노려봤다. 허창재는 길을 비켜줬다. 전 코치가 채동수에게 다가갈 때, 채동수는 주먹을 말아 쥐고 있었다.

"너 이 자식! 네가 지금 무슨 짓을 한 건지 알기나 해? 동수야, 넌 이런 짓 안 해도 이길 수 있어."

전 코치는 제자를 안쓰럽게 보고 있었다. 채동수가 이런 행동을 취한 것도 자신의 탓인 것 같았다.

"코치님… 남의 인생에 끼어들지 마세요. 실력도 없으면서."

"뭐?"

전 코치는 채동수의 반응이 충격적이어서 한 발 뒤로 물러섰다. 그가 여태껏 알고 있던 제자의 모습이 아니었다.

"코치님, 다시 한번 묻습니다. 우리랑 한배 타시죠?"

허창재의 얼굴에서도 다소 짜증이 나 있었다.

"싫어. 절대로. 니들 다 말할 거야."

전 코치는 확고했다. 부정한 일을 보고 넘어갈 수 없는 게 그의 성격이다.

"그렇게 나오신다?"

허창재는 옆을 슬쩍 쳐다봤다. 그의 지시를 기다리고 있던 조인혁은 전 코치의 배에 깊숙이 칼을 찔렀다.

***

육상트랙에서 선수들은 훈련에 열중했다. 곧 큰 대회를 앞두고 있는 선수들의 표정은 집중하는 강도가 평소보다 높았다. 채동수와 코치가 모습을 드러내 선수들이 훈련하는 트랙 쪽으로 걸어오고 있었다. 방송국 카메라는 채동수를 따라갔다. 그와 관련된 새로운 다큐멘터리가 방영될 예정이라 촬영을 하는 것이었다. 경기장 내에 마련된 의자에는 세진과 송희도 앉아 있었다. 둘은 채동수에게서 눈을 떼지 않았다.

트랙에 선 채동수는 가방에서 신발을 꺼내 갈아 신었다. 채동수는 햄스트링이 발생하지 않도록 철저하게 허벅지와 다리를 스트레칭 했다. 어느 정도 몸을 푼 그는 가볍게 뛰기 시작하다가 속력을 내면서 컨디션을 점검했다. 코치는 중간중간 채동수의 팔 자세에 대해서 교정을 해줬다. 그렇게 그는 신중하고 차분한 모습으로 트랙 한 바퀴를 뛰었다.

그다음, 채동수는 다른 선수들과 합동 훈련에 임했다. 레인에 선 채동수와 선수들은 스타트 연습을 했다. 단거리 육상은 스타트가 생명이었고, 스타트가 좋은 선수들은 속도 전쟁에서 유리한 고지를 점할 수 있었다.

훈련을 지켜보는 세진과 송희는 지금 이 순간이 초조하기만 했다. 둘은 이렇게 훈련을 지켜볼 여유가 없었다. 각자 재섭, 지범을 죽인 사람이 누구인지 생각하고 있었다. 세진은 지하에서 조인혁이 총을 쏜 장면이 아직도 눈에 생생했고 지금 생각해도 아찔하기만 했다. 허창재의 지시를 받으면 조인혁은 군소리 없이 행동으로 보여줬다. 행동파인 조인혁이 살인을 저지른 걸까. 그럴 가능성도 있지만, 아직 그를 범인으로 단정 지을 수 없었다. 세진은 살인자뿐 아니라, 살인에 연관된 모든 인간을 밝혀내고 싶었다.

"저기, 온다."

송희는 멀리서 음료수를 들고 걸어오는 허창재를 보고 하는 말이었다. 세진은 걸어오는 허창재를 보면서 그가 어디까지 알고 있는지 궁금했다. 허창재는 분명히 자신의 존재에 대해서 알고 있었다. 왁싱샵에서 살해당한 재섭의 약혼자인 것을. 그렇다면, 그 사실을 알고서도 함께 일하자고 하는 건, 어떤 의미일까. 허창재와 그쪽 조직은 업계에서 가장 확실한 실력자들이 필요한 건 아닐까. 지난번 상대했던 국제대회 우승자 왁서와 함께 온 남자는 아무것도 하지 않았다. 그는 왁서가 아닌 것 같았고, 임시로 그 자리에 있던 것 같았다. 어느새 다가온 허창재는 서류를 내밀었다.

"이미 여러 스포츠 뉴스에서 보도했지만, 이번 세계육상선수권대회에서 체모 검사가 더욱 강화될 겁니다. 육상연맹에서 발표한 체모 검사 예정일도 나와 있고요."

세진은 서류를 살폈다. 이번에 도핑 검사는 소변, 혈액 이외에 체모 검사가 추가된다. 검사관들은 60~70모의 체모를 채취한다. 이같이 체모 검사를 실시하는 이유는 소변, 혈액 검사를 피해 가는 지능적 수법이 나날이 발전하고 있기 때문이다. 즉, 여러 선수의 반대에도 불구하고 체모 검사를 실시하는 건 스포츠의 투명성, 공정성을 높이기 위해서다.

서류를 넘긴 세진은 체모 검사 방법도 확인했다. 검사관들은 2달 전에 체모검사를 실시하며, 경기를 앞두고 하루 전에 체모검사를 재차 실시한다. 2달 전과 하루 전의 상태를 비교하게 되는데, 여기서 왁싱 흔적이 발견되면 도핑 의심 대상자 명단에 오르고 철저하게 검사가 이뤄진다.

"이 일에 대해서 죄책감 가지는 거 아니죠? 우리는 옳은 일을 하는 거예요. 육상 불모지인 한국도 훌륭한 육상 선수를 배출할 수 있다고, 우리가 증명하는 겁니다. 그리고 윗분들도 동수를 아주 좋아해요."

허창재의 설명이 오히려 세진은 시키는 대로 하라는 뜻으로 들렸다. 그녀는 허창재의 지시를 따르겠다고 했지만, 마음속 한구석에는 채동수의 본 모습을 사람들에게 있는 그대로 보여주고 싶었다.

***

왁싱샵에 가기 전, 재섭은 혹시나 발생할 최악의 상황을 대비하기 위해 움직였다. 기자 생활을 하면서 믿을 수 있는 사람은 단 한 명뿐이어서 재섭은 축구장 기자석에서 기사를 쓰고 있는 필상의 옆에 앉았다.

"야, 뭐야? 난, 너 연예 기사만 쓰길래 그쪽으로 옮긴 줄 알았는데."

필상은 옆에 다가온 재섭의 등장에 놀랐지만, 경기에 집중하며 기사 작성을 위해 타이핑을 멈추지 않았다.

"그건 팀장이 시켜서 하는 거고."

"그래? 야, 어쩐 일이야? 오늘도 약 올릴 거면, 그냥 가라. 나도 요새 회사에서 스트레스 겁나게 받으니까."

필상은 미리 선을 그었고, 그는 진짜로 스트레스를 받는지 얼굴이 상해 있었다.

"필상아. 그동안 고마웠다."

"약 먹었냐? 뭔 소리야?"

필상은 장난하고 싶지 않아 손짓으로 가라고 했다. 이런 반응을 충분히 예상한 재섭은 그에게 쪽지를 건넸다. 필상은 이해가 가지 않았지만, 재섭은 자신이 가면 읽어보라면서 자리를 떠났다. 필상은 그가 시야에서 보이지 않자 쪽지를 살폈다. 낯간지럽게 그동안 미안하고 고마웠다는 글이 적혀 있었다. 필상은 마지막 문단을 읽었고, 부탁한다는 내용이 적혀 있었다. 특정 날짜와 특정 시간에 왁싱샵을 방문해달라는 내용이다.

***

　재섭은 세진을 만날 때마다 처음 갔던 장소에 대해서 자주 언급했다. 오늘 그는 혼자서 식당을 찾았다. 자신이 발견한 내용을 어떤 방법으로 세진에게 전달할까 고민했다. 우편, 이메일로 전하는 방법이 일반적이겠지만 그렇게 할 경우 막강한 힘을 가진 자들에게 금방 들통이 날 것이 뻔했고 동시에 세진도 위험해진다. 세진은 절대로 남의 이야기를 흘려듣는 사람이 아니었다. 그녀에게 처음 만났던 식당 이야기를 흘리다 보면, 세진은 분명 자신의 의도를 알아챌 것이라는 믿음이 있었다. 재섭은 수첩을 꺼내 자신이 겪었던 일을 메모지에 적고 뜯었다. 그리고 주머니에서 꺼낸 USB와 함께 테이블 기둥 아래에 숨겼다.

　식당을 나온 재섭은 곧장 세진의 집으로 찾아갔다. 연락도 없이 찾아가는 것이 예의는 아니었지만, 오늘 그녀를 꼭 보고 싶었다. 연락받고 나온 세진은 편안한 차림이었고, 살짝 투덜거리면서 걸어왔다. 그녀는 피곤해서 일찍 침대에 누워 있었다. 재섭은 그런 세진의 불평이 귀엽게만 느껴졌고 그녀를 꼭 끌어안았다.

***

　회의실에는 국제공인을 받은 국내 유일의 도핑검사 기관

인 도핑콘트롤센터 직원들과 국내 유일의 도핑방지 전담기구 KADA 직원들이 마주보며 앉아 있다. 도핑콘트롤센터 소속의 검사관 오혜연도 그 자리에 있었다.

KADA 직원이 올해 캐나다 세계육상선수권대회의 도핑 검사 절차에 대해 설명했다. 혈액 검사와 소변 검사에 대해선 모두가 익숙했다. 오혜연은 수첩에 필기하며 꼼꼼하게 적었다. 그녀는 자신이 새로 속한 조직에게 알리려면 사소한 부분도 빼놓을 수 없었다. 설명하던 직원은 도핑검사에 체모검사가 추가될 예정이라고 알렸다.

아직은 낯선 체모검사에 대해 세계육상선수권대회 조직 위원회에서 협조해 달라고 전달한 내용은 도핑콘트롤센터 검사관과 KADA 직원이 2인 1조로 움직여 대회에 출전할 선수들을 일일이 찾아가서 부위별 사진을 찍어야 하는 것이다. 경기 하루 전날, 사진과 선수의 상태를 점검한다. 그 사이, 선수가 왁싱을 했거나 레이저를 했을 경우, 도핑 의심 대상자 명단에 올라 철저하게 검사가 실행된다.

그렇게 회의는 끝났다. 오혜연은 함께 움직여야 할 KADA 직원과 함께 엘리베이터를 탔다. KADA 직원은 손에 든 선수 명단 리스트를 보며 어디로 먼저 가야 하지, 라며 혼잣말을 흘렸다.

"그러지 말고, 우리 시간도 단축할 겸 나눠서 할까요? 그냥 사진 찍는 거니까 어렵지 않잖아요. 둘이서 움직이는 거 너무

비효율적이에요."

"같이 움직이라고 하셨는데."

KADA 직원은 위에서 시키는 일을 곧이곧대로 따르는 사람이었다.

"이번에 신입이죠? 원래 다 이렇게 하는 거예요. 명단에 체크한 사람들을 찾아가세요. 전, 체크 안 되어 있는 사람한테 전화 돌리고 찾아갈게요. 무슨 일이든 효율적으로 일해야죠. 그래야 개인 시간도 많아지고."

오혜연은 종이를 건넸다. 체크가 되어 있지 않은 리스트에는 채동수의 이름이 있었다. 그녀와 조직이 원했던 대로.

***

철도로 컨테이너를 운송하기 위한 컨테이너 터미널에는 20피트, 40피트 컨테이너들이 겹겹이 쌓여 있었다. 컨테이너 터미널 사무실에 세진과 송희가 탄 차량이 도착해 둘은 차에서 내렸다. 약속 시간보다 일찍 도착한 둘은 상당히 초조해 보였다. 고속도로에서 눈으로만 스쳐 지나가던 컨테이너를 세진은 만져 보았다. 왜 이곳으로 오라고 했는지 도통 예측이 되지 않았다.

뒤이어 다른 차량들이 하나둘씩 도착했다. 함께 차를 타고 온 허창재와 회색 머리로 염색을 한 채동수를 비롯하여 조인혁, 오혜연, 강민하의 차량까지. 모든 멤버가 도착했으며, 허창재는 청소 업체 직원까지 데리고 왔다.

"왜 여기인 거예요? 진짜 너무 멀리도 왔네."

강민하는 장시간 운전해서 피곤한지 살짝 불만을 늘어놓았다. 서울에서 출발한 지 약 5시간 만에 컨테이너 터미널에 도착했기 때문이다.

"대표님, 인천에도 이런 컨테이너 터미널은 많은 걸로 알고 있는데."

조인혁도 이곳에 온 의도를 알고 싶어 했다.

"인천 근처에도 컨테이너는 많지만, 이쪽 컨테이너 아니면 안 되거든."

허창재는 SEGU2424라고 적혀 있는 컨테이너를 열었다. 컨테이너 내부가 눈앞에 펼쳐졌다. 사람들은 컨테이너 안으로 들어갔다. 세진 또한 안으로 들어가 컨테이너 내부를 살폈다. 그녀의 시선은 컨테이너 내부의 습도계에 고정되어 있었다.

"이 컨테이너는 지난주에 한국에 도착한 컨테이너야. 조만간 다시 배에 선적되어 다른 나라로 돌아갈 예정이지. 다들 최악의 경우를 생각해봐."

허창재는 잠시 말을 멈추고, 다른 사람들이 자신의 이야기에 집중하는지 보고 있었다. 세진의 시선도 허창재에게 향해 있었다.

"누가 우리의 모습을 보고 경찰에 신고해 컨테이너를 추적했어. 그렇게 되면, 한국에 오랫동안 있는 컨테이너는 위험해.

하지만, 다시 배에 선적되어 해외로 나가는 컨테이너는 어떨까? 이 컨테이너는 내일 다시 해외 어딘가를 향해서 이동하지. 자자, 여기까지 와서 힘든 건 알지만 뭐든 안전하게 가자고, 뭐든지."

허창재의 설명은 명료했다. 강민하, 조인혁을 비롯한 다른 올림픽 멤버들은 그의 의도를 이해한 것 같았다. 세진은 다시 습도계에 시선을 고정하며 올림픽 멤버들 한명 한명을 살폈다. 범죄에 특화된 사람들은 별의별 장소를 많이 아는군. 어느 정도 수준 있는 사람들의 모임은 고급스럽고 세련된 곳이 아닌, 이 컨테이너 안이라니.

일을 해야 할 시간이 다가왔다. 조인혁과 허창재가 컨테이너 밖으로 나갔다가 접이식 침대를 가지고 다시 컨테이너 안으로 들어왔다. 조인혁은 접이식 침대를 펼쳤다. 오혜연 또한 자신의 일을 하기 위해 가방을 뒤적거리며 디지털 카메라를 꺼냈다.

세진도 가운을 걸친 채 가지고 온 가방에서 왁싱에 필요한 도구를 꺼내고 있었지만, 그녀의 행동은 다소 느릿느릿했다. 세진은 중간중간 습도계를 향해 힐끔거렸다.

밖에서 컨테이너 문을 두드리는 소리가 났다. 모두의 시선이 컨테이너 입구 쪽으로 향했고 긴장하는 얼굴로 변해버렸다. 세진도 덩달아 긴장했다. 그녀가 알고 있는 한 올림픽 멤버 중에 더 이상의 새로운 인물은 없었다. 미행당하고 있었다는 생각이 세진은 가장 먼저 떠올랐다.

"누구죠?"

조인혁도 당황하는 모습이 역력했다. 함유준 형사가 연락되지 않는 것에 수상한 점을 느낀 다른 형사들이 뒤를 밟고 있었던 것일까.

"형, 열지 마."

채동수가 다급하게 말했다. 그도 지금 이 상황이 자신의 머릿속에는 없었고 외부인이 들어오는 걸 필사적으로 막아야 하는 입장이었다. 이들이 불안감을 표출하고 있는데도, 허창재는 동요하는 모습이 전혀 없었다. 그는 오히려 문을 열려고 동작을 취했다.

"다들 쫄지 마세요. 서프라이즈 손님이니까."

허창재는 컨테이너 문을 열었다. 세진은 그 사람을 보고 나서 놀랐다. 도대체 눈앞에 보이는 사람이 왜 여기에 온 걸까.

정체는 차기 대선주자 김진우였고, 그는 각종 여론조사에서 압도적인 지지를 받고 있는 사람이었다. 가장 어울리지 않는 사람의 방문에, 세진은 채동수, 허창재를 중심으로 구성된 올림픽 컴퍼니와 상대하려는 자신이 점점 작아지는 것 같았다.

***

스마트폰 내비게이션을 재차 확인하던 재섭은 목적지에 도착했다는 안내음을 듣고 눈 앞에 펼쳐진 건물 간판 중에 왁싱샵이 있는 것을 확인했다. 제대로 장소를 찾아온 것 같았다. 건물 안으로 걸음을 옮긴 재섭은 계단을 올라가서 2층 왁싱샵 앞에 섰다. 그는 문을 열고 들어가 평범한 손님처럼 자연스럽게 행동하려 했다. 왁싱샵에 있던 사람은 지난번 영상 속에 있었던 여자였다. 바로 왁싱샵 사장 강민하다.

"안녕하세요. 예약했는데요."

"한상우 님 맞으시죠?"

"예, 맞습니다."

재섭은 자신의 이름을 의도적으로 노출하지 않았다.

"반갑습니다. 바로 왁싱 도와드릴게요."

재섭은 신기한 듯 왁싱샵 내부를 살폈다. 그는 왁싱을 처음 받는 것이었다. 채동수가 아니었으면, 평생 왁싱을 받지 않았을지 모른다. 재섭이 왁싱샵을 눈으로 살피는 사이, 강민하는 시술실 안으로 들어와 왁싱을 하기 위해 마스크를 쓰고 장갑을 착용했다.

"사장님이신가요?"

재섭은 준비하는 강민하를 보며 질문을 던졌다.

"예, 처음 오시는 분은 제가 직접 해드리고 있어요."

"그렇군요."

"왁싱을 하기까지 여러 가지 생각을 하셨을 거예요. 와야 하나 말아야 하나. 새로운 걸 해보는 게 기대되면서도 조금 귀찮잖아요. 그런 분들에게 왁싱이 위생적으로도, 미용적으로도 필요하다는 걸 알려드리고 싶어요."

강민하는 녹인 왁스를 나무 스틱으로 찍어 재섭의 다리에
도포했다. 왁싱을 찾는 남자 손님들의 경우 다리 왁싱을 가장
많이 했다. 털이 많지 않은 재섭이었지만, 듬성듬성 나 있는 털
이 신경 쓰여 면도기로 밀었던 적이 있다. 살살 한다고 해도, 면
도기로 제모를 하면 상처가 생기거나 피부 트러블이 매번 발생
했다. 한쪽 다리의 왁싱이 끝나면, 재섭은 왁싱 된 다리를 만져
보니 생각보다 만족도가 높았다.

"오호, 다리털이 깔끔하게 제거되네. 별로 아프지도 않고."

재섭은 스마트폰을 만지면서 긍정적으로 평가했다. 강민하
는 미소 지었고 계속 왁싱을 이어갔다.

"친구하고 지금 연락 중인데, 내일 오고 싶다고 하네요. 혹시
내일 3시에 예약 가능한가요? 마침, 내일이 연차라고 해서."

"죄송해요. 내일은 저희가 오전만 근무해서요. 모레 날짜로
예약해 드릴까요?"

"음, 내일 밖에 시간이 안 난다고 하네요. 제가 다시 이야기
해보고 전화로 연락드릴게요."

재섭은 내심 아쉽다는 표정을 보였지만, 이제야 지범의 정보
에 확실한 신뢰가 생겼다. 강민하는 내일 오후에 왁싱을 할 수
없다고 못을 박았다. 이건 중요한 부분이었다.

왁싱이 끝나고 건물 밖으로 나온 재섭은 건물 주변의 주차
장을 서성거리며 차량을 찾고 있었다. 하얀색 고급 외제차를

발견한 재섭은 운전석 앞유리에 부착된 전화번호를 확인했다. 그는 곧장 전화를 걸었다. 강민하가 전화를 받았다.

"흰색 차량 주인 양반 맞으신가? 여기 시동이 켜져 있는 것 같아서. 잠깐 내려오시는 게 좋을 것 같은데."

재섭은 목소리를 바꿔서 이러한 사실을 알렸지만, 모두 거짓이었다.

잠시 후, 건물 밖으로 강민하와 같이 일하는 직원이 나왔다. 이들은 차량이 세워져 있는 주차장으로 걸어갔고, 그 틈을 타서 재섭은 건물 안으로 들어가 2층으로 바로 올라갔다. 그의 예상대로 강민하는 급하게 나와 왁싱샵 문은 열려 있었다. 조금 전까지 왁싱을 받았던 시술실로 들어간 재섭은 미리 눈여겨본 옷장을 열고 그 안으로 들어가 몸을 숨겼다. 이제, 여기서 기다리기만 하면 된다. 내일 오후 3시에 채동수는 왁싱을 하러 올 것이고, 왁싱 후 남긴 그의 흔적을 가지고 체모검사를 한다면, 그가 도핑했다는 사실을 명백히 밝힐 수 있었다. 채동수의 실제를 밝혀낼 수 있을 것이라는 기대감에 재섭은 잔뜩 흥분했다.

시간이 흘러 강민하와 왁싱샵 직원들이 퇴근하고 샵의 문을 닫았다. 재섭은 옷장에서 나왔다. 비좁은 공간에 있던 그는 답답했는지 나지막하게 한숨을 쉬었고 혼자 남은 공간에서 시술실 내부를 꼼꼼하게 살펴봤다.

침대 밑, 서랍, 난간형 카트까지. 재섭이 찾으려고 했던 물건은 없어 그는 시술실 밖으로 나와서 데스크 쪽으로 향했다. 그 주변을 서성이던 재섭은 뭔가가 눈에 띄어 천을 걷어내니 원목 보관함이 보였다. 그 안에는 지퍼백이 여러 개 들어 있었다. 그런데, 지퍼백 안의 내용물이 조금 이상하다. 사람의 체모이고, 지퍼백 겉면에는 숫자가 적혀 있었다. 한 지퍼백에는 30번, 그 옆 지퍼백은 24번, 또 다른 지퍼백은 1번. 이 숫자가 의미하는 게 무엇인지 재섭은 곰곰이 생각을 더듬어봤다. 아무리 생각해봐도 날짜는 아닌 것 같았다. 그렇다면, 왜 굳이 숫자로 표시한 걸까. 사람의 체모라면, 이름을 적어야 하는 것 아닐까. 적을 수 없는 이유가 있는 걸까.

보관함을 닫고 다시 제자리에 놓으려고 할 때, 재섭은 다시 보관함을 열어 지퍼백을 꺼내 숫자를 봤다. 이 숫자는 허창재와 분명 연관이 있다. 30번의 선수는 그가 관리하는 농구선수이며, 24번은 야구선수, 또 1번은 배구선수다. 재섭은 그 지퍼백을 가방에 챙겨 넣었다. 금지 약물을 복용하는 선수는 채동수 혼자가 아닐지도 모른다. 사람들이 누구나 아는 유명 선수들이 더 많이 연루되었을지도.

***

드디어 디데이였다. 옷장에 들어가 있는 재섭은 시간을 확인했다. 10시가 넘었고, 밖에서 문이 열리는 소리가 들렸다. 강민하와 직원이 출근했다. 두 사람은 바로 청소를 했고, 평소보다 쓸기와 닦기를 철저하게 했다. 그들은 시술실로 들어왔다. 옷장 안에 있는 재섭은 마음이 조마조마했고, 옷장이 열리지 않도록 기도했다. 손걸레를 든 직원은 침대 쪽을 지나쳐 나가려고 했는데, 강민하가 그녀 앞을 막아섰다.

"채 선수 오는데 대충대충 할래? 꼼꼼하게 해."

강민하는 미간을 살짝 구긴 채 말했다. 직원은 손걸레로 침대를 닦았다. 몸을 숙이다 보니 이름판이 자꾸만 떨어져서 집었다. 이름판에 새겨진 이름은 최정연이다.

"정신 차려. 중요한 날이니까."

강민하가 다시 주의를 줬다. 둘은 시술실을 나갔고 문이 닫혔다.

옷장 안에 있는 재섭은 주먹은 불끈 쥐었다. 드디어 오늘 채동수가 온다. 채동수의 진실을 밝혀낼 수 있는 절체절명의 순간이 찾아오고야 말았다.

***

컨테이너에 안에 사람들이 모여 있었다. 올림픽 육상영웅 채동수와 에이전트 허창재, 도핑검사관 오혜연, 약물디자이너 조인혁, 왁싱계의 선구자 강민하, 그리고 대선주자 김진우까지. 이들의 시선은 왁싱 준비를 하는 세진과 송희에게 향해 있었다.

고작 몇 명의 시선을 받고 있었지만, 세진이 느끼는 부담감은 수천 명의 사람이 자신을 보는 것 같았다. 대선주자 김진우까지 이 자리에 있는 건 크나큰 압박으로 다가왔다. 분위기를 살피던 허창재가 자리에서 일어나 세진과 송희 쪽으로 다가갔다.

"다시 말하지만, 경기 전과 똑같아야 해. 대회전에 비교가 들어갈 거니까. 거기 가면, 시간이 많지 않을 거야. 길어야 5분 정도?"

허창재는 다시 한번 당부했다.

"믿으셔도 됩니다."

세진은 올림픽 컴퍼니 멤버 전원이 걱정하지 않도록 자신감 있게 말했다. 아직까지 자신을 믿지 못하는 사람들의 시선과 표정을 읽었기 때문이다. 속도와 완성도면에 있어선 검증을 받았지만, 아직 경험이라는 측면은 갈고 닦아야 했다. 그 경험은 일반적인 경험이 아닌, 범죄 경험이긴 하지만.

마스크를 올려 쓴 세진은 올림픽 멤버들이 원하는 부분을 알고 있었다. 오늘 왁싱 상태와 경기전 왁싱 상태가 같아야 한다. 경기 전에 체모검사를 위해 검사관들은 체모를 채취하는데, 이때 채동수의 몸은 깔끔하게 왁싱 되어 있어야 한다. 채동수의 몸에 털이 없다면, 검사관들은 염색한 회색 머리카락만 채취해 갈 것이다. 도핑 검사 기법은 수백 가지이지만 염색을 강하게 한 경우 약물 투약 여부 파악이 어려워 도핑 검사를 빠져나갈 수 있다. 수집한 체모는 오래 보존하지 않고, 바로 검사 후에 폐기되는 것이 체모 검사의 특징이기도 하다.

샤워 가운을 입고 있던 채동수가 일어나 가운을 벗었고 침대에 누웠다. 나체 상태인 그를 세진과 송희는 면밀하게 살폈다. 상체 부위에 꽤 털이 자라 있었다. 하체 쪽에서 특이한 점은 종아리에는 털이 없었지만, 허벅지 안쪽에 털이 나 있었다.

"보통 2주 정도 지나면 이 상태가 되지 않나요?"

"맞아요. 정확하시네."

"그런데, 모가 건강한 것 같지 않아요. 아마 좋지 않은 왁스를 사용한 것 같아요."

세진은 소독하며 말했고 송희 쪽을 쳐다봤다.

"유통기한 얼마 남지 않은 왁스를 쓴 것 같아요. 아마 이름 없는 제조업체일 텐데, 그 제조업체가 문제가 좀 많은 업체인 걸로 알고 있습니다."

송희는 구체적으로 제조업체는 이야기하지 않았다. 이미 알고 있는 것 같았지만.

"품질 좋은 왁스를 사용해야 하는 이유는 모가 깨끗하게 자랄 수 있도록 돕고, 다음에 왁싱할 때도 편하게 작업할 수 있는 장점이 있어요."

세진은 이들에게 전문적인 모습을 보여주려고 했다. 그들의 신뢰를 얻기 위해서다. 세진은 눈앞에 보이는 채동수에게 약물 복용으로 이뤄낸 성적에 대해서 죄책감이 없는지 질문을 하고 싶은 걸 꾹 참고 있었다. 사람들의 존경을 받는 스포츠 영웅이 이렇게 행동해서는 곤란했다. 더욱이 그는 올림픽 영웅이지 않은가.

"참, 왁스를 녹일 때 습도가 중요한데, 그렇죠?"

세진은 빠르게 말을 하며 송희를 보면서 동의를 구하려는 모습을 보였다.

"맞아요. 중요하죠."

"습도를 조금 올리도록 할게요. 여기 습도계가 있네요."

곧바로 세진은 의자를 들고 컨테이너 안에 설치된 습도계 쪽으로 이동했다. 그녀는 의자를 밟고 올라가 습도계 온도를 올리면서 빠르게 습도계 밑에 초소형 카메라를 부착하고, 아무 일 없다는 듯이 의자에서 내려왔다.

채동수의 모의 특성을 파악한 송희는 이에 적합한 왁스를 선택하고 녹이기 시작했다. 그 역시도 김진우의 시선이 부담스러운 모습이었다.

"직접 만든 왁스입니다. 해외에서 가장 유명한 공급사에 의뢰해 특별히 제작한 스페셜 왁스입니다."

송희가 다른 사람들이 정확하게 이해할 수 있도록 설명했다.

좋은 향의 왁스가 컨테이너 내부에 퍼졌다. 왁스가 준비되면, 세진이 나설 차례였다. 그녀는 실전처럼 임해야 한다는 걸 알고 있었고 시험 무대라는 것도 알았다. 김진우가 보고 있었다. 그의 마음에 들지 않으면, 자신이 어렵게 들어간 올림픽 멤버에서 제외될지 모른다.

왁싱 작업에 들어간 세진은 그 어느 때보다 빠르고 신중하게 왁스를 도포했다. 세진은 집중했고, 꼼꼼하게 왁싱을 이어나갔다. 동시에 송희는 왁스를 필요한 양만큼만 남겨두고, 주변 정리를 하기 시작했다. 둘은 호흡이 좋았고 5분도 지나지 않아서 세진은 왁싱을 끝마칠 수 있었다. 송희도 흔적을 남기지 않은 채 정리를 모두 마쳤다. 채동수는 허벅지를 만지며 만족스러운 웃음을 보였다. 말없이 지켜보던 김진우는 자리에서 일어나자 다른 사람들도 재빠르게 일어났다.

"혈액, 소변 검사는 캐나다 쪽에 부탁을 해놓았어. 왁싱만 그날 똑바로 하면 되는 거야."

김진우는 사람들과 악수하고 격려한 뒤에 컨테이너 밖으로 나갔다. 허창재와 조인혁은 따라 나가 배웅했다. 세진과 송희는 그가 나갈 때까지 고개를 숙였다. 대중들에게 깔끔한 척 연기하는 대선주자. 그러나, 그 역시도 채동수와 마찬가지로 더러운 인간이었다.

왁싱을 끝낸 뒤에, 남은 건 오혜연의 몫이었다. 채동수는 다시 누웠다. 의자 위로 올라간 오혜연은 카메라를 위로 들고 채동수의 얼굴, 상반신, 하반신 사진을 찍었다. 이 사진들은 세계반도핑기구에 보내질 것이고, 세계육상선수권대회 하루 전에 선수와 사진을 비교할 것이다. 사진을 제출한 시점부터 왁싱은 금지되어 있으니까.

세진은 김진우가 보는 앞에서 자신의 가치를 증명한 것 같아 다행이라고 여겼다. 그러나 세진의 마음 한구석은 씁쓸했다. 깨끗한 정치인, 깨끗한 스포츠인을 표방한 사람들의 현실을 보았기 때문이다.

***

컴컴한 옷장 안에서 오랜 시간 대기했던 재섭은 침을 꿀꺽 삼키고, 스마트폰을 꺼내 시간을 확인했다. 오후 3시였고, 재섭은 귀를 쫑긋 세우며 밖에서 어떤 일이 벌어지고 있을지 추측했다. 드르륵, 문이 열리는 소리와 함께 강민하가 인사하는 목소리가 들렸다. 마침내 누군가 왔다. 빨리, 말해봐. 너의 목소리를 들려줘.

"사람 없지?"

밖에 있는 남자의 목소리였다. 재섭은 그 목소리를 방송에서 여러 번 들었다. 분명히 허창재의 목소리가 맞았다. 강민하와 허창재는 이야기하면서 시술실 안으로 들어왔다. 두 사람의 대화가 재섭에게 생생하게 들렸다.

"강 사장님, 잘 부탁드립니다."

그 목소리는 올림픽 영웅 채동수가 맞았다. 의심할 여지가 없었다. 재섭은 그 누구도 해내지 못한 특종을 쟁취할 수 있을 것만 같았다. 이대로 기다리기만 하면, 재섭은 사람들을 속인 위선자의 가면을 벗겨낼 수 있을 것이란 희망에 사로잡혔다.

여기서 나갈 방법도 이미 생각해 놓았다.

왁싱을 끝내고 채동수와 허창재가 나갈 때 강민하는 같이 나가서 배웅할 것이다. 모든 사람이 나간 후, 재섭은 채동수의 증거가 될 부직포에 부착된 그의 체모를 챙길 것이다. 굳이 정문으로 나갈 계획은 없다. 창문에서 뛰어 내려 밖으로 나가면 충분했다. 조금 높긴 하지만, 죽을 정도의 높이는 아니었다. 다리가 부러져도 상관없었다. 채동수에 대해서 진실을 밝힐 수만 있다면.

처음에 재섭은 채동수를 조사할 때 의심으로 끝나기를 간절히 기도했다. 그가 사회에 끼치는 긍정적인 영향력이 어마어마했기 때문이다. 그러나 불법 행위로 올림픽 영웅이 된 그의 행동을 멈춰야만 했다. 그로 인해 피해 받는 선수들은 무슨 죄인가. 지금도 오로지 자신의 노력을 증명하기 위해 땀을 흘리는 선수들은 수두룩하다. 채동수의 땀은 약물이 섞인 땀이다. 스포츠 기자로서 절대 보고 있을 수 없었다.

강민하는 시간 끌지 않고 바로 왁싱에 들어갔다. 숙련된 실력자답게 그녀는 빠르고 정확하게 왁싱을 모두 마쳤다. 채동수가 침대에서 일어나며, 가볍게 만나고 있는 여성과 통화를 했다. 허창재는 손에 들고 있는 하얀 봉투를 강민하의 주머니에 슬쩍 넣었다.

"뒤처리는 확실히 해."

허창재가 당부했다.

"그럼요, 대표님. 제가 일하는 스타일 아시면서."

강민하는 굳이 말을 안 해도 충분히 알고 있다는 표정을 지었다. 그녀는 일을 한두 번 하는 게 아니어서 허창재의 성향을 모두 파악하고 있었다.

옷장 안에 있는 재섭은 시간이 길게 느껴졌지만, 꾹 참았다. 조금만 더 참으면 된다. 고지가 눈앞이었다. 이들은 곧 밖으로 나갈 것이다.

어디선가 스마트폰이 울렸다. 깜짝 놀란 재섭은 급하게 주머니에서 스마트폰을 꺼내 전원을 껐다. 분명히 스마트폰을 무음으로 해놓았는데. 이런 젠장. 주머니에 넣어둔 스마트폰이 자기 멋대로 눌려 무음에서 소리로 바뀐 것 같았다.

닫혀 있던 옷장이 열렸다. 재섭의 눈앞에 채동수, 허창재, 강민하가 보였다. 그런데, 누군가 재섭의 배에 칼을 찔렀다. 기습 공격을 당한 재섭은 배를 만지려고 하는데, 또다시 칼이 그의 배에 깊숙이 들어왔다.

'당신도 여기 있었구나. 분명히 목소리가 들리지 않아서 없는 줄 알았는데.'

재섭은 몸에 힘이 점점 빠지는 느낌이 들었다. 이게 바로 죽는다는 기분이고, 곧 죽겠구나. 그나마 그는 다행이라고 생각했다. 이런 최악의 경우를 대비하여 동료 필상에게 부탁 했었으니까. 기자 생활을 하면서 유일하게 믿을 수 있는 업계 동료였다. 그는 분명히 약속을 어기지 않을 것이고, 이곳에 와서 자신을 발견할 것이다.

문제는 시간이다. 이놈들이 왁싱샵 살인사건의 흔적을 지워버리면 곤란했다. 허창재는 범죄 현장 청소 전문가들과도 긴밀하게 협력하는 관계이기 때문에 이들이 완벽하게 흔적을 지우기 전에 필상이 빨리 와야만 했다.

그리고, 재섭은 사랑하는 세진을 생각했다. 우리가 처음 만난 그곳에서 세진은 어떻게든 연결고리를 찾을 것이다. 그렇게 재섭은 왁싱샵에서 살해당했다. 사랑하는 세진을 남겨둔 채.

12

범지 왁싱

범죄 왁싱

세진은 거실에 여행용 가방을 펼쳐놓고 짐을 싸기 시작했다. 당장 해외로 출장을 가야만 했다. 세진은 여행용 가방 안에 세면도구와 옷을 챙겨 넣었다. 출장에서 가장 중요한 왁싱에 필요한 도구들을 넣으면 짐 싸는 것이 마무리 됐다.

세진은 소파 위에 올려놓은 여권을 집었다. 여권 안에는 비행기표가 들어 있었다. 목적지는 세계육상선수권대회가 열리는 캐나다였다. 비행기표를 보는 세진의 얼굴은 착잡해져 있었고, 그녀는 뭔가 생각이 난 듯 자리에서 일어나 TV 서랍장을 열었다. 서랍 속에는 또 다른 캐나다행 비행기표가 들어 있었다. 비행기표는 2장이었고, 세진은 신혼여행으로 재섭과 함께 캐나다로 떠날 계획이었다. 그가 죽지만 않았다면.

범죄에 동참하기 위해 캐나다에 간다는 게 세진은 믿어지지 않았고 이 현실이 씁쓸하기만 했다. 오늘따라 재섭의 공백이 더욱 크게만 느껴졌다. 그에 대한 그리움이 쌓여 답답하고 소리 지르고 싶었다. 재섭이 죽은 이후부터, 세진은 자신도 모르게 강인한 척 행동했다. 그러나 그녀는 점점 한계에 봉착하는 느낌이 들었다. 매일 저녁에 고민하고 또 고민했다. 이게 과연 옳은 길일까. 난 정말 잘하고 있는 걸까. 결정적으로, 재섭은 자신이 이렇게 행동하는 걸 원할지 그게 알고 싶었다.

"여보세요…"

세진은 우울한 목소리로 전화를 받았다.

"목소리 왜 그래? 무슨 일 있어?"

송희가 당황하며 말했고, 세진은 대답하지 않았다.

"잠깐, 나와. 얘기 좀 하자."

"할 말 없어. 끊는다."

"니네 집 앞이야. 같이 좀 축하해줘."

아리송한 말을 하고 끊는 송희였다. 이런 일방적인 행동이 이기적이라고 생각한 세진은 어쩔 수 없이 자리에서 일어나 거실 불을 끄고 집을 나왔다.

그녀의 집 근처에는 놀이터가 있었고, 세진은 그쪽으로 걸어가니 송희가 보였다. 그를 보고 나서 세진은 놀란 표정을 보였다. 송희가 미끄럼틀에 케이크를 올려놓은 채 촛불을 켜고 있었다. 이런 행동을 본 세진은 다소 당황스럽기만 했다.

"뭐 하는 거야?"

세진은 아리송했다.

"오늘이 오빠 생일이야. 축하해 줄 사람이 한 명이라도 더 있으면 좋을 것 같아서."

짜증이 났던 세진의 마음이 누그러졌다. 송희 역시 사랑하는 사람을 잃었다. 송희는 마지막 초에 촛불을 붙이고 몸을 일으켜 세웠다. 주머니를 뒤져 폭죽을 세진에게 건네고 그녀는 말없이 받았다. 헛기침하고 작게 생일 축하 노래를 불렀다. 세진도 따라서 불렀다. 지범을 본 건 장례식장에서 잠깐이었지만, 그의 죽음은 안타깝기만 했다. 장례식장에서 그가 슬퍼하는 표정을 잊을 수가 없었다.

"사랑하는 오빠의… 생일을 축하합니다."

송희가 생일 축하 노래를 마무리했다. 그러자 세진은 손에 들고 있는 폭죽을 터트렸다. 송희는 상념 가득한 표정으로 케이크를 바라보고 있었다. 어느 때보다 지범이 절실하게 생각났다.

"진작 말하지 그랬어."

세진은 혼자의 감정에만 충실해 파트너의 감정을 읽지 못한 것에 대해 살짝 미안했다.

"그냥. 부담 주기 싫어서."

송희가 촛불을 끄려고 했는데, 세진이 막아섰다.

"끄지 마. 좀 더 있자."

세진은 송희에게 추억하는 시간을 좀 더 주고 싶었다. 두 사람은 말없이 생일 케이크에 시선을 고정했다. 송희는 지범과 함께 시간을 보냈던 여러 가지 추억을 이야기했다. 세진은 집중해서 들었고 충분히 공감했다.

"너무 떠들어 버렸네. 걔네 말이야. 다 알고 있는 거겠지? 너와 나에 대해서."

송희가 화제를 돌려 허창재와 올림픽 컴퍼니에 대해 말했다. 이렇게 추억에 빠져 있기에 지금 당장 직면한 문제는 거대했고, 아직 둘은 각자 연인의 죽음에 대해서도 밝혀내지 못했다.

"분명히 그럴 거야. 그쪽이 모를 리가 없어."

"도대체 어떤 놈인 거야. 우리가 알아낼 수 있는 거 맞겠지?"

송희는 걱정했다. 올림픽 컴퍼니에게 철저히 이용당하고 제거당하는 게 두려웠다.

"일단 이번엔 저쪽이 원하는 대로 해줘야 해. 그래야 기회가 생길 거야. 이번에 제대로 해내지 못하면 우린 끝장나는 거겠지만."

세진은 현실의 어려움을 알고 있었고 캐나다로 가서 해야 할 일에 대해서도 두려움을 느꼈다.

밤은 깊어갔다. 세진과 송희는 생일 케이크를 박스에 넣고 주변을 정리했다. 둘은 놀이터를 빠져나왔다. 각자가 사랑하는 사람을 마음속으로 기억하며, 하루를 마무리했다.

***

인천국제공항에 승합차 한 대가 도착했다. 밝은 표정으로 차에서 내리는 채동수와 허창재였다. 방송국 카메라와 기자들은 채동수의 모습을 담기 위해 부지런히 움직였다. 그를 응원하는 수많은 팬들도 고가의 카메라와 스마트폰을 들고 채동수를 촬영했다. 채동수는 간단하게 고개를 숙이며 예의 바른 모습을 보였다. 올림픽 영웅은 그 어떤 상황에서도 팬들의 관심을 항상 감사하게 생각했고, 이점은 실력이 출중하지만 팬 서비스는 최악인 몇몇 선수들과 비교되는 부분이었다. 그런 면에서 채동수는 철저하게 교육되어 있었다.

공항 안으로 채동수가 들어왔다. 그를 기다리고 있던 사람들이 많았고, 채동수의 주변은 발 디딜 틈조차 없을 정도였다. 취재진과 팬들이 그를 에워쌌다. 채동수는 사람들이 이동하면서 다치지 않도록 천천히 움직였다. 뒤에서는 남녀노소 불문하고 전 연령대의 팬들이 그를 따라가고 있었다. 대중에게 가장 인기가 많고 매년 호감도 조사 1위를 기록하는 스포츠 스타 채동수의 모습이었다.

출국장 앞에서 채동수는 걸음을 멈췄다. 언론사들이 그 앞에 마이크를 내밀었다. 채동수는 인터뷰하기 전에 주변을 봤다. 많은 사람으로 인해 공항 안은 북적거렸다. 모든 공항의 사람들은 채동수를 보기 위해 각자의 일을 멈추고 오로지 그에게 시선을 고정했다.

이 상황을 채동수는 즐겼다. 그는 더 이상 자신이 잘못된 행동을 한다고 생각하지 않았다. 눈앞에 보이는 팬들이 그를 이렇게 만든 것이다. 사람들이 맹목적으로 자신을 응원하는 것에 대해 채동수도 처음에는 놀랐다. 세계적인 선수가 되면, 어떠한 의혹이 있어도 가장 먼저 방어해주는 사람은 팬들이었다. 기자가 세계육상선수권대회에 출전하는 각오에 대해서 채동수에게 질문했다.

"좋은 성적을 거두기 위해 최선을 다하겠습니다. 그동안 열심히 훈련해왔고, 특히 팬들을 실망시키지 않도록 노력하겠습니다. 그리고 내년에 서울 올림픽도 있기 때문에 대비 차원에서라도 더욱 최선을 다해야죠. 저한테는 목표가 있습니다. 한국 육상계는 세계에서 좋은 대접을 받지 못했고 존재감도 없었습니다. 저를 통해 그 이미지가 바뀌고 육상계가 전반적으로 발전했으면 하는 바람입니다."

깔끔한 인터뷰였다. 인터뷰를 끝낸 채동수는 팬들에게 손을 흔들며 출국장 안으로 들어갔다.

세진은 멀리서 그의 모습을 보고 있었다. 뒤에서는 온갖 더러운 일을 하면서 사람들 앞에서 뻔뻔하게 말하는 저 모습, 그리고 수많은 팬들을 속이고도 태연하게 행동하는 태도. 세진은 이를 악물었고 기회를 엿보기로 했다.

팬들과 취재진이 모두 떠나면, 세진과 송희도 출국장 쪽으로 걸어갔다. 그들은 해외에서 벌어질 범죄 왁싱을 하기 위해 캐나다로 떠났다.

***

비행기 창가 자리에 앉은 세진은 밖을 보고 있었다. 아직 출발하기 전이어서 활주로가 보였다. 살아있을 당시 재섭은 캐나다에 가고 싶은 이유로 나이아가라 폭포를 꼽았다.

지금도 세진은 자신이 캐나다에 가는 게 믿어지지 않았지만 정신 똑바로 차려야 했다. 단순히 일을 하러 가는 것이 아니었다. 범죄 행위에 깊숙이 관여해야만 했다. 그 생각 때문인지 세진은 다리를 살짝 떨었다. 캐나다에서 왁싱을 해야 한다는 건 알고 있지만 언제 어떻게 왁싱을 해야 하는지 자세히 듣지 못했다.

분명히 어떤 위험을 동반한 상황에서 왁싱을 해야 한다는 걸 예상할 수 있었다. 안내 방송에서 비행기 이륙시에 스마트폰을 끄거나 비행기 모드로 전환해달라는 안내 음성이 흘러나왔다. 세진은 가방에서 스마트폰을 꺼내 확인했다. 문자 한 통이 와 있었다.

[세진 씨 잘 지내죠? 혹시 도와줄 일 있으면 언제든 연락주세요.]

필상의 문자였다. 그는 세진에게 무척 고마운 사람이었다. 세진은 감사하다는 답변을 바로 보냈다.

왁서가 되기 전, 세진은 자신이 하려고 했던 일을 가장 적극적으로 알아보고 도와준 사람이 앞에 서 있었다. 필상은 직접 그녀의 집 앞까지 찾아왔고, 재섭이 남긴 쪽지를 그녀에게 건넸다. 세진은 그 내용을 읽어봤다. 재섭이 살아있을 당시 필상을 상당히 신뢰하고 있었다는 사실을 알 수 있었다.

"처음에는 장난인 줄 알았는데, 이게 마지막일 줄은. 하참."

필상도 재섭의 죽음이 여전히 믿어지지 않는 얼굴이었다.

"감사합니다. 먼 길까지 와주시고."

"조금 알아봤어요. 살인마 주성식에 대해서."

필상은 조사한 자료를 세진에게 넘겼다.

"난 잘 모르겠어요. 경찰이라는 조직에 대해서. 판단하는 건, 세진 씨 몫이에요. 힘내고요. 무슨 일 있으면 연락 줘요. 혼자 해결하려 하지 말고."

필상은 자리를 떠났다.

세진은 그가 건네준 자료를 살펴봤다. 주성식의 과거 행적에 대해서 자세히 나와 있었고, 그의 직업이 대리인이라는 표현이 눈에 들어왔다. 살인자가 살인을 했지만 그는 감옥에 가지 않고 주성식이 대신 감옥에 갔다. 필상의 조사가 이를 뒷받침했다. 서류에는 친절하게도 세진이 궁금해 하는 인물의 주소와 전화번호가 적혀 있었다. 그녀는 그 사람을 만나기 위해 차가 세워진 곳으로 뛰어갔다.

범죄를 저지르고 출소한 자들은 사회에 융합되기 쉽지 않앉다. 무인주문기를 설치하고, 혼자서 가게를 운영하는 주인도 마찬가지였다. 좁은 가게안으로 들어온 세진은 무인주문기로 커피를 주문했다. 나이가 있어 보이는 주인은 아이스 아메리카노를 만들었다.

"커피 나왔습니다."

"손이 빠르시네요. 사회로 나오면, 카페 창업하라고 가르쳤나 봐요? 교도소 안에서."

세진은 커피를 챙기면서 남자의 표정이 구겨진 걸 확인했다.

"여기가 교도소에서 출소한 사람이 창업한 가게라고 소문나면, 그다지 좋을 건 없겠죠?"

"당신, 누구야? 뭘 원하는 거야?"

"주성식에 대해서 보고 겪은 것만 말해주세요. 어떠한 거짓 없이. 같은 조직원이었다면서요?"

세진은 강하게 밀어붙였다. 주인은 나가라는 손짓을 했다.

"문 앞에 쓸까요? 빵에서 나온 아저씨가 운영하는 가게라고?"

"이씨… 주성식에 대해서 뭘 원하는 건데?"

"스스로 말해봐요. 왜곡하지 말고. 보고 경험한 것만."

세진의 얼굴은 차가웠다.

"나랑 같은 입장이야. 우린 사람을 죽이지 않았어. 죽인 놈들 대신 교도소에 들어가는 거야. 근데, 이놈들이 나와서도 잔금은 대부분 안 주지. 그래도 가는 거야. 선금이라도 받아야 하니까."

주인은 참을 수 없어 세진의 팔을 잡으려고 하는데, 손님이 들어와 자기 자리로 돌아갔다. 손님이 주문을 하면 주인은 세진을 힐끔힐끔 쳐다보면서 커피를 내렸다. 세진은 컵 뚜껑을 걷어 낸 뒤 커피를 단숨에 들이켰다. 목의 갈증이 풀리는 것 같았다.

"장사 잘 하세요."

세진은 가게를 나와 거리를 걸었다. 진실을 찾는 여정을 시작한 이후, 느리지만 조금씩 진실에 도달하는 것 같았다. 이번 일을 통해서 배운 것도 있었다. 모두 진짜라고 보도되는 사안이 어쩌면 진짜가 아닐 수도 있지 않을까. 그녀는 다짐하고, 또 다짐했다. 스포츠계에서 더럽고 역겨운 방법으로 이득을 취하는 세력을 이대로 내버려 둘 수 없었다. 그가 올림픽 영웅이라는 타이틀을 가지고 있고, 정치계 거물이 뒤를 봐주고 있다고 해도 말이다.

***

캘거리 국제공항에 채동수가 모습을 드러냈다. 캐나다의 유명 언론 매체들이 그와 인터뷰하기위해 달려들었다. 채동수는 한국에서 뿐만 아니라, 세계 스포츠계에서 주목하는 선수로 발돋움 했다. 모두가 아시아인 선수는 육상 100m에서 세계적인 선수들과 경쟁할 수 없다고 단언했지만, 채동수는 지난 올림픽에 이변의 주인공으로 등극해 동메달을 차지해 모든 사람들을 놀라게 만들었다.

땀을 흘리고 노력하는 스포츠 정신에 그는 가장 부합하는 선수였다. 해외 취재진들은 한국의 채동수가 또 한번 세계를 놀래켜 주길 기대했다. 이번 세계육상선수권대회와 올림픽에서 말이다. 육상 100m에서 아시아 출신 선수가 세계적인 무대에서 금메달을 목에 거는 건, 스포츠계 역사 전체를 통틀어서 가장 충격적인 일이 될 것이다.

준비되어 있는 검은색 차량으로 채동수는 이동했고 취재진들에게 양해를 구한 뒤에 차량에 탑승했다. 그 옆에는 항상 허창재가 있었다. 차는 공항을 벗어났고, 허창재는 팔짱을 낀 채 눈을 감았다. 채동수는 창밖으로 스쳐 지나가는 캐나다의 풍경을 잠시 감상했다.

사람들의 높은 관심과 기대만큼, 채동수도 이번 세계육상선수권대회에서 성과를 내고 싶은 마음이 그 누구보다 컸다. 아직도 그가 거둔 성적에 대해서 인정을 못하는 사람이 여럿 존재했다. 채동수는 자신이 이뤄낸 성적에 대해 운이 아니었다는 것을 증명하고 싶었다. 성적을 내야만 하는 이유는 금전적인 부분도 있었다. 개인 종목의 경우, 성과를 내야만 후원사와 계약을 성사시킬 수 있었고 이것은 그의 수입과도 연결되는 부분이었다. 세계육상선수권대회에서 성적을 내면, 거액의 계약금과 함께 후원해주겠다는 대형 업체가 기다리고 있었다. 당연히 성적이 중요했다. 성적으로 인해 선수의 가치가 정해지는 것이었다.

캐나다의 날씨는 미세먼지 없이 맑았고 햇살도 따스했다. 밖을 보던 채동수는 이곳이 썩 마음에 들지 않았다. 잊고 있었던, 아니 잊어야만 했던 놈의 얼굴이 캐나다라는 국가와 함께 생각나 버렸다.

***

세계주니어 육상선수권 대회가 캐나다에서 열렸다. 육상의 꽃이나 다름없는 100m 경기가 총성과 함께 시작됐다. 중학생 이대선도 결승 경기에 참가해 미국, 아프리카 선수들과 선의의 경쟁을 펼쳤다. 이대선은 실력으로 불리하다는 걸 알았지만 이를 악물고 뛰었다. 그는 찬밥 신세를 받고 최약체로 취급당하는 것에 대해 진저리가 났다. 한국 육상은 언제나 그러했다.

세계의 무대는 녹록치 않았지만, 이대선은 언제까지 패배자로 남고 싶지 않았다. 매번 지는 것도 지긋지긋했다. 그동안 피땀 흘리며 노력한 순간을 돌이켜봤다. 신체적인 약점이 존재하긴 했지만, 연습량은 그 누구보다 많았다고 자부할 수 있었다.

5등으로 달리던 이대선은 앞에 있는 선수를 추월했다. 그는 사실상 이 경기에서 1등은 어렵다는 것을 알았다. 그러나 이대선에게 입상하지 못하면 이 대회는 의미가 없었다. 멀리서 이곳까지 왔다. 혼자가 아니었고, 응원해주는 사람도 있었다. 이대선은 자신만 대회에 참가해서 미안한 마음이 컸다. 그런 생각으로 인해 그는 쉽게 포기하지 않았고 온 힘을 다했다. 앞에서 뛰는 주자들과 거리가 좁혀졌고, 이대선은 3등으로 들어왔다. 경기 이후에 이대선은 한국에서 취재 온 기자들과 인터뷰를 가졌다.

"여기까지 함께 온 제 친구 동수에게 가장 고마워요."

그리고 이대선은 옆에서 인터뷰를 지켜보는 채동수를 바로 끌어안았다.

***

전국 육상경기대회 예선전에서 채동수와 이대선은 나란히 참가했다. 4번 레인을 배정받은 이대선과 8번 레인을 배정받은 채동수가 나란히 스타트를 준비했고 총성이 울리면 선수들은 뛰쳐나갔다.

모두의 예상대로라면 이대선이 선두로 달려야만 했다. 그러나 의외의 상황이 벌어지고 있었다. 그 누구도 주목하지 않던 채동수가 경기를 지배하고 있었고 그는 선두로 들어왔다. 잠시 후, 주변에서 웅성거리는 소리가 났다. 함께 달린 선수들도 기록판을 보고 놀라워했다. 채동수가 대회 최고 기록을 낸 것이다. 채동수는 그동안 단 한 번도 순위권에 든 적이 없었다. 그 자리에서 가장 놀란 건 바로 이대선이었고 그는 의심의 눈초리로 친구의 뒷모습을 바라보았다.

경기를 끝낸 채동수는 선수 대기실로 들어와 생수통을 집어 물을 들이켰다. 뒤따라 들어온 이대선은 문을 잠근 채 채동수 쪽으로 걸어갔다. 이대선은 답답해하는 표정으로 어떻게 말을 꺼내야 하나 생각하고 있었다. 채동수는 마시던 물을 내려놓았다. 그는 화장실을 가기 위해 다시 문 쪽으로 가려고 하는데 이대선은 막아섰다.

"동수야, 오해하지 말고 들어라."

"뭘?"

"니 실력 아니지?"

"무슨 소리야?"

"친구야, 난 이해한다. 하지만, 우리는 어떠한 상황에서든 공정하게 승부에 임해야 해."

"새끼가 이상한 소리 하네. 이게 내 실력이야."

"동수야, 니가 망가지는 거야. 그냥 이번 대회는 포기해라. 그러면 내가 없던 일로 해줄게."

"돌았냐? 왜 나한테 안 될 것 같아?"

채동수는 발끈하며 말했다.

"지금 내가 검사관 부를까?"

이대선은 친구가 걱정되어 하는 말이었다.

"이 새끼가…"

"친구야, 이번 대회 포기해라. 널 위해서 그러는 거야."

이대선은 친구의 어깨를 다독거린 뒤 대기실을 나왔다. 채동수의 손이 부들부들 떨렸고, 그는 눈앞에 보이는 테이블을 주먹으로 내리쳤다. 이대선은 더 이상 친구가 아니었다. 진정한 친구라면, 이번 일에 눈감아 줘야 했지만, 본인을 위협하는 성적을 내자 바로 협박이라니. 그렇게 채동수는 믿고 있었다.

일보전진을 위한 후퇴로 채동수는 다리 부상을 이유로 경기를 포기했다. 이대선은 친구가 실수를 저질렀지만 최악의 길로 가지 않아서 안도했다. 그러나 이대선은 이후에 벌어지는 일을 전혀 예상하지 못했다.

***

며칠 후, 채동수는 자신의 일을 반성한다며 이대선에게 사과했고 둘은 함께 산을 탔다. 오랜 친구 사이답게 어릴 적 추억을 이야기하며 계속 산을 올랐다. 채동수는 스스로의 잘못을 거듭 인정했다. 이대선은 한숨 놓았다. 채동수가 먼저 자신의 잘못을 인정하고 앞으로는 약물에 손을 대지 않겠다고 말했기 때문이다.

"이번 일 그냥 넘어가 줄 수 있는 거지?"

채동수는 재차 확인했다.

"그럼, 친구야. 우리 다시 열심히 훈련하고 다음 경기에 좋은 성적 내자."

이대선은 따뜻한 말로 친구를 격려했다. 그는 친구의 심정을 충분히 이해할 수 있었고, 자신도 주목받지 못하고 성적이 나오지 않으면 정신적으로 흔들릴 수 있을 것 같았다. 그럴수록 주변에서 도와야 했다. 이대선은 자신이 친구로서 해야 할 역할을 제대로 하지 못한 것 같아 미안했다. 그가 보기에 채동수는 지금보다 더 나은 선수가 될 수 있었다. 약물의 도움 없이도.

훈련을 같이하다 보면, 채동수의 잠재력이 충분히 느껴졌다. 분명히 채동수는 실력으로 인정받을 수 있는 날이 올 것임이 틀림없었다. 이번 등산을 통해 이대선은 친구와 더욱 돈독한 관계로 거듭난 것 같아 만족스러웠다.

둘은 계속 산을 올랐다. 채동수는 인적이 없는 걸 확인하더니 잠시 쉬어가자고 해 두 사람은 바위에 앉아서 쉬었다. 약간 더운지 이대선은 얼굴에 부채질했다. 가장 의지할 수 있는 친구와의 등산은 상당히 즐거웠고, 오랜만에 어린 시절 이야기도 해서 더욱 의미가 있었다. 채동수는 배낭에서 얼음물을 꺼냈다.

"물 마셔."

채동수는 뚜껑을 개봉한 생수를 친구에게 건넸다.

"고맙다. 친구야."

이대선은 물을 들이켰다. 얼음물은 너무나 차가워 머리가 띵해 그는 눈을 잠시 감았다가 떴다. 가방에서 망치를 꺼낸 채동수가 눈앞에 보였다. 이대선이 소리를 지르기도 전에, 채동수는 망치로 가장 친한 친구의 머리를 내리쳤다. 바닥에 쓰러진 이대선은 아직 의식이 있었다.

"동… 수… 이러면 안 돼…"

채동수는 본인이 일을 저질렀지만, 겁에 질려 있었다. 멀리서 허창재가 뛰어오고 있었고 그가 망치를 받아 이대선의 머리를 다시 한번 내리쳤다. 그 자리에서 채동수는 친구의 존재를 지웠다.

***

공항에 도착한 세진과 송희도 호텔로 가기 위한 버스에 올라탔다. 호텔로 향하는 중간에 코먼웰스 스타디움이 보였다. 스타디움은 캐나다 앨버타주 에드먼턴에 위치한 다목적 경기장이다. 두 사람은 채동수가 머무는 곳과 가까운 호텔에서 묵기로 했다.

버스가 5성급 호텔 앞에 도착해 세진과 송희는 각자의 가방을 챙겨 호텔 안으로 들어갔다. 미리 약속했던 대로 허창재가 로비에서 그들을 기다리고 있었다. 이미 체크인까지 마친 허창재는 이들과 함께 엘리베이터에 탑승해서 이동했고, 그는 카드로 객실 문을 열었다. 객실 안은 깔끔하고 넓어 흠잡을 데 없었다.

"세진 씨는 옆방을 쓰고."

허창재가 호텔 카드키를 세진에게 건넸다. 잠시 세진과 송희가 객실 안을 살피는 사이, 허창재는 두 사람에게 침대에 앉도록 했다. 그리고, 허창재는 아이패드를 건넸다.

"두 사람 다 프로페셔널 한 건 알고 있지만 영상을 한 번 보도록 해요. 일을 해야 한다는 정신이 확 들 거예요."

아이패드를 건네받은 송희가 동영상의 플레이 버튼을 눌렀다. 영상이 시작되었는데. 세진의 얼굴이 심각하게 굳어 버렸다. 곧이어 송희 역시도 충격을 받았다. 영상 속에 차례로 등장하는 세진과 송희의 가족들. 누군가 도촬한 영상이었다.

"소중한 사람을 지키고 싶으면, 정확하고 똑바로 일해야 합니다."

그건 경고였다. 이곳 캐나다에서 허창재가 원하는 대로 왁싱을 제대로 하지 못하면, 가족이 위험해질 수 있는 것이었다. 세진은 허창재와 올림픽 컴퍼니의 거미줄에 갇힌 것 같았다. 한발 앞서 나갔다고 생각했으나 그게 아니었다. 세진은 자신도 모르게 뒤통수를 만졌다. 허창재가 숨겨놓은 실에 조종당하는 것 같았다.

***

　코먼웰스 경기장 내에 마련된 혈액실로 채동수는 들어갔다. 늘 그의 옆에는 허창재가 있었지만, 이번에는 다른 사람이 있었다. 바로 도핑검사 동반인 샤프롱이었다. 혈액 채취요원들은 다른 선수들의 혈액을 채취하는 중이었다. 채동수도 침대에 누웠다. 채취요원은 채동수의 팔을 두드렸다. 정맥을 드러나게 하기 위해서다. 그리고 채취요원은 피를 빼냈다.

　보통 혈액 검사는 튜브 3개 정도 되는 양을 채취한다. 이렇게 3개로 늘린 이유는 선수들의 도핑 행위를 완벽하게 차단하기 위해서다. 혈액 튜브 1개는 현장에서 직접 분석한다. 이 경우, 마음만 먹으면 누구나 조작을 할 수 있다. 하지만, 혈액 2개는 스위스 로잔에 있는 세계반도핑기구 실험실로 보내져 연구용으로 활용한다. 추후 도핑 여부를 가려낼 수 있기에 이를 조작하기란 쉽지 않았지만, 채동수의 뒤에는 든든한 사람들이 버티고 있었다. 이미 스위스에 일하고 있는 연구원을 올림픽 멤버에 합류시켰다.

　혈액검사가 끝나면 샤프롱은 혈액 튜브를 챙겨 채동수를 끌고 다른 방으로 이동했다. 방안에는 검사관이 있었다. 그가 보는 앞에서 소변 채취가 이뤄지는 것이다. 굳이 도핑 검사관이 보는 앞에서 하는 이유는 소변을 바꿔치기하는 행위를 방지하기 위해서다. 과거에는 화장실에서 선수들이 시료 채취용기에 자신의 소변을 미리 준비한 다른 소변과 바꿔치기 하거나 항문에 숨겨서 바꿔치기 하는 경우도 있었다. 이러한 이유로 소변 채취는 검사관이 보는 앞에서 실시했다. 채동수는 아무런 행동도 하지 않고 가만히 있었다. 샤프롱과 검사관은 눈빛을 교환했다. 검사관은 미리 준비한 시료 채취용기를 보여줬다. 채동수는 검사관과 악수를 나눴다. 모두가 한패였다.

샤프롱은 혈액 튜브와 시료 채취용기를 가지고 복도를 걸었다. 이것들을 도핑검사실로 전달하기 위해서다. 이때, 샤프롱 맞은편으로 걸어오는 남자가 손에 들고 있는 혈액 튜브와 채동수의 혈액 튜브를 바꿔치기했다. 샤프롱은 바꿔치기한 혈액 튜브를 검사실에 가서 제출하고 나왔다. 그런 샤프롱은 출입구 쪽으로 이동했다. 그는 나머지 혈액 튜브는 반도핑기구에서 직접 지정한 업체에 넘겼다. 이들은 채동수와 다른 선수들의 혈액 튜브가 담긴 박스를 운송 차량에 실었다. 차량은 출발했고, 한 사람이 박스를 열어 채동수의 혈액 튜브를 자신이 챙기고 바꿔치기했다.

혈액 튜브가 담긴 박스를 바로 스위스로 보내기 위해 이들은 공항에 도착했고 그곳에서 대기 중인 허창재에게 채동수의 혈액 튜브 샘플을 넘겼다. 이들은 능숙하게 일을 해냈고 흔적을 남기지 않았다. 허창재는 건네받은 혈액 튜브를 열어 하수구에 버렸다.

***

호텔 객실에서 세진은 스마트폰을 귀에 대고 있었지만, 상대는 받지 않았다. 답답한 마음에 세진은 스마트폰을 내려놓고 베개를 바닥에 던졌다. 세진은 손이 부들부들 떨렸다. 가족에게 무슨 일이 생긴다는 건 정말로 상상도 하고 싶지 않았다. 허창재와 올림픽 컴퍼니는 무서운 사람들이었다. 가족이 이들과 엮어선 좋을 게 하나도 없었다. 세진은 가족에게 급하게 문자를 보냈는데도 연락이 없었다.

초조한 그녀는 다시 전화를 걸었다. 어쩌면, 이미 늦었을지도 모른다는 불안감이 스멀스멀 올라오고 있었다. 여전히 가족과는 통화가 되지 않았다. 스마트폰을 내려놓으려 할 때, 목소리가 들렸다. 세진의 엄마였고, 주변이 웅성거리는 것을 보니 아마도 외출 중인 것 같았다.

"왜 전화를 안 받는 거야?"

세진은 그제야 침대에 앉으며 한숨을 쉬었다.

"영화관 왔어. 무음으로 해놓아서 몰랐네."

"스마트폰을 폼으로 들고 다니는 것도 아니고. 진짜 왜 그러는 거야?"

마음속으로 가족을 무척이나 생각하고 있는 세진이었지만, 짜증이 섞인 채 퉁명스럽게 말해버렸다.

"왜 그렇게 넌 매사 짜증이니."

세진의 엄마가 살짝 섭섭함을 드러냈다.

"거기 괜찮은 거지? 아빠도 잘 있는 거지?"

세진은 이상하게 엄마에게는 매번 이런 식으로 말했다. 너무 편하고, 사랑해서일까.

"그래, 같이 나왔어. 넌 캐나다 도착했어? 거기 어떠니?"

"괜찮은 것 같아. 별일 없는 거 맞지?"

세진은 재차 확인했다. 엄마의 목소리는 평소와 다를 바 없어 그나마 다행이었다. 아직 아무런 일도 일어나지 않아서. 그러나 세진은 이들이 항상 위험에 노출되어 있는 것 같아 미안했고 불안했다. 자신 때문에 가족이 위험해졌다.

"또 연락할게."

세진은 통화를 끝냈다. 한숨 놓았지만, 마음은 개운하지 않고 찌뿌둥한 느낌이 들었다. 가족을 계속 지켜보겠다고 말한 허창재와 올림픽 컴퍼니는 자신과 가족이 상대할 수 없는 사람들이다. 이들을 상대로 어디 도망갈 곳도 없었다. 그들의 정보력과 활동력으로는 못 찾아내는 사람도 없을 것이다.

허창재가 이렇게 하는 행동은 어떤 의도가 숨어있는 것일까. 세진은 곰곰이 생각했다. 아마도 그가 가족 영상을 보여준 건, 이번 일에 대해서 실수 없이 하라는 경고성 메시지이기도 했다. 자신과 송희가 캐나다까지 왔음에도 불구하고, 한국에 있는 가족에게 해를 끼칠 상황까지 준비하는 게 허창재와 올림픽 컴퍼니가 일하는 스타일이었다. 그들은 목적을 달성하기 위해서 뭐든지 하는 사람들이니까.

　가족의 안전을 확인한 세진은 짐을 풀었다. 가방 안에는 온통 왁싱에 필요한 도구들뿐이었다. 그녀는 어느 정도 짐을 푼 후, 의자에 앉아서 창밖을 봤다.

　이번 왁싱은 속도 싸움이었다. 왁싱에 할애된 시간은 많지 않았다. 제한된 시간 속에서 깔끔하게 왁싱을 해야만 했다. 그건 어렵지 않았지만, 시간이 문제였고 왁싱을 해야 하는 장소도 문제였다. 계획에 대해서 듣긴 했지만, 그 장소에서 왁싱을 하는 게 가능할까. 분명히 그날 어떤 위험이 내포되어 있을 게 틀림없다. 머리가 복잡한 세진의 시야에 창밖 멀리 코먼웰스 경기장이 보였다.

＊＊＊

　송희는 혼자서 바람도 쎌 겸 근처 마트에 도착했다. 규모가 상당히 큰 마트 안으로 들어온 송희는 미용용품을 파는 코너를 찾았다. 진열장을 유심히 보는데 원산지별로 다양한 브랜드의 왁스 상품을 파는 것을 확인했다. 평소 송희가 관심을 보이던 브랜드의 왁스도 많았고, 피부 타입별로 제조된 왁스도 보였다.

　왁스를 살피면서 송희는 이번 일에 대해서 막중한 부담감을 느꼈다. 짧은 시간 안에 왁싱을 해야 한다면, 어떤 왁스를 써야 하는 걸까. 진열장의 왁스를 하나하나 살펴보면서 전성분을 꼼꼼하게 살폈다. 괜찮은 왁스가 있는 것 같아 몇 개를 플라스틱 장바구니에 넣었다. 테스트용으로 구입하려는 것이다.

송희는 계산하기 위해 줄을 섰고 자신의 차례가 되자 카드를 꺼내 직원에게 건넸다. 여러 번 시도하던 직원은 카드가 말을 안 듣는다며 다른 카드를 줄 것을 요청했다. 당황한 송희가 지갑을 꺼냈지만, 카드가 없었고 현금조차 없었다. 송희는 뒤에서 짜증을 내는 다른 손님들의 목소리가 들렸다. 갑자기 나타난 허창재가 직원에게 자신의 카드를 건네고 대신 계산했다.

두 사람은 마트 옆의 카페로 이동해서 서로 마주 보고 앉았다. 송희는 이렇게 단둘이서 커피를 마시는 게 영 편하지 않았다.

"캐나다는 처음이라고 했나?"

허창재가 커피를 손에 든 채 말했다.

"예, 대표님."

"참, 뭘 그렇게 돌아왔어? 우리 멤버인데."

커피를 마시고 나서 허창재는 커피잔을 테이블에 내려놓았다.

"예?"

"조지범 검사관의 죽음을 찾는 여자친구."

"알고 계셨나요?"

"그럼. 우리도 그 죽음에 대해서 상당히 조사했지."

"대표님, 누가 그랬는지 혹시 알고 계신가요? 조사를 하셨다면, 알고 계시는 게 있나요?"

송희는 사랑하는 사람의 죽음에 대해서 상세하게 알고 싶었다.

"흠. 우린 아니야. 다만, 좀 알아낸 건 있지."

"어떤 놈인가요? 오빠를 죽인 새끼가 누구인가요?"

송희는 그 어느 때보다 흥분하고 있었다. 그가 보기에 분명히 허창재는 지범의 죽음에 대해서 뭔가를 알고 있는 것 같았다.

"그 전에 말이야. 너한테 확답을 하나 받아야겠어."

"뭐든지 할게요. 오빠 죽음에 대해서 알 수 있다면요."

"이번 일이 끝나면, 너 혼자서 왁싱을 할 수 있겠나?"

허창재의 질문에 송희는 차마 답변할 수가 없었다. 혼자서 왁싱을 한다는 건, 생각해본 적이 없었고 준비도 되어 있지 않았다. 그리고 혼자서 하게 되면, 세진은 어떻게 되는 걸까. 그녀에게 무슨 일이 생기기라도 하는 걸까. 허창재와 올림픽 컴퍼니는 무슨 생각을 가지고 있는 걸까. 송희는 머릿속이 혼란스럽기만 했고 여전히 말을 하지 못했다.

"일어나야겠군."

허창재는 자리에서 일어나려고 했다.

"할게요, 혼자서."

결국에 고민하던 송희가 대답했다.

***

경기가 하루 앞으로 다가왔다. 오후 1시 30분경 육상 경기장 안에는 채동수가 등장했다. 많은 취재진이 채동수를 주시하며 그의 모습을 카메라로 담았다. 코치의 도움을 받아 채동수는 스트레칭을 했고, 가볍게 트랙을 달리며 몸을 풀었다. 그는 고개를 돌려 경기장 내에 마련된 시계를 확인했다. 오후 2시 12분. 그는 멀리서 운영 직원이 걸어오고 있는 것을 발견했다. 채동수는 훈련을 멈췄다. 이제, 캐나다에서 가장 중요한 걸 해야만 하는 시간이 다가왔다.

기자 출입증을 목에 걸고 세진과 송희는 함께 경기장 안으로 입장했다. 둘은 빠른 걸음으로 복도를 걸었고 허창재가 알려준 대기실을 찾고 있었다. 그러면서 주변의 시선을 적당히 의식하며 최대한 자연스럽게 행동하기 위해 노력했다.

어젯밤, 세진과 송희는 고급스러운 식당을 찾았다. 그곳에는 당연히 허창재도 있었다. 좋은 장소, 좋은 음식이었지만 좋은 사람과의 식사는 아니었기에 세진은 음식을 입에 넣기가 어려웠다. 억지로 식사를 한 후에 허창재는 디저트까지 주문했다. 디저트가 나오기 전까지 침묵이 흘렀다. 허창재는 테이블 위에 경기장 내부를 확인할 수 있는 지도를 펼쳤다.

"여기 대기실 보이지? 이곳에 들어가 있어."

허창재는 손가락으로 대기실을 가리켰다.

"이 안에서 왁싱을 해야 하는 건가요?"

세진은 궁금한 게 많았다.

"그래, 아주 깔끔하게 해야 해. 컨테이너에서 왁싱한 상태처럼. 내일 검사관들이 샅샅이 살펴볼 거야."

허창재는 그 점을 강조했다. 검사관들이 면밀하게 살펴보기 때문에 전문 왁서가 직접 왁싱을 해야만 했다. 선수 본인이나 아마추어가 왁싱을 할 수도 있지만, 검사관들은 피부 상태를 보고 귀신같이 왁싱을 했는지 알아냈고, 왁싱 흔적이 발견되면 정밀검사에 들어가 경기에 참가를 못 할 수도 있다. 머리를 자르는 것과 비슷하다고 보면 된다. 누구나 가위를 가지고 머리를 자를 수 있지만 전문가가 잘랐는지 아마추어가 잘랐는지는 금방 표시가 났다. 왁싱도 이와 비슷하다. 왁싱은 쉬워 보이면서도 또 한편으로 고난도의 기술을 요구한다.

체모를 완벽하게 제거하고, 왁싱을 했다는 흔적까지도 감춰야 하는 게 범죄 전문 왁서의 역할이었다. 그 방면에 있어서 세진과 송희는 검증을 끝마쳤고, 허창재는 이들의 역할이 중요하다는 것을 알았다.

"그들이 염색한 머리만 채취하도록 해야 해. 알겠지? 반드시 그렇게 해야 해."

허창재는 두 번 말하지 않겠다는 표정이었다.

"몇 분 안에 끝내야 하는 건가요?"

세진은 일이 쉽지 않을 것 같아 어두운 표정으로 질문했다.

"3분."

"그건… 진짜 어렵습니다."

세진은 바로 대답했다. 현실적으로 그 짧은 시간 안에 깔끔하게 왁싱을 하는 건 굉장히 어려운 일이었다.

식당에서 일하는 직원이 디저트로 아이스크림을 테이블에 올려놓고 사라졌다. 허창재의 얼굴은 험악하게 변해 있었다. 이를 눈치챈 세진과 송희도 덩달아 긴장했다.

"너 말이야…"

"예… 대표님."

세진은 살짝 주눅이 들어있었다.

"내 앞에서 못한다고 말하지 마. 누구도 그렇게 말하는 사람 없어."

"죄송합니다."

"달달한 거 좀 입에 넣으면서 곰곰이 생각해봐. 못하는 건 없어. 무조건 해."

허창재는 숟가락으로 아이스크림을 떠서 세진에게 건넸다. 그녀는 별로 먹고 싶지 않았지만, 허창재의 시선 때문에 아이스크림을 입에 넣었다. 아이스크림을 입안에서 녹이고 있었지만, 특유의 달달함이 퍼지지 않았다. 아이스크림이 그 어느 때보다 쓰게 느껴졌다.

***

늦은 저녁, 한 대의 차가 호텔을 빠져나와 도로를 달리다 보면 교외로 나가는 도로 표지판이 보였다. 차는 그쪽을 향해 약 5시간 동안 직진했다. 캐나다의 땅덩어리는 상당히 넓어 이동하는 데 많은 시간이 소요된다. 이토록 먼 장소로 차가 향하는 이유는 사람들의 눈에 최대한 띄지 않아야만 했기 때문이다.

흙먼지가 날리는 비포장도로에 들어선 차는 버려진 낡은 조립식 창고 앞에 멈췄다. 모자와 선글라스를 쓴 허창재가 차에서 내려 창고 문을 두드렸다. 이미 창고에 와서 기다리던 동양인은 두 사람을 안으로 안내했다. 남자는 캐나다계 한국인으로 겉으로는 사업가로 포장했지만, 사실 그의 직업은 조인혁과 마찬가지로 약물 디자이너였다.

남자는 이미 준비해놓은 불법 약물 주사를 채동수에게 투여했다. 근육의 피로도를 회복시키며, 체력증진에 도움이 되는 주사였다. 체모 채취 하루 전날, 채동수는 금지 약물을 주입받았다. 그가 깨끗하고 공정해야만 하는 스포츠 승부의 세계에서 이기기 위한 방법이었고, 이러한 행동에 대해 그는 죄책감을 전혀 느끼지 않았다. 세계적인 강자들과 싸우려면 약물의 도움이 필요했고 한국에서 자신을 응원하는 팬들은 분명 이러한 행동에 대해서 이해할 것이라고 굳게 믿었다.

***

　기자 출입증을 목에 건 세진과 송희는 어깨에 가방을 메고 복도를 걸었다. 경기장이 커서 대기실을 바로 찾는 게 쉬운 일은 아니었다. 경기장 안은 선수와 코치들 뿐 아니라 다른 해외 언론사의 기자들도 있었다.

　복도를 걷던 세진은 문이 살짝 열린 틈이 보여 그 안으로 들어가봤다. 선수들이 상의와 하의를 탈의했다. 검사관이 사진과 현재 그들의 상태를 비교하며, 이들이 왁싱을 했는지 여부를 파악했다. 어떤 백인 선수를 검사하던 검사관들이 의심스러운 표정으로 그의 허벅지를 살펴보다가 잠시 옆으로 이동할 수 있도록 조치를 취했다. 특별관리 대상으로 지정된 것이다. 이 경우, 선수에 대해서 정밀 검사가 들어가고 음모를 채취하게 된다. 음모는 선수 인권을 존중해 왁싱 흔적이 발견된 자들에 한해서만 실시한다. 어느 정도 자란 털을 검사해야 도핑 여부를 파악할 수 있는 게 검사관들의 입장이었다.

　세진이 들어온 것을 확인한 검사관은 그녀에게 경고를 주며 밖으로 내보냈다. 그녀도 아차 싶어 송희와 함께 성큼성큼 걸었고, 그토록 찾고자 했던 대기실이 보였다. 둘은 그 안으로 들어갔다. 허창재가 이야기했던 대로, 그곳은 비어 있었다.

* * *

복도를 걷는 채동수는 시계를 봤다. 저기 멀리서 허창재가 뛰어오고 있었다. 허창재 옆에는 도핑검사실로 안내해주는 샤프롱이 있었다. 샤프롱은 검사 때마다 매번 바뀌었고, 이번에는 허창재의 힘이 닿지 못했다. 허창재는 샤프롱에게 급하게 인터뷰가 잡혔다고 말했다. 샤프롱은 시계를 확인했다.

"Sir, we don't have time."

샤프롱은 단호하게 말했다. 시간이 촉박했다. 다른 선수들의 왁싱 상태도 확인해야 했기 때문에 관계자들은 몹시 분주했고 시간을 정확히 맞춰야만 했다.

"Sir, they flew 13 hours to get an interview. We need just couple of minutes."

허창재가 인터뷰 시간을 달라고 요청했다.

"How much do you need?"

"Maybe five?"

"Nope. Just three minutes ok? I'm going bathroom and then we are heading into examination room."

샤프롱은 인터뷰를 허락했지만, 시간은 고작 3분이었다. 세 사람은 함께 이동해 대기실 앞에 섰다. 샤프롱은 문을 열었다. 그곳에는 세진과 송희가 있었다. 샤프롱은 혹시 몰라 두 사람의 기자 출입증을 꼼꼼하게 살폈다. 그가 이렇게 한 이유는 외부인이 허락도 없이 들어와 딴 짓을 하는 경우를 많이 봐왔기 때문이다.

"All right. I'll be back in three minutes."

샤프롱은 화장실을 가기 위해 문을 열고 나갔다. 문이 닫혔다. 이 3분 안에 세진과 송희는 자신들의 미래가 결정될 것이라는 걸 알았다. 송희는 가방에서 미니 공기청정기를 꺼내 가동시킨 뒤에 왁스를 꺼냈다. 세진도 가방에서 워머기를 꺼내 코드를 콘센트에 연결했고, 곧이어 바닥에 돗자리를 깔았다. 채동수는 상의와 하의를 벗어 돗자리에 누웠다.

일이 진행되는 것을 보면서 허창재는 밖으로 나가 문 앞에 섰다. 혹여나 누가 들어오는 것을 막기 위해서다.

송희는 워머기로 왁스를 빠르게 녹였다. 그가 공급사에 사전에 부탁해 제조한 왁스는 최대한 냄새가 나지 않는 것이었다. 왁스 준비가 끝난 상황에서 벌써 1분이 흘렀다. 시간은 2분밖에 남지 않았다. 1분 30초 안에 왁싱을 끝내야만 했다. 나머지 30초는 뒷정리에 필요한 시간이다.

세진은 나무 스틱에 왁스를 찍고, 채동수의 상체에 도포했다. 송희는 흔적을 없애기 위해 주변을 정리했고, 워머기를 다시 가방에 넣었다. 그 어느 때보다 세진은 집중하면서 왁싱을 했다. 그녀의 손에 채동수의 운명뿐 아니라, 한국 육상의 운명과 명예가 걸려 있었다. 채동수는 국가에서 관리하는 초특급 스포츠 스타였다. 이러한 부담감이 세진에게 작용했던 것일까.

세진은 왁싱을 하는 것을 멈췄다.

"뭐하냐, 너."

채동수가 왁싱을 멈춘 세진을 보면서 한마디 했다. 1초라도 아껴야 하는 게 현재 상황이었다. 세진은 반응하지 않았다. 그녀는 왁싱을 하면서 이렇게 생각이 복잡한 적은 처음이었다.

이래도 되는 걸까. 지금 자신이 뭘 하고 있는 걸까. 왜 나는 여기에 있는 걸까. 채동수를 응원하는 팬들과 많은 사람은 이러한 그의 모습을 알고 있기나 한 걸까. 실력이 없으면, 이 무대에 설 자격이 없었다. 약물도 실력이 있는 선수가 해야만 한다는 논리. 그런 논리를 약쟁이들은 매번 해왔다. 세진에게는 전혀 설득력이 되지 않는 말이었다. 그건 약쟁이들이 상황을 회피하기 위한 변명에 불과했다.

"뭐하냐고!"

험악한 인상으로 채동수가 바뀌면서 말했다.

문이 열리고, 허창재가 안을 살폈다. 아직도 왁싱은 끝나지 않고 있었다.

"마무리 안 하고 뭐 하는 거야?"

허창재는 답답해서 미칠 지경이었다.

"진짜, 이게 돌았나. 야! 뭐해?"

채동수는 열 받아서 세진을 한 대 치려는 움직임을 보였다.

"그냥 공정하게 경쟁하면 안 되나요?"

오래전부터 세진은 채동수에게 하고 싶은 말을 했다. 그녀는 왁싱을 이어 나갈 생각이 없어 보였다.

질문에 대한 대답은 없었다. 허창재는 밖을 확인했다. 화장실에서 샤프롱이 나와 이쪽으로 걸어오고 있었다. 허창재는 전화를 걸었다. 한국에 있는 조인혁에게 전화해 지금 감시하고 있는 세진의 가족을 죽이라고 말할 작정이었다. 그 모습을 보고서 세진은 정신이 번쩍 들었다.

"그냥 제 생각일 뿐이에요. 마무리하겠습니다."

다시 세진은 왁싱을 시작했고. 허창재는 짜증을 내면서 스마트폰을 내려놓고 환한 얼굴로 샤프롱 쪽으로 걸어갔다. 그는 잠시라도 시간을 벌어야만 했다. 음료수 자판기가 보였다. 허창재는 주머니에서 캐나다 지폐를 꺼내 음료수를 마시고 이동하자고 했다. 샤프롱도 갈증이 난 상황이었다. 지폐를 꺼낸 허창재는 의도적으로 지폐를 구겨 투입구에 넣었다. 제대로 투입되지 못한 지폐는 도로 나왔다. 허창재는 시간을 끌었다. 샤프롱은 자신이 하겠다며, 지폐를 꼿꼿이 펴서 투입구에 넣었다. 허창재는 멋쩍은 웃음을 지었지만 속은 타들어 갔다.

대기실 안에서 세진은 왁싱을 다시 시작했다. 마음 급한 채동수가 자리에서 일어나려고 하는 걸 세진은 막았다.

"만약에 잘못되면, 넌 죽는 거야."

채동수는 강하게 말했고, 이러한 그의 말투와 표정은 화면 속에서 보던 올림픽 영웅의 모습이 아니었다. 그의 진짜 모습이 적나라하게 드러나고 있었다.

"이대로 일어나면 걸릴 거예요."

세진은 차분하게 말했다.

"젠장!"

채동수는 화를 냈다. 세진은 앞을 보고 누워달라고 했다. 그렇게 채동수는 자세를 바꿨고, 그의 엉덩이 쪽에 난 털까지 세진은 왁싱을 했다. 급한 채동수는 일어나려고 하는데, 다시 세진이 막아섰고 진정제를 화장솜에 묻혀 사용했다. 진정제를 바르면 왁싱 후에 남은 붉은 기를 단번에 억제할 수 있다. 모든 왁싱이 마무리됐다. 세진은 장갑을 벗고 나서 정리를 시작했다.

혹시나 이 상황이 걸릴까봐 초조했던 채동수도 바지와 상의를 빨리 입었다. 송희는 부직포를 가방에 넣으려고 했다. 부직포에 털이 묻어 있기 때문이다. 이게 들키면 곤란했다. 문이 열렸다. 허창재였다. 그는 밖에서 샤프롱이 걸어오고 있다는 것을 알려줬다. 송희가 부직포를 가방에 넣으려고 했다.

"야! 가방에 넣지 마!"

허창재가 얼굴을 찡그리면서 말했다.

"예? 이거 숨겨야 하는데, 어디에다 둘까요?"

송희도 다급했다.

"가방 뒤질지도 몰라. 그냥 네가 처리해."

"어떻게요?"

송희도 다른 방법이 없었다. 이 안에 숨길만한 곳도 없었다.

"먹어, 당장."

"이걸요?"

"씨발! 먹으라고."

"이걸… 어떻게."

"Mr. Chae. You okay? What happened?"

송희는 주머니에 넣으려고 했는데 세진이 가로챘다. 문이 열리기 직전, 세진은 부직포를 입 안에 넣었고 삼켰다.

샤프롱은 대기실 안을 구석구석 살폈다. 그리고 샤프롱은 송희의 가방을 꼼꼼하게 점검했다. 가방 안에는 수첩과 생수밖에 들어있지 않았다. 그 안에 부직포를 넣으려고 했던 송희는 한숨 놓았지만, 문제는 세진이었다.

"We don't have time."

이번에 허창재가 시간이 없다는 것을 되새겼다. 다행히도 세진의 가방은 검사하지 않았다. 그 안에 워머기, 돗자리, 왁스가 들어 있었는데 천만다행으로 위기를 넘겼다.

대기실을 나온 샤프롱과 채동수는 검사실로 향했다. 세진은 구역질이 나오는 걸 억지로 참았다. 그녀가 이렇게 한 건 어쩔 수 없는 선택이었다. 허창재와 채동수에게 신뢰를 줘야만 했다.

자신이 혼란스러워 일을 지체시켰고, 하마터면 일을 크게 그르칠 뻔했기 때문이다. 그리고, 허창재는 가족을 주시하고 있었으며 그의 뒤에는 정치인이 버티고 있었다. 권력도 없고, 인맥도 없는 자신이 상대하는 건 벅찼다. 마치 다윗과 골리앗의 싸움보다도, 자신은 열세인 상황이다.

샤프롱과 채동수는 검사실로 들어왔다. 채동수는 상의와 하의를 벗었다. 검사관은 사진과 똑같다는 걸 파악한 뒤 모발에서만 모를 채취하고 채동수를 밖으로 내보냈다. 모발 검사는 바로 이뤄진다. 염색한 모발은 현장검사에서 바로 검출되기 어렵고 혹시나 몰라 허창재는 검사관도 매수해 놓았다. 체모 검사도 조작할 수 있었지만, 체모 상태는 조작할 수 없었다. 현장에서 보고 바로 판단한다.

현장검사를 마친 채동수는 허창재와 함께 걸었다. 자판기 앞에 서 있는 세진과 송희는 두 사람이 걸어오는 걸 확인했는데, 갑자기 뒤에서 샤프롱이 소리쳤다.

"Mr. Chae. Wait for second."

샤프롱은 말했다. 자신을 불러 세우는 것에 대해 채동수는 무시하고 걸었다. 샤프롱은 계속 그를 따라갔다. 중요하게 전달할 말이 있는 것 같았다. 이를 바라보는 세진은 모든 게 끝난 것 같았다. 정신없이 왁싱을 하다 보니 왁싱 상태가 완벽하지 않았던 걸까.

***

대선주자 후보 김진우가 거리에서 선거 유세를 했다. 사람들은 그에게 환호했다. 대중에게 호감도가 높은 정치인이었다.

인파 속에서 어떤 사람이 그에게 커피를 건넸고 김진우는 그걸 집었다. 다른 유세장으로 향하기 위해 김진우는 차에 올라탔다. 김진우는 손에 든 커피잔이 조금 이상하다는 느낌이 들었다. 너무나도 가벼웠다. 커피 뚜껑을 열었다. 커피가 아닌, 돌돌 말려져 있는 뭔가가 들어 있었다.

김진우는 심상치 않다는 표정으로 안의 내용물을 꺼내 보니 미국 유학 중인 딸이 마약 흡입을 하는 사진이었다. 누가 보냈는지 단번에 알 수 있었다. 허창재 에이전트. 몇달 전에 그에게서 연락이 왔고 요구사항이 있었지만, 김진우는 무시했었다. 딸을 급히 미국으로 보냈는데도 이걸 찾아내다니. 허창재는 생각보다 보통 놈이 아니었다.

그는 깊은 고뇌에 빠졌다. 처음 딸의 마약 흡입 사실을 알았을 때, 이걸 미리 처리했어야 하는건데. 지금 와서 딸의 현재 상황에 대해서 밝히면 마음은 편하겠지만, 선거 결과는 불 보듯 뻔했다. 이 자리까지 김진우는 어렵게 올라왔고 많은 돈을 썼다. 그는 절대로 딸의 마약 흡입 관련해서 인정할 수 없었다. 그는 더 큰 문제가 있다는 것도 알고 있었다. 딸은 단순히 마약을 하는 게 아닌 것 같았다. 대리인을 이용해 마약 사업에 연관되어 있는 것 같았다. 그는 머리가 아파왔다. 이럴 때일수록 차분히 생각해보자.

일단은 선거에 당선이 되어야 하는 게 가장 중요했다. 딸은 나중에 생각하면 됐다. 그는 스마트폰으로 대선 지지율 관련 기사를 봤다. 경쟁자인 2위와 차이가 꽤 많이 났고, 딸 관련 문제를 제외하면 자신과 관련한 흠은 없었다. 오로지 딸아이 관련해서만 문제가 될 뿐이었다. 아직 다른 사람들이 냄새를 맡지 못한 건 다행스러웠으나 불안감을 가지고 살아간다는 건 좋을 게 하나도 없었다.

그는 전화, 문자를 받을 때마다 흠칫 놀랐다. 딸에 대한 이야기가 나올까 봐 항상 노심초사했다. 그는 불안으로 작용하는 리스크를 제거하고 싶은 마음이 굴뚝같았다. 선거에서 승리한다고 해도 문제가 되는 부분이었다.

김진우는 사진을 다시 커피 컵에 넣었다. 그는 오래전부터 생각한 게 있었지만, 실행은 하지 않았다. 그는 그 생각을 오래전에 묻어두었다. 그 어떤 누구와도 상의하지 않았다. 그러나 그는 대통령이 될 사람이었고 실행을 해야 할 날이 온 것만 같았다. 누구를 통해 일해야 할지 알아볼 필요도 없었다. 지금 일하게 될 자들하고 진행하면 충분했다.

***

음료수 자판기 앞에서 세진은 이마에 땀이 맺힌 채 복도에 서 있는 채동수를 봤다. 이토록 당황한 채동수의 얼굴은 처음이었고, 그녀 역시도 얼굴이 구겨져 있었다. 만약에 채동수의 체모 중에 왁싱 되지 않은 부위가 있어 그 자리에서 검사하게 되면, 도핑 양성 반응이 뜰 확률이 매우 높았다. 세진은 등에서도 땀이 흐르는 걸 느꼈다. 왜 샤프롱은 갑자기 그를 멈춰 세우려는 것일까.

"Mr. Chae! You have a problem."

문제가 있다는 말에 채동수는 긴장했고, 그는 무시한 채 빨리 걸었다. 허창재가 그에게 말을 걸면서 어떤 중요한 이야기를 나누는 것처럼 두 사람은 행동했다.

"Mr. Chae!"

샤프롱은 어느새 채동수의 근처까지 와서 그의 어깨를 잡았다. 채동수가 어쩔 수 없이 뒤돌아봤다. 자신의 어깨에 팔을 올린 그를 불쾌하다는 표정으로 쳐다봤다. 옆의 허창재도 샤프롱에게 무례하다며 중요한 일 때문에 빨리 가봐야 한다고 말했다. 그런데 샤프롱은 그를 놓아주지 않은 채, 채동수의 팔을 잡았다.

"Your shoes!"

샤프롱은 손가락으로 채동수의 발을 가리켰다. 채동수는 슬리퍼를 신고 있었다. 자신의 운동화가 아니었다. 검사실에서 나온 그는 안에 있던 다른 사람의 슬리퍼를 신었던 것이다. 무안한 표정의 채동수가 사과하고 자기 신발로 갈아 신었다. 샤프롱은 슬리퍼를 들고 사라졌다.

허창재는 천국과 지옥을 왔다갔다 하는 것 같았다. 그는 지켜보는 세진과 송희를 지나쳐 갔다. 채동수와 허창재가 사라지고 난 후, 세진은 화장실로 들어갔다. 긴장되는 상황이 연속으로 발생해 잠시 잊은 게 있었다.

그녀는 세숫대야의 물을 틀고 나서 목구멍에 손을 넣어 삼킨 부직포를 여러 개 빼내기 시작했고 고통스러워하는 표정을 지었다.

***

세계육상선수권대회 남자 100m 결승. 채동수를 비롯하여 선수들이 경기장에 들어섰다. 이 경기는 지난 대회 올림픽 금메달리스트 1위의 미국 선수, 2위의 자메이카 선수, 3위 채동수가 모두 출전했다. 이들뿐 아니라 부상으로 지난 올림픽에 참가하지 못했던 실력 있는 선수들도 대거 참가했다. 그야말로 누가 이길지 모르는 승부였다.

경기장 관중석에는 세진과 송희도 있었다. 둘은 따로 앉아서 경기를 지켜봤다. 채동수는 6레인에 섰다. 총성이 울리자 선수들은 환상적인 스타트를 끊었다. 100m는 스타트에서 앞서나가는 것이 중요했다. 스타트가 좋은 자는 유리한 페이스로 경기를 끌어나갈 수 있다.

세진은 채동수를 응원하지 않았다. 그와 같은 국적인 건 상관없었다. 그는 절대 용서받을 수 없는 더러운 선수였기 때문이다.

탄환들의 대결이 전개됐다 신체적으로 우수한 흑인 선수들이 앞으로 치고 나왔다. 채동수는 초반에 고전했지만, 중반부터 두각을 드러내기 시작하며 가속도가 붙었다.

지켜보는 세진은 자리에서 일어났고 두 눈을 의심했다. 채동수가 몇몇 선수들을 제치고 1등으로 달리기 시작했다. 그 어떤 아시아인 선수도 해내지 못 할 일을 채동수가 이뤄내기 일보직전이었다. 올림픽 동메달도 채동수가 먼저 이뤄내긴 했지만.

경기를 지켜보는 세진은 몸이 떨렸다. 채동수가 예선을 통과한 것도, 지금 1등으로 달리고 있는 것도 모두 잘못됐다. 채동수는 경기조차 참가할 자격이 안 되는 선수였다. 그는 수십 차례 약물을 투여받고 온갖 편법을 동원하여 이곳까지 왔다. 그는 대선 주자의 막강한 힘을 이용해 자신에 대해서 파헤치려는 세력을 잠재워 왔다. 지금 눈앞에 보이는 채동수가 1등을 해서는 곤란하다. 절대로 보고 있을 수 없었다.

채동수의 눈앞에 결승선이 보였다. 그는 1등을 정말로 할수 있을 것 같았다. 돈과 명예도 얻었다. 남은 건 최정상의 자리에 서는 것이었다.

하지만, 뒷심을 발휘한 자메이카 선수가 먼저 결승선으로 들어왔다. 채동수는 2등이란 것을 알아차렸다.

그는 허리에 손을 대고 천천히 걸었다. 아쉬움은 이루 말할수 없을 정도로 컸다. 코치가 다가와 태극기를 건넸고, 채동수는 태극기를 손에 들고 관중석을 향해 흔들었다. 경기를 지켜본 팬들은 채동수에게 아낌없는 박수를 보냈다.

인기와 인지도에서 채동수는 비교 대상이 없었고 관중들은 그에게 열광했다. 채동수는 태극기를 흔들면서 스스로도 만족스러워했다. 올림픽 동메달에 이어 세계육상선수권대회에서 2등이라니. 이번 대회 성적은 아주 중요했다. 올림픽 성적이 우연이라고 말하는 일부 사람들의 입을 닫아버리게 만드는 위대한 업적이 될 것이다.

그는 11개월 후에 다가올 서울 올림픽이 기대됐다. 대회에서 그는 반드시 1등을 해서 명예롭게 은퇴할 것이다. 충분히 가능할 것 같았다. 하체 근육을 발달시켜주는 약물의 힘을 받는다면 말이다.

13

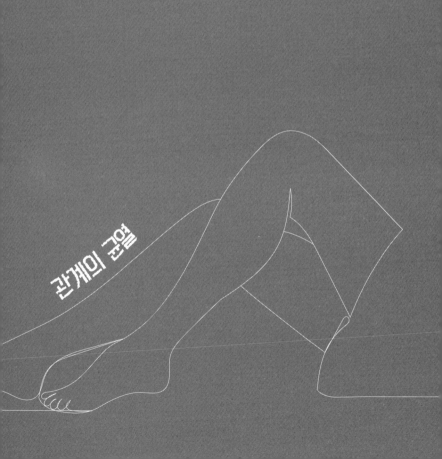

관계의 균열

관계의 균열

관중석에서 경기를 지켜보던 세진은 어두운 얼굴로 일어났다. 그녀는 주변에서 채동수에 대해 사람들이 말하는 것을 들었다. 그가 한국의 위상을 높였으며, 종목을 막론하고 역대 한국 스포츠 선수 랭킹 1위에 올라야 한다는 것이었다. 말도 안 되는 소리라고 세진은 생각했다.

세진은 죄책감이 들었다. 채동수가 잘못된 방법으로 승리하는 일에 가담하고 있다는 것에 대해 스스로가 너무나도 싫었다.

사람들은 질서를 지키며 경기장을 나갔다. 세진은 개인적인 복수만 이룬 채 일을 끝내고 싶지 않았다. 폭주하는 채동수를 멈추게 해야만 했다. 이번에는 그들의 범죄 계획에 가담하고 협조했지만, 가장 큰 대회인 올림픽에선 내버려 두지 않을 것이다. 채동수 뒤에 정계, 재계 사람들이 버티고 있고 대중들이 그를 지지한다고 해도 세진은 자신의 결정을 바꿀 생각이 없었다.

조금 떨어진 거리에서 송희는 고민이 많아 보이는 세진을 주시했다. 송희는 문자를 받았다. 이제 올 것이 왔다는 표정이었다.

***

경기장 뒤편에 주차장이 있었다. 세진과 송희는 차가 세워진 곳으로 걸어가 차에 올라탔다. 운전석에 탑승한 송희는 스마트폰에 설치된 내비게이션 앱으로 목적지를 입력했다. 그리고 그는 시동을 걸면서 세진을 흘깃 쳐다봤다.

"한국 선수가 100m에서 2등이라. 대단하긴 하네."

"인정받을 수 없는 성적이잖아."

"그건 그렇지. 가자, 왜 이렇게 멀어?"

송희는 스마트폰에 찍힌 목적지를 보면서 하는 말이었다. 차는 주차장을 빠져나가 도로를 달렸다.

"우리 이제 한고비 넘긴 거겠지? 올림픽만 하면 되는 거잖아."

"그래, 고생 많았어. 너한테 많이 고맙기도 하고."

세진은 송희 때문에 여기까지 올 수 있었다.

"고맙긴 뭘. 우린 그냥 일한 거잖아."

"그렇지…"

"허창재가 말했잖아. 우리가 올림픽까지만 일해주면, 살인범의 정체에 대해서 알려준다고. 허창재는 알고 있는 게 확실한 거 맞겠지?"

송희는 한 손으로 운전하며 세진을 쳐다봤다.

"허창재일 가능성은?"

세진은 오히려 질문을 했다.

"그 지식은 아닌 것 같아. 전체적으로 지휘하는 스타일이니까."

송희는 고개를 저었다.

"그럴 확률이 높겠지. 아무래도…"

세진은 말끝을 흐리고 정면을 응시했다.

"누가 죽인 것 같아? 뭐, 들은 건 없지? 난 강민하, 걔가 유력한 것 같은데. 아무래도 그 아줌마 수상한 부분이 너무 많아."

송희는 처음으로 강민하를 콕 집어서 말했다. 세진은 대꾸 없이 고개를 끄덕였지만, 머릿속은 어딘가 복잡해 보였다. 세진도 역시 들은 이야기가 있었기 때문이다.

***

서울의 유명 호텔 컨퍼런스 룸에 '전략적 제휴 체결식'이라는 현수막이 걸려 있었다. 상당히 높은 관심도에 걸맞게 기자들이 와 있었고, 강민하는 상대의 회사 임원들과 간단하게 인사를 나눴다. 그리고 대표이사가 도착해 강민하와 인사를 나눈 다음, 그녀는 감사하다고 고개를 숙였다.

이번 일은 강민하에게 중요했다. 제휴 체결식이 성사되면, 사업을 해외로 확장할 수 있는 절호의 기회이기 때문이다. 강민하는 체결식 전에, 상대 대표이사와 계속 이야기를 나눴고 얼굴은 함박웃음으로 가득했다.

혁신적인 제품 개발과 자신만의 브랜드 런칭의 발판인 체결식은 강민하 인생에서 가장 중요한 일이기도 했다. 그녀는 허창재에게 훌륭한 왁서들을 소개한 대가의 결과물을 받을 수 있었다.

곧 10분 후에 체결식이 진행될 것이라는 사회자의 목소리가 들렸다. 강민하는 평소보다 외모에 잔뜩 신경을 썼고, 화장을 점검하기 위해 화장실로 향했다. 그녀는 그 어느 때보다도 카메라에 잘 나오고 싶었다. 오늘은 그녀의 날이었기 때문이다.

화장실로 들어온 강민하는 가방에서 분첩을 꺼내 얼굴에 찍었다. 거울을 보던 그녀의 손놀림이 빨라지고 있었는데, 강민하는 거울에 비치는 세진을 보고 깜짝 놀랐다.

"뭐야? 여기 어쩐 일이야?"

강민하는 뒤돌아봤다. 그녀는 처음에 자신의 눈을 의심했으나 화장실에 서 있는 사람은 세진이 틀림없었다.

"저는 호텔에 오면 안 되는 거 아니죠? 선생님의 제자인데."

세진은 살짝 서운한 표정을 지었다.

"그런 건 아닌데."

"축하해 드리려고 왔어요. 저한테 도움을 많이 주셨잖아요."

"정말? 이렇게까지 안 와도 되는데."

강민하가 세진의 손을 잡으며 고마워했다.

그런데 세진은 그녀의 손을 놓지 않고 있었다. 강민하는 행사장으로 돌아가야 한다고 말하려 했으나 세진은 손을 놓을 생각이 없어 보였다.

"최대 화장품 회사와의 협약식? 진짜 대단하신 것 같아요. 화장품 회사는 해외에서도 호평이 자자할 정도로 인기도 좋고. 이제는 선생님의 브랜드도 해외에 런칭되겠네요? 축하드려요!"

세진은 감탄했다.

"뭐 그렇긴 한데. 중간에 변수도 많으니까."

"다시 한번 축하드려요."

"가야 해서. 손 좀 놓을래. 상당히 아프네."

강민하가 얼굴을 찡그렸다.

"선생님, 저 때문에 체결식이 무산되길 원하시지는 않죠?"

축하하던 세진의 표정이 변했다.

"어? 왜?"

강민하도 그녀의 이런 행동에 대해서 수상함을 느꼈다.

"당신은 그 자리에 있었죠? 그때 누가 스포츠부 기자를 죽인 거죠?"

세진은 손을 꽉 쥐었고, 강민하를 노려보는 눈빛이 더욱 강렬해졌다.

"스포츠부 기자? 뭔가 착각하고 있는 거 아냐?"

"시치미 떼지 말고. 누가 죽인 거야?"

"왜 그래? 난 아무것도 모르는 일이야."

자꾸 발뺌하는 강민하의 어투에 세진은 화가 났고, 그녀는 강민하의 목을 조르고 벽으로 밀어붙였다.

"누구야? 말해!"

"컥컥…"

"이름만 말해. 그러면 여기서 깽판 치지 않을 테니까. 소중히 쌓아놓은 게 무너지는 건 원하지 않잖아?"

세진이 목을 세게 조였고, 강민하가 그녀에게 이름을 속삭였다. 세진은 강민하의 목을 놓았다. 그 이름이 정말로 재섭을 죽인 살인범이라니. 세진은 다시 한번 확인했고, 강민하는 똑같은 이름을 반복해서 말했다.

***

호텔 앞에 차가 멈췄다. 송희와 세진이 탑승한 차량이었다.

"편한 옷으로 갈아입고 가자. 30분 후에 1층으로 나와."

송희가 그렇게 말하자 세진은 알겠어, 라고 말한 뒤에 차에서 내려 호텔 안으로 들어갔다. 세진은 엘리베이터에 탑승해 7

층에서 내렸다. 그런데, 그녀는 자신의 객실을 지나쳐 끝에 있는 객실 앞에 섰다. 그 객실은 송희가 사용하는 객실이다. 미리 카드키를 확보한 세진은 복도 쪽을 쓰윽 보다가 문을 열고 안으로 들어갔다. 세진은 어두운 화장실 안에 몸을 숨겼다. 송희가 주차하고, 이곳에 오면 결판을 지을 생각이었다. 강민하로부터 살인자의 이름을 듣고 난 세진은 캐나다에서 송희를 제거할 계획을 세웠다. 몇 번이나 강민하에게 확인했었고, 그녀가 고심 끝에 내린 답은 하나였다. 재섭을 위해서, 송희를 죽여야만 했다.

호텔 카드키 소리가 울렸다. 문이 열리고, 객실 안으로 송희가 들어와 옷을 갈아입으려고 했다. 화장실에 있던 세진이 얼굴을 살짝 내밀었다. 그녀는 손에 나이프를 들고 있었다. 여전히 송희는 자신의 뒤를 전혀 의식하지 못하고 있었다. 세진에게는 기회였다. 그녀는 화장실을 나왔다. 머릿속으로 생각을 마쳤다. 행동으로 옮기면 된다. 조심스럽게 걸어가 등에 나이프를 찌르면 된다. 그러면 재섭에 대한 복수를 할 수 있었다.

옷을 갈아입고 난 송희는 한숨을 푹푹 쉬며 젠장이라고 계속 혼잣말을 했다. 아직 세진에게 기회가 있었다. 가서 공격하기만 하면 된다.

송희의 한숨 소리가 더 커졌고 그녀는 밖으로 나갔다. 화장실로 다시 들어와 있던 세진은 손에 들고 있는 나이프를 떨어뜨렸다. 머릿속으로는 한참 전에 송희를 죽였지만, 몸은 전혀 다르게 움직이고야 말았다.

***

차안의 공기가 답답하게 느껴져 세진은 창문을 내렸다. 이 공간이 세진은 불편했다. 세진은 조금 전까지 송희를 죽이려고 했지만, 실행에 옮기지 못했다. 송희와 세진 사이에 묘한 긴장감이 흘렀다. 차는 저녁 식사 장소로 향하기 위해 계속 달렸다. 저녁 장소에는 허창재와 채동수가 기다리고 있었다.

운전하던 송희는 화장실이 가고 싶은데, 라고 말했다. 도로를 달리다 보면 편의점이 보였고 주차장에 잠시 차를 세웠다.

"화장실 좀 갔다 올게. 뭐 마실 거라도 사다 줄까?"

송희는 시동을 끄면서 말했다.

"괜찮아, 갔다 와."

세진은 스마트폰을 꺼내 그쪽에 시선을 뒀다. 차에서 나온 송희는 편의점 쪽으로 걸었다. 송희는 편의점으로 들어가기 전에 걸음을 멈추고, 차가 세워진 쪽으로 고개를 돌렸다. 이곳에 오기 전, 자신이 했던 일을 돌이켜봤다.

***

호텔 앞에 세진을 먼저 내리게 한 후, 송희는 주차장에 차를 세웠다. 바지 뒷주머니에서 또 다른 차의 키를 꺼내 트렁크 버튼을 눌렀다. 옆 차량의 트렁크가 열렸고, 그 안에는 가방이 들어 있었다. 송희는 그 가방을 지금 막 주차한 차량의 트렁크에 옮겼다. 물건의 시간을 설정하기 위해 가방을 열었다. 허창재가 준 사제폭탄이 모습을 드러냈다. 어떻게 해야 하나 고민하던 송희는 1시간으로 설정하고 트렁크 문을 닫았다.

편의점 앞에 선 송희는 사제폭탄이 들어있는 차량을 응시하고 있었다. 시간이 다 된 것 같았다. 송희는 시계를 봤다. 58분 30초가 흐르고 있었고 마음의 준비를 마쳤다.

'잘 가라, 이세진.'

약 1분 후에 폭탄은 터지게 될 것이고 세진은 목숨을 잃을 것이다. 송희는 자신에게 되새겼다. 이렇게 할 수밖에 없었던 건, 모두 지범을 위해서라고.

***

왁싱샵에 숨기로 결정했을 때, 재섭은 자신에게 닥쳐올 위기에 대비하여 상필에게 쪽지를 남겼고 세진에게도 메시지를 남겼다. 그는 어쩌면 죽을 수도 있다는 걸 알고 있었다.

옷장이 열렸다. 숨어있던 재섭은 채동수, 허창재, 강민하와 눈이 마주쳤다. 그때, 재섭의 배에 칼이 푹하고 들어왔다. 칼에 찔린 이후, 재섭은 움직일 수 없었다. 또다시 칼이 몸속으로 들어왔다. 재섭은 육체적인 고통보다 정신적인 고통이 더욱 심했다.

눈앞에 보이는 사람, 지범은 손에 칼을 들었고 다시 공격했다. 재섭은 바닥에 쓰러졌다. 허창재는 잘했다고 격려했다. 재섭은 눈이 감기기 전에 채동수를 보았다. 그는 웃고 있었다. 이 놈들은 제정신이 아니었다.

사람이 죽은 후, 허창재가 미리 준비한 대로 범죄 현장 전문 청소업체가 왁싱샵으로 들어와 현장을 정리했다. 그리고 살인자 역할을 할 주성식까지도 왁싱샵에 도착해 허창재의 지시를 받고 있었다.

이때, 문을 두드리는 소리가 들렸다. 허창재와 일행들은 깜짝 놀랐다. 그들이 부른 사람은 더 없었다. 밖에서 문을 두드리고 있는 사람은 필상이었고, 그는 문이 닫혀 있는 것이 이상해 급기야 재섭의 이름을 불렀다. 필상은 뭔가 일이 잘못 되어가고 있다는 걸 눈치챘다.

전혀 예상하지 못한 인물의 등장에 허창재는 계획을 바꿔야만 했다. 이들은 원래 왁싱샵에서 살인사건이 일어나지 않도록 계획했지만, 지금은 현장의 혈흔을 제거하고 죽은 재섭은 내버려 두어야 했다. 재섭의 시신을 다른 곳으로 옮길 시간적 여유가 그들에게는 없었다.

강민하가 머뭇거리는 허창재와 일행들을 안내했다. 청소도구함을 옆으로 밀면 아래로 내려가는 구멍이 있었고 허창재,

채동수, 강민하, 청소업자는 내려갔다.

이들이 계획했던 대로 주성식은 왁싱샵에 남았고, 그는 칼을 손에 들었다. 또 한명 남아있는 사람이 있었다. 왁싱샵 직원이자 목격자 역할을 할 최정연은 소리를 지르며 왁싱샵 문을 열었다. 그리고, 최정연은 저 안에 살인자가 있다고 소리쳤다.

왁싱샵에 있던 주성식은 창문을 활용해 도망가는 역할을 했다. 그는 이미 전달받은 지시사항이 있었다. 적당히 도망가다가 어느 골목길에서 형사들에게 잡히는 것이었다.

***

편의점을 서성이던 송희는 다시 차량 쪽으로 뛰어갔다. 아직 늦지 않았다. 20초 정도 시간이 있었다. 그녀는 세진의 이름을 소리내어 불렀다. 차 안에서 이 소리를 들은 세진은 긴가민가한 표정으로 뛰어오는 송희를 봤다.

"이세진! 나와!"

송희는 절실하게 그녀의 이름을 불렀으나 세진은 정확하게 듣지 못해 여전히 차안에 있었다. 뛰어가는 송희는 자신이 너무 먼 곳에 주차를 한 것 같았다. 마음처럼 몸이 빠르게 움직이지 않았다. 그는 자신의 결정을 지금 후회하고 있었다. 그는 누구를 죽이는 일에 가담하고 싶지 않았다. 게다가, 세진이라면 더더욱 말이다.

***

  카페에 앉아 있던 송희는 손이 떨려서 커피잔을 제대로 들수가 없었다. 맞은편에 앉아 있는 허창재의 말이 사실인 걸까. 그럴 리가 절대로 없다.

  "잘못 말씀하신 거죠?"

  송희는 자신이 들은 이야기가 사실이 아니었으면 하는 표정이었다.

  "스포츠부 기자 정재섭을 죽인 건, 니 남자친구야. 조지범 검사관."

  허창재는 못을 박았다.

  "절대로 그럴 리가 없어요. 오빠가… 그럴 리 없어요."

  송희의 목소리는 올라갔고, 허창재가 분명히 거짓말을 하고 있는 것 같았다.

  "사람은 태어나면서부터 살인자가 되는 건 아니잖아. 하지만 어떠한 상황으로 인해 자기 안전이 위협을 받게 되면, 자신을 지키기 위해 행동하지. 조지범 검사관이 살인을 한 건 그런 케이스야. 살기 위해서 한 거라고."

  허창재는 지범을 그리워하는 표정을 억지로 짓고 있었다.

  "절대로, 그럴 리가 없는데."

  송희는 믿을 수가 없었다.

  "내 말을 믿지 않으면, 먼저 당할 거다. 이세진은 네가 더 잘 알잖아? 속을 알 수 없는 인간이고, 너보다 더 멀리 본다는 걸. 난 이 사실에 대해서 이세진한테 말 안 했어. 근데, 아마 걔는 알 수도 있을 거야."

"그 말은…"

"움직이지 않으면, 먼저 당한다."

허창재는 커피를 마저 마신 후 계산서를 챙겨 일어났다. 지범 오빠가 사람을 죽였다니. 그것도 세진의 남자친구를. 충격에 송희는 한동안 자리에서 일어날 수 없었고, 지범이 죽기 전까지 유난히 정신적으로 힘들어하던 모습이 떠올랐다. 송희는 자리에서 일어났다. 이미 세진은 이 부분에 대해서 알고 있지 않을까. 그렇게 되면, 세진이 자신을 노릴지도 모른다는 생각까지 송희는 도달했다.

그러한 추측은 사실로 밝혀졌다. 이곳에 오기 전, 송희는 호텔 복도에서 기다리던 허창재에게 방금 세진이 송희의 객실 안으로 들어갔다는 이야기를 들었다. 송희는 세진을 제거하기로 결심했다. 그렇게 하지 않으면, 자신이 당할 것이다. 그때는 그랬다. 그길 밖에 없는 줄 알았다.

***

차의 조수석 문을 송희가 열었다. 세진은 그런 그의 행동에 대해 이해하지 못한 모습이고, 그 자리에 계속 버텼다. 급기야 송희가 세진을 끌어내렸고 손을 잡고 달리기 시작했다.

"너, 뭐 하는 거야?"

세진은 갑작스러운 그의 돌발적인 행동에 신경질을 냈지만, 송희는 말하지 않고 뛰었다. 어떻게든 차와 멀리 떨어져야만 했다. 송희는 갑자기 세진을 끌어안으며 그녀를 보호했다. 세진은 미친년이라고 소리를 질렀다. 그 순간, 차의 트렁크에 있던 사제폭탄이 쿵하고 터졌다. 하염없이 솟아오르는 불길. 세진은 무슨 의도로 이런 행동을 송희가 했는지 알 것 같았다. 송희가 자신을 죽이려고 했다. 그리고 이렇게 자신을 살린 것도 송희였다.

***

상황이 수습된 후, 두 사람은 새로 차량을 빌려 캐나다의 부촌에 진입했다. 차 안의 공기는 어색했다. 서로가 서로를 죽이려고 했지만, 또 서로가 서로를 살렸다. 말하지 않아도 서로의 감정을 이해할 수 있었다.

붉은 벽돌집 앞에 송희는 차량을 세웠고 둘은 차에서 내렸다. 주변의 으리으리한 집들로 인해 압도당하는 느낌이 들었다. 그들은 입구 쪽으로 걸어가 초인종을 누르자 문이 열렸다. 둘은 조심스럽게 안으로 들어갔다. 음식 냄새가 났다. 안으로 들어가 보니 다이닝 룸이 보였다. 허창재가 박수를 치면서 세진과 송희를 반겼다.

"두 주역이 왔구먼. 아주 잘했어. 굿잡."

허창재는 둘을 칭찬하며 기분이 좋아 보였다. 세진은 송희가 자신을 죽이려고 했지만, 뒤에서 조종한 건 허창재라는 사실을 알았다. 세진과 송희는 분위기에 적응하지 못하고 있었다.

"원래 파트너들끼리는 싸우면서 크는 거야. 나도 동수 저놈이 내 말 안 들으면 죽이고 싶은 적 많거든."

허창재가 와인을 잔에 따르기 시작했다. 그는 와인이 담긴 잔을 세진과 송희에게 건넸다. 방에 있던 채동수가 유학생과 나오면서 그녀의 엉덩이를 툭툭 쳤다. 유학생은 한국에 가서도 만나는 건지 되물었다. 채동수는 유학생의 이마에 키스를 하며, 자신은 사람을 오래 만나는 스타일이라고 답했다. 그 모습을 보고 있는 세진은 유학생이 가여워지기 시작했다. 유학생은 오늘 이후 앞으로 채동수와 연락이 되거나 만나는 일은 없을 것이다.

"좋은 날이니까 모두 건배하자고."

허창재의 말에 모두가 잔을 기울였다. 세진은 목표를 완수했지만, 전혀 기쁘지 않았다.

"수고 많았습니다, 우리 왁서님들. 올림픽까지 잘 부탁합니다."

채동수는 세진, 송희와 일일이 눈을 맞췄다. 멀리서만 보던 올림픽 영웅에게 칭찬을 들어도 세진은 기쁘지 않았고 영광스럽지도 않았다.

"원래 패밀리라는 건, 일종의 테스트가 필요해. 특히, 우리 패밀리는 말이야. 약간의 잡음은 있었지만 서로 지난 일은 모두 잊어버리자고. 우리가 오늘 해낸 것을 봐."

허창재는 캐나다 언론에서 대서특필한 신문 기사를 테이블 위에 던졌다. 1면에 'Korean Hero'라는 제목과 함께 채동수가 태극기를 흔드는 사진이 나와 있었다. 1등보다 주목을 받은 2등이었다. 이 일에 관여한 세진은 억지로 웃었다.

"잘 부탁드립니다. 저는 이제 돈만 많이 벌면 좋겠네요. 다른 건 다 필요 없어요."

세진은 쐐기를 박았다. 자신이 돈에 미쳐있다는 걸 상대에게 심어주고 싶었다. 그녀는 와인을 들이켰다. 이 순간, 세진은 이 자리에 없는 재섭을 생각했다. 그리고 재섭을 죽인 지범이 처한 상황도 이해하려고 노력해 보았다. 채동수와 허창재는 웃고 떠들었다. 그들이 그러는 사이, 세진은 다음 계획을 세웠다.

14

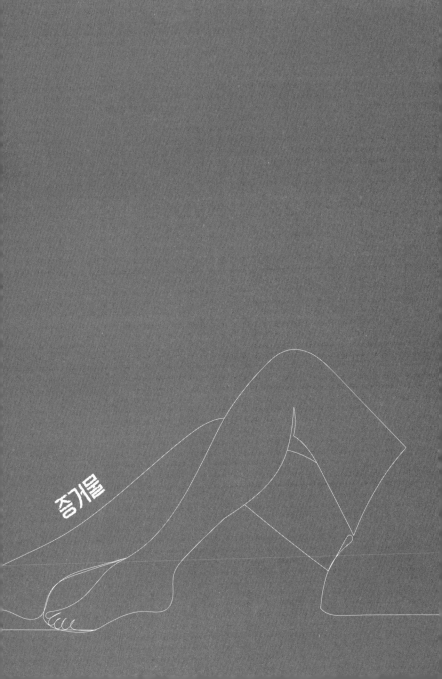

즐거움

증거물

세계육상선수권대회 이후에 8개월의 시간이 흘렀다. 서울 올림픽까지 2달 남은 상황에서 한국, 미국, 일본, 중국의 정상들이 모여 환영 만찬의 시간을 가졌다. 만찬 도중에 정상들의 대화는 자연스럽게 서울 올림픽으로 이어졌고, 이들은 한국 스포츠 선수 중에 육상선수 채동수가 가장 기억에 남는다고 했다. 최근 한국 스포츠 하면, 당연히 채동수가 연상될 정도다.

대통령은 특별한 손님이 왔다고 각국 정상들에게 말하자, 문을 열고 들어온 사람은 채동수였다. 그는 일일이 각국 정상에게 반듯한 자세로 인사했다. 이들은 한국에 와서 가장 기쁜 순간이라는 농담을 던졌다. 화기애애한 분위기가 이어졌고, 채동수는 이들과 함께 기념사진을 촬영했다.

뉴스로 채동수가 각국 정상과 만나는 모습을 보는 세진은 마음 한구석이 편하지 않았다. 채동수와 허창재는 건드릴 수 없는, 아니 건드려서는 안 될 존재로 거듭나고 있었다. 본인들 스스로도 그렇게 행동했고, 언론에서도 그렇게 만들었다.

올림픽을 앞두고 나라는 들떠 있었다. 1988년 이후, 실로 오랜만에 한국에서 개최되는 하계 올림픽이었다. 침체된 경기 속에, 기업들은 올림픽을 계기로 전환점을 맞이하고 싶어 했으며 정부에서도 지난 몇 년간 엄청난 비용을 들여 시설에 투자했다. 국가는 경기 회복을 위해 올림픽에 모든 것을 걸었다고 해도 과언이 아니었다. 그렇기 때문에 그동안 개최했던 어떤 스포츠 대회보다 심혈을 기울였고, 기업들도 많은 투자를 했다.

세진의 주변 사람들에게도 올림픽은 단연 화제였다. 지인들로부터 올림픽경기 티켓을 예매했다는 문자를 받았다. 세진의 지인들은 88올림픽은 너무 어렸을 당시라 전혀 기억이 나지 않았다. 이들은 영상으로만 보던 올림픽을 두 눈으로 직접 보고 싶은 것 같았다.

친구의 문자가 도착했다. 어렵게 육상 100m 경기의 티켓을 예매했다는 소식이다. 채동수가 출전하는 경기였다. 올림픽 티켓 중에 가장 구하기 힘든 티켓이다. 모든 사람들이 채동수의 경기를 직접 두 눈으로 보면서 응원하고 싶어 했다. 세진은 간단하게 답장했다. 자신은 그날 약속이 있어 경기를 보러 갈 수 없다고 말이다.

사람들은 올림픽을 기대했고 특히 채동수를 열렬하게 응원했다. 이들과 달리 세진은 정반대의 길을 걸어가야만 하기 때문에 심경이 복잡했다. 그녀는 걱정이 하나 더 있었다. 이제는 범죄자가 되어버린 자신의 말을 누가 믿어줄지에 대한 부분이었다.

***

땅값이 가장 비싼 지역에 세진과 송희는 왁싱샵을 차렸다. 이런 일이 가능한 이유는 허창재를 만났기 때문이다. 두 사람은 이전보다 쾌적한 공간에서 일했지만, 심적으로 느끼는 부담감은 배로 작용했다. 허창재가 문을 열고 들어왔다.

"오셨어요?"

세진은 그를 반겼다. 허창재와 함께 온 사람이 있었다. 작년에 부진했지만 꽤나 유명한 야구 선수였다. 허창재는 가방을 송희와 세진에게 건넸다. 송희가 눈치를 보면서 가방을 열어봤다. 그 안에는 현금 뭉치가 들어 있었다.

"남는 장사 아니야? 한 사람당 각자 오천씩 떨어지는데."

"의욕이 활활 타오르는데요?"

송희가 신이 나서 말했고, 세진도 기쁜 표정을 지었다.

"요새 점점 더 체모검사로 바뀌고 있는 거 알지?"

그러면서 허창재는 왁싱의 중요성을 강조했다.

도핑을 방지하기 위한 움직임이 활발하게 이뤄지고 있었다.

특히, 체모 검사의 중요성이 더욱 강조되고 있었다. 과학의 기술로 검사 방법이 다양해졌지만, 마음만 먹으면 조작할 수 있다는 걸 세진도 알았다. 소변 검사의 경우 소변을 바꿔치기하는 경우는 여전히 비일비재하며, 혈액의 경우도 마찬가지다. 바꿔치기를 못 하면, 윗선과 접촉해 조작할 수 있다.

스포츠계에는 사람들이 모르는 카르텔이 존재했고, 한국에서는 허창재가 그 중심이었다. 그동안 야구계에서도 체모 검사에 대해 거부하는 입장을 보여 왔지만, 최근 들어 몇몇 선수들이 도핑 검사에서 양성 반응이 보여 이제는 체모검사를 실시했다. 체모는 인위적 처리 또는 외부환경에 덜 노출되어, 특정 정보를 얻을 수 있는 특징이 있다. 허창재와 함께 온 야구 선수는 반신반의하는 모습을 계속 보였다.

"혈액, 소변 검사에서 검출되지 않도록 형님이 해줄 거라고요?"

선수는 재차 확인했다.

"그런데 이놈들이 무조건 겨드랑이털을 채취한다는데, 여기를 왁싱하면 더 의심할 텐데."

선수는 걱정스러운 말을 했고, 세진은 왁싱젤을 하나 꺼냈다.

"특수한 왁싱젤을 바르면, 체모에서 검출되지 않게 할 수 있어요. 이미 지난번에 해외 유명선수도 그렇게 작업해서 아무 이상 없었고요."

송희가 끼어들며 말했다.

"그러면 그 젤을 온몸에 바르면 되겠네. 왁싱 안 하고?"

야구선수 입장에서 당연히 할 수 있는 질문이었다.

"이건 임시 방편용이에요. 오래 가지 않아요. 그리고 강한 성분이 들어있기 때문에 피부 질환 같은 게 생길 수도 있어요."

송희가 차분하게 답했다.

"믿으세요, 우리를."

세진은 말하고 나서 바로 왁싱에 들어갔고, 일을 후딱 해치웠다. 그리고 그녀는 특수한 성분이 들어간 왁싱젤을 남자의 겨드랑이털에 도포했다.

"검사부터 결과까지. 이틀 정도 시간이라고 하셨죠? 안전할 거예요."

세진의 그 말에, 야구선수는 안심하는 표정을 지었다.

야구선수가 떠나면, 그다음 손님은 스포츠 선수는 아니었지만 익숙한 사람이었다. 유명 여자 연예인이었다. 그녀는 전신 왁싱을 원했고, 세진은 작업에 들어갔다.

"예전에 마약하기 전, 머리카락을 미리 준비해놓은 게 있어요. 그걸 경찰에 제출할 거예요. 절대로 머리 외에 다른 체모는 채취할 수 없도록 이야기해 놓았고요."

여자 연예인은 수다스럽게 말했다.

스포츠 선수, 연예인, 재벌 3세, 기업인, 조폭, 경찰까지. 세진과 송희는 비밀리에 왁싱을 계속 진행했다. 이들의 왁싱은 올바른 왁싱이 아니었고, 도핑과 마약 복용을 감추기 위한 올바르지 못한 왁싱이었다. 정해진 손님의 왁싱이 모두 끝나면, 청소업체가 와서 깨끗하게 정리했고 흔적이 남아있는 부직포들은 그들이 모두 처리했다. 세진은 범죄에 더욱 깊게 물든 자신의 모습이 추하다고 느껴졌다. 발을 빼고 싶었다. 하지만, 아직은 때가 아니었다.

***

트레이닝 룸에서 채동수는 유연성 훈련을 하고 있었다. 허창재가 들어와 단백질 음료를 건넸다.

"컨디션 어때?"

"나쁘지 않은 것 같아."

채동수는 음료를 입 안으로 넣었다.

"이거 봤냐?"

허창재가 스마트폰으로 동영상을 보여줬다. 흑인 선수가 인터뷰하는 모습이었다. 이번에 참가하는 선수였고, 지난 올림픽 금메달리스트이기도 했다. 그는 채동수에 대한 질문을 기자로부터 받았다. 잠시 생각하던 그 선수는 채동수의 성적 향상이 놀라우면서도, 의심스럽다고 말했다.

"이 새끼가 돌았나? 이대론 저 새끼한테 못 이겨. 형도 알잖아."

"걱정 하지 마. 다 방법이 있으니까."

***

　대형승합차 안에 핵심 올림픽 컴퍼니 멤버가 오랜만에 한자리에 모였다. 주변 눈을 의식해야 했기 때문에 차 안이 가장 안전하다고 판단한 것이었다. 허창재, 채동수, 강민하, 조인혁, 오혜연, 새로 들어온 형사 심경두, 그리고 세진과 송희까지 그 안에 있었다. 오혜연은 이번 서울 올림픽 도핑 검사방법에 대해 설명했다.

　"혈액과 소변은 문제될게 없겠군. 거기 담당자들도 커넥션이 있으니까."

　허창재는 이미 거기까지 손을 써놓았다.

　"형, 문제는 경기력이야."

　채동수가 고민이 많아 보였다.

　"이번에 죽이는 거 있어. 근데, 하루 전에 투여해야 경기력이 극대화될 거야. 장딴지 근육에 힘을 폭발시켜주는 약이지. 랜스 암스트롱 알지? 그 아저씨도 이거 맞았지."

　조인혁은 아주 좋은 약물 제품을 소개하며 걱정하지 말라고 했다.

　"체모 검사는요? 2주 전부터 선수의 몸을 매일 체크해요. 이거에 대한 대책이 필요한데."

　오혜연은 자기의 생각을 말했고, 허창재도 그 점 때문에 이곳에 사람들을 모이게 한 것이었다.

"피부 모세혈관을 자극해 약 2주 동안 털이 안 나게 해주는 성분의 왁스를 쓰면 될 거에요. 그렇게 하면, 2주 전에 왁싱을 해도 털이 자라지 않을 거고요."

송희가 기다렸다는 듯 말했다.

"그 왁스를 사용하고 왁싱을 하면 2주 동안 털이 안 난다고? 그럼 이거밖에 없네."

막힌 문제가 풀린 것 같아 채동수는 주먹을 불끈 쥐었다.

"사례는 있나?"

"아직 없습니다. 최초로 시도하는 것입니다."

송희가 대답했다.

"이 방법뿐이 없어요. 반도핑기구에서 여러 사람을 붙여 감시할거에요. 그들의 눈을 빠져나가는 건 사실상 불가능해요."

오혜연이 거들며 송희의 의견에 동의했다.

"해외 생산자가 샘플로 테스트는 해보았기 때문에 걱정 안 하셔도 될 거에요."

"그럼 검증 된 거군."

채동수가 한숨 돌린 표정을 지었다.

"언제쯤 준비되지?"

허창재가 물었다.

"혹시 모르니까, 저희가 해외로 직접 날아가서 요청한 전성분에 맞게 왁스를 만드는지 봐야 할 것 같습니다."

왁스에 대해서 송희는 막힘이 없었다.

"당장 출발해. 그럼."

"세진이가 가야 할 것 같습니다."

"왜지?"

"그쪽에서 직접 왁싱을 할 왁서가 오라는 연락을 받았어요. 아무래도 새로운 전성분을 쓰니 주의해야 할 사항을 직접 시범을 보여주면서 알려줄 것 같아요."

송희의 설명에 허창재는 고개를 끄덕였다. 그는 그 즉시 직원에게 전화를 걸어 일등석 비행기표를 끊었다. 겉으로 세진은 놀란 표정을 보였지만, 속으로는 전혀 당황하지 않았다.

**

사람들이 밀집된 야구장으로 들어온 세진은 커플들의 모습이 눈에 띄었다. 재섭이 살아 있을 때, 그와 함께 야구장에서 많은 시간을 보냈다. 그와의 추억이 떠올랐다. 세진은 재섭을 죽인 범인이 지범이라는 것을 알아냈다. 여기서 멈춰도 됐다. 하지만, 세진은 지범이 이용당했다는 것을 알고 있었다. 그의 입장을 이해하는 데 오랜 시간이 걸렸지만, 상황 자체가 그를 그렇게 만들었다. 결국, 그 사람도 목숨을 잃었으니까.

숱한 사람들 속을 헤집고, 세진은 비어 있는 좌석에 앉았다. 옆에 앉아 있는 사람은 바로 필상이다.

"세진 씨 미안해요. 부탁한 건 준비됐죠?"

"예, 준비했어요. 돈은 걱정하지 마세요."

"선배 통해서 진짜 어렵게 찾은 정보인데, 이 새끼가 돈을 더 달라고 해서. 뒷정보 캐고 다니는 기자들이 원래 이래요."

"돈은 많아요. 정보만 확실하다면."

"알아보니까 미국 시애틀 쪽에 있는 것 같아요."

필상은 자료를 세진에게 넘기려는데, 뒤에서 그 자료를 누군가 채갔다. 깜짝 놀란 세진은 뒤돌아보았다.

"기자를 만나고 있었네."

세진의 뒤를 밟고 있던 건 송희였다.

"그거 내놔."

낮은 목소리로 세진은 말했다. 송희는 자료를 돌려줄 생각이 없어 보였고, 서류를 꺼내려고 했다.

"그거 이 자리에서 꺼내지 마."

송희는 작정하고 세진을 따라온 것이었다.

"나가서 이야기하자."

세진은 조용하게 타일렀지만, 송희는 미동도 하지 않았다.

"난, 그동안 니가 하라는 대로 다 행동했어. 너도 내가 원하는 것을 알잖아."

송희가 자리에서 일어났다. 세진과 필상은 그를 따라갔다. 세진은 그녀에게 알고 있는 사실을 말해줘야 할 것만 같았다.

***

세 사람은 주차장에 서 있었다. 사람들은 주변에 없었다. 송희는 파일철을 펼치고 살폈다. 역시나 그녀의 예상대로였다. 세진이 하려는 일은 위험 부담이 컸고, 그녀가 출장을 가려고 하는 것도 사실은 서류 속의 인물을 만나기 위해서였다.

"일단, 그거 줘."

세진은 먼저 서류를 받길 원했다.

"아씨! 진짜 짜증나게 하지 말라고."

평소보다 송희는 흥분한 모습을 보였고 서류를 찢어 버리려고 동작을 취했다.

"그거… 찢으면 안 돼요. 사본 없다니까!"

필상은 다급한 표정으로 소리쳤다. 큰돈을 지불하고 얻어낸 정보였다.

"빨리 말하라고!"

정말로 송희는 서류를 찢으려고 했다. 절박한 모습이었고, 그 역시도 오랜 시간 지범의 죽음에 대한 진실을 찾기 위해 여기까지 온 것이었다.

"들어도 복수 못해, 너는."

세진은 안타까운 표정으로 송희를 봤다.

***

왁싱샵에서 일하는 직원이 나와 어디론가 걷기 시작했다. 왁싱샵 직원은 어두운 거리를 계속 걸었고, 그곳은 인적이 드물었다. 전봇대에 서 있는 사람은 지범이었고, 직원은 그 앞에 섰다.

직원은 자신이 숨겨놓은 물건을 지범에게 건넸고 그 자리를 빨리 떠났다. 지범은 이 체모를 검사한 이후 모든 사실을 있는 그대로 발표할 생각이었다. 그 이후에 경찰, 검사가 개입하여 사건을 조작해도 상관없었다. 지범은 자신의 위치에서 사실을 발표해 사람들이 알아주길 원했다. 그렇다고 자신이 죽인 재섭이 돌아오는 건 아니었지만, 그렇게 하고 싶었다.

지범은 재섭을 죽이고 싶지 않았다. 허창재와 그의 일행들 때문에 살인을 한 것이었지만, 어쨌든 그의 손으로 재섭을 죽인 건 사실이었다. 그건 분명 용서받을 수 없는 부분이었다.

그때, 그의 뒤에서 누군가 나타났고 지범은 곧 정신을 잃고 쓰러졌다. 뒤에서 지범을 벽돌로 친 남자는 비닐백을 가지고 사라졌다. 그 비닐백 안에는 채동수의 체모가 들어 있었다.

**

지하 주차장을 걷는 허창재는 차량을 찾고 있었다. 만나야 할 상대는 주변을 워낙 경계하고 높은 곳으로 올라가야 할 사람이니 자신도 조심스럽게 행동해야만 했다.

차량은 CCTV가 없는 곳에 세워져 있었다. 허창재가 뒷문을 노크하자 문이 열렸고, 그는 차에 탑승했다.

"잘 지내셨습니까? 요새 엄청 바쁘실 텐데 연락받고 깜짝 놀랐습니다."

허창재는 차에 탑승해 있는 김진우의 현재 상황을 알고 있었다. 4개월 후면 대통령 선거였다. 그렇기에 김진우는 어느 때보다 행동을 조심해야 할 시기였다. 그런데도, 이렇게 그가 부른 이유를 보니 상당히 중요한 일이라는 걸 허창재는 직감했다.

"자네하고 일하는 업자 말이야."

김진우가 운을 띄웠고, 그는 생각을 정리하고 있었다. 막상 이렇게 허창재를 불렀지만, 끝까지 고민하는 표정이 역력했다. 그는 중요한 결정을 내려야만 했다.

"혹시, 지난번에 조지범 검사관 작업한 친구 말씀하시는 건가요?"

눈치가 빠른 허창재가 질문했다. 두 사람 사이에 중요한 일은 흔적을 지우거나 아니면 사람을 제거하는 일, 둘 중 하나였다.

"그래, 그 사람 실력 확실하지?"

"저는 일할 때 확실하고, 실력 있는 사람들하고만 일합니다. 왁서를 보셔도 아실 겁니다. 제가 관리하는 친구들은 업계에서 가장 실력 있다고 보시면 될 것 같습니다."

"해외에서도 움직일 수 있는 건가?"

"그럼요. 그 먼 아프리카나 중남미 지역도 가능합니다. 무조건 가능하죠. 근데 누구인가요? 직접 이렇게 부르신 걸 보면, 정치계 쪽 인물인가요? 리스크가 있긴 하지만, 뭐 해야죠."

허창재는 여전히 자신만만해하는 얼굴이었다.

김진우는 사진 한 장을 꺼냈다.

"보고, 바로 찢어. 그리고 묻지 마. 알겠지?"

김진우가 말하고 나서 허창재는 사진을 살폈다.

"위원님, 잘못 주신 건 아니시죠?"

허창재는 많이 당황하고 있었다. 이 사람을 죽이라는 건, 그의 머릿속에 없는 것이었고 자신은 못 할 일이었다.

"말했지 내가? 봤으면, 실행해."

"예… 알겠습니다. 정리 후에 보고 드리겠습니다."

허창재는 깍듯하게 말했고, 사진을 다시 보고 찢기 시작했다. 사진 속 인물은 김진우의 딸 김동미였다.

***

컴퓨터 앞에 앉아 있는 세진은 필상이 준 자료를 가지고 검색하기 시작했다. 김진우의 딸 김동미가 거주하는 곳은 시애틀이었다. 세진은 캐나다행 비행기표를 확인했다. 그녀는 왁싱 제조업체를 만나기 위해 캐나다로 가야만 했다. 시애틀로 가서 어딘가에 있는 김동미를 만나야 하는데, 시간적인 여유가 없었다.

좋은 방법이 없을까 궁리하던 세진은 독일 선사의 홈페이지에 접속했다. 선사 사이트에는 배의 현재 위치와 컨테이너의 위치도 알 수 있었다. 그녀는 컨테이너 넘버를 입력하는 공간에 마우스 커서를 댔다. 그리고 그녀는 자신이 기억하고 있는 컨테이너 넘버 SEGU2424를 쳤다. 그 컨테이너 넘버는 세진이 왁싱 작업을 했던 빈 컨테이너였다.

화면이 바뀌었고 현재 컨테이너가 어떤 배에 선적되어 이동하는지 알 수 있었다. 여러 나라를 이동했던 컨테이너는 5일 후에 시애틀 항구에 도착할 예정이었다.

매일 세진은 컨테이너 위치를 추적하고 있었고, 컨테이너가 미국 시애틀 항구에 도착하길 기다렸다. 세진은 컴퓨터를 껐다. 컨테이너 안 습도기에 숨겨놓은 초소형 카메라가 자신의 손에 다시 돌아올 수 있는 기회였다.

그러나 여전히 문제는 남아 있었다. 왁스 제조업체는 캐나다에 있었고, 김진우의 딸 김동미가 거주하는 곳은 시애틀이었다. 세진은 어떤 이동 경로를 활용해야 세 마리의 토끼를 잡을 수 있을지 고민했다.

***

오전 비행기를 타야 하므로 세진은 집에서 일찍 나왔다. 그녀는 여행용 가방을 끌고 공항버스를 타기 위해 이동했다. 아직도 그녀는 이동 경로에 대해서 확실히 결정을 내리지 못했다. 일단은 캐나다로 가야만 했다. 그녀는 출발하는 날짜와 돌아오는 날짜 모두 허창재에게 보고했다. 중간에 캐나다에서 시애틀로 넘어가는 시간을 최대한 확보하는 게 필요했다.

차의 경적 소리가 울렸다. 세진은 그냥 무시한 채 가려고 하는데, 경적 소리는 계속 울렸다. 차가 그녀 앞을 막아섰다. 운전석에서 내린 사람은 송희였다.

"타! 데려다줄게."

"왜 왔어? 버스 타고 갈 거야."

세진은 지나치려고 했는데, 송희가 그녀의 가방을 뺏어 바로 트렁크에 넣어 버렸고 그녀를 차에 태웠다.

차는 공항을 향해 달렸다. 세진은 머릿속이 복잡했다. 캐나다 제조업체와 만나기로 한 약속 시간을 늦출 수 있으면 좋을 텐데.

"캐나다에서 무조건 설명 들어야 하는 거지? 제품만 받을 순 없는 거지?"

세진은 다시 확인했다.

"당연한 거 아냐? 똑바로 설명 듣고 와. 놀다 오지 말고."

송희가 핀잔을 줬고, 어느덧 차는 주차장으로 향했다.

"난 내릴게."

"아침이라도 먹고 가. 사줄게."

차는 지하 주차장으로 진입해 세진은 내릴 수가 없었다.

"안 하던 짓 한다. 진짜."

세진은 짜증을 냈다. 송희는 무시하고 차를 세웠다.

두 사람은 에스컬레이터를 타고 1층으로 올라왔다. 송희는 손가락으로 식당 코너를 가리켰다.

"밥 먹고 가. 배고플 텐데."

"됐어. 데려다줘서 고마워. 갔다 올게."

"비행기표 잠깐 줘봐"

"왜?"

세진은 가방에서 비행기표를 꺼내 잠시 송희에게 넘겼다. 그런데 송희는 비행기표를 과감하게 찢어버렸다.

"뭐 하는 거야?"

"거기 갈 필요 없어."

"뭐?"

당황스럽기만 한 세진에게 송희는 뒷주머니에 넣어둔 비행기표를 건넸다. 미국 시애틀로 향하는 비행기표였다.

"캐나다에 공장은 있는 거 맞아. 하지만, 미국에도 공장이 있어. 담당자도 명함은 캐나다로 되어 있지만, 사실 미국에서 근무해. 약간의 구라를 좀 쳤지."

"그게 정말이야?"

"뭐, 타이밍이 좋았어. 잘 갔다 오고. 허창재 새끼한테는 캐나다 갔다고 말할게. 미국 가서 뭘 하려는 거잖아?"

"하, 고마워."

세진은 정확히 자신이 원하는 부분을 알고 있는 송희가 고맙기만 했다.

"갈게. 굳이 연락하지 마. 연락 안 오면 잘 있는 걸로 알 테니까."

세진은 손을 흔들고, 미국행 비행기에 오르기 위해 떠났다. 송희는 그 모습을 걱정스럽게 바라봤다. 곧 대통령이 될 사람의 딸을 만나서 뭘 할 생각이야. 걔가 너의 뜻대로 움직이지 않을 텐데. 자기 아빠도 컨트롤 못하는 사람인데.

송희는 출구 쪽으로 걸어갔고, 어떤 남자를 지나쳤다. 그냥 스쳤을 뿐인데, 굉장히 낯이 익다는 기분이 들었다. 송희는 뒤돌아서 봤다. 어디선가 본 인물이 확실했다. 그녀는 긴가민가한 표정으로 걸었다. 세상엔 닮은 사람도 많았지만, 분명 본 얼굴인 것 같았다. 그런데, 이름이 생각나지 않았고 장소도 기억이 안 났다. 잘못 본 걸까. 다시 송희는 공항 안으로 들어왔지만, 남자는 이미 사라지고 없었다.

***

죽은 함유준의 대체자인 강력계 형사 심경두는 경찰서를 나오는 동료들과 함께 근처 식당으로 이동하기 위해 횡단보도 앞에 섰다. 그는 반대편에서 손을 들고 있는 송희에게 자연스레 눈길이 갔고 잠시 얼굴을 찡그렸다. 심경두는 동료들에게 스마트폰이 고장나 수리를 위해 잠시 AS 센터에 다녀오겠다고 말했다. 송희는 그의 뒤를 따라갔다.

"이렇게 막 찾아오면, 곤란하다는 거 알 텐데."

"알죠. 그래도, 형사님한테 좋은 이야기 해주려고 온 거에요."

"뭔데?"

"함 형사님 그렇게 되고, 가장 늦게 합류하셨잖아요."

"그래서?"

"함 형사님…"

"어이, 하지 말지. 그 사람 이야기는."

심경두는 서둘러서 잘랐다. 그는 함유준의 이름이 나오는 걸 싫어했다.

"제가 허 대표님하고 자주 만나는 거 아시죠? 왁싱 할 때마다."

"어, 그게 뭐."

"심 형사님도 잘 챙겨 달라고 말할 생각이에요."

송희는 알고 있었다. 비리 형사는 돈으로 움직인다.

"너, 보기보다 괜찮은데."

"제가 잘 말씀드릴게요. 근데, 하나만 부탁 좀 할게요. 함유준 형사님 주변 인물 관련한 건데."

송희는 그 인물에 대해서 묘사했다.

***

송희는 처음 오픈한 왁싱샵 내부를 정리하며 자신과 세진의 피부미용 자격증을 떼어냈다. 이곳은 영업을 중지할 계획이다. 복수를 위해 왁싱을 배워 왁서가 되었지만, 송희는 나름 이일에 대해서 뿌듯함도 느꼈고 무엇보다 자신이 남들보다 잘 할수 있다는 것을 발견한 건 큰 수확이었다.

잠시 의자에 앉았다. 새벽부터 일찍 일어나 세진을 공항에 데려다주고, 심경두까지 만나니 피곤이 이제 몰려왔다. 그래도, 여전히 그의 머릿속에는 공항에서 지나친 남자 생각뿐이었지만 기억력에 한계가 있어 좀처럼 기억이 나지 않았다. 송희는 전화를 받았다. 심경두의 전화였다.

"대충 알아봤어. 새로운 게 나오긴 하네."

"어떤 거예요?"

"그 나머지 한명의 이름은 도노반."

"도노반이요? 왁서인거죠?"

"아냐, 기술자야. 살인 쪽으로."

"젠장."

"뭐라고?"

"형사님한테 그런 거 아니에요. 알겠습니다. 이만 끊을게요."

스마트폰을 내려놓은 송희의 얼굴이 심각하게 굳어버렸다. 함유준이 데리고 온 와서 2명 중에 한 명은 유명한 와서가 맞았다. 하지만 나머지 한 명은 아니었다. 그는 살인 청부업자였고, 송희가 공항에서 본 사람은 그자가 맞았다. 송희는 앞으로 어떤 일이 벌어질지 짐작이 가기 시작했다. 어쩌면, 세진은 시애틀에서 죽을지도 모른다. 그가 여기서 할 수 있는 일은 음성 메시지를 남기는 것뿐이다.

***

시애틀 공항에 도착한 세진은 비행기에서 내렸다. 그녀는 장시간 비행기 안에 있다 보니 머리가 아팠고 지쳐 보였다. 일단 오늘 하루 그녀는 호텔로 가서 푹 쉬고 싶었다. 비몽사몽인 상태에서 그녀는 느릿느릿하게 움직이며 입국심사를 마치고 수하물을 찾기 위해 이동했다. 꺼져 있던 스마트폰의 전원을 켰다. 음성 메시지가 하나 도착해 있어 귀에 대고 확인했다. 듣는 순간, 그녀는 정신이 번쩍 들었다. 세진은 서둘러서 수하물이 나오는 컨테이너 벨트 쪽으로 뛰기 시작했다.

렌트카를 빌려 운전하는 세진은 최대한 속력을 냈다. 한 손으로 스마트폰을 만지며 송희가 녹음한 음성 메시지를 크게 틀고 다시 확인했다.

"그때 우리랑 경쟁했던 왁서 기억나지? 그중에 남자 있었잖아. 그 새끼 조심해. 도노반이라고, 업계에서 유명한 살인 청부업자래. 경찰 심경두 새끼한테 확인했어. 아마 정보가 맞을 거야. 문제는 내가 공항에서 그놈을 봤다는 거야. 무슨 말인지 알겠지? 그 새끼도 지금 시애틀에 가서 네가 만나려는 사람을 찾을 거라고."

마음이 급한 세진은 차의 가속 페달을 밟아 속력을 올렸다. 이곳 시애틀 어딘가에 한국에서 날아온 살인 청부업자가 자신과 마찬가지로 동일한 인물을 찾고 있었다. 세진은 기억을 돌려 유명 왁서와 대결했던 그 순간을 떠올렸다. 유명 왁서와 함께 온 남자, 살인 청부업자 도노반의 얼굴이 떠오르기 시작했다.

***

한창 마약 파티가 벌어졌다. 백인, 흑인 무리 중에 아시아인 여자 김동미가 보였다. 그녀는 능숙하게 마약을 흡입했지만, 영 만족스럽지 않은 얼굴이었다. 그녀가 자리를 떠나려고 하는데, 백인 여성이 그녀를 막았다.

"Japanese guy is coming."

"Japan?"

"This guy is famous Asian drug dealer. He's gonna

bring new product."

"Awesome."

김동미는 소파에 앉아서 대마초를 피우기 시작했고, 새로운 물건을 가지고 올 일본인 마약 딜러를 내심 기대했다. 좀 더 자극적이고, 정신을 몽롱하게 만들 수 있는 물건이 그녀는 지금 당장 필요했다.

몇 시간 후, 문을 노크하는 소리가 들렸다. 문을 지키고 있던 사람이 암호명을 대라고 하자, 그는 'Japanese Food' 라고 말하자 문이 열렸다. 집 안으로 들어온 사람의 정체는 도노반이다. 그는 간단히 자기소개를 한 뒤 가지고 온 물건을 보여줬다. 김동미는 앞장서 물건을 확인하고 코에 흡입했다. 다른 사람들도 차례로 흡입했고, 기다리는 사람은 도노반에게 냉장고에 맥주가 있다고 했다. 도노반은 부엌 쪽으로 가 냉장고에서 맥주를 꺼내 입에 댔다. 그의 시선은 김동미에게 향해 있었다.

뒤늦게 5층 건물앞에 도착한 세진은 마음이 급했다. 살인 청부업자는 확실히 준비된 상태로 김동미에게 접근했을 것이다. 그녀는 김동미가 머무는 곳을 알았지만, 정문으로 들어갈 수 없었다. 세진은 옆으로 가서 사다리를 타고 올라가니 화장실 창문이 보였다. 창문 크기는 매우 작았다. 세진은 도박성이 있지만, 그쪽으로 뛰어서 난간을 잡았다. 한 손으로 창문을 툭툭 치니 다행히도 창문은 열려 있었다. 힘겹게 버티던 그녀는 온 힘을 다해서 몸을 구겨 넣어 화장실 안으로 들어올 수 있었다.

그녀는 조심스럽게 화장실 문을 열었다. 힙합 음악이 흘러 나오고 있었다. 세진은 집안 안쪽으로 걸음을 옮겼다. 이 안에는 5명이 있었다. 세진은 맥주를 마시고 있는 도노반의 모습을 확인했다. 그는 소파에 앉아 있는 김동미를 보고 있었다. 이때, 김동미가 일어나 화장실 쪽으로 걸어갔다. 세진은 먼저 화장실 안으로 들어가 샤워 커튼 뒤로 숨었다. 김동미가 화장실로 들어와 문을 닫았고 그녀는 칼로 자신을 위협하고 있는 세진을 봤다.

세진은 절대로 소리 내지 말라는 신호를 보냈고, 그녀는 미리 적어온 메모지를 그녀에게 건넸다.

난 당신을 구하려고 온 거에요. 도노반은 일본 사람이 아닙니다. 한국에서 날아온 살인 청부업자입니다. 지금부터 내가 시키는 대로 행동해요.

믿을 수 없다는 표정의 김동미는 그 사실을 인정하려 하지 않자, 세진은 그녀의 목에 칼을 들이댔다.

"살고 싶으면, 내 말 따르라고."

세진은 강한 어조로 말했다.

김동미는 고개를 끄덕였다. 잠시 후, 김동미는 화장실을 나와 친구 옆에 바짝 다가앉았다. 세진은 그 모습을 화장실에서 지켜보며 도노반의 표정이 굳는 걸 보았다. 도노반은 김동미를 조용한 곳에서 처리하길 원할 것이다. 일이 커지는 걸 원하지 않겠지.

갑자기 김동미는 커피가 마시고 싶다며 자신이 커피를 사오겠다고 일어났다. 이때가 기회다 싶어 도노반도 같이 가겠다며 자신이 운전해주겠다고 말했다. 김동미는 갑자기 속이 안 좋아 화장실을 갔다가 내려갈 테니 차량 모델을 물었다. 도노반은 회색 차량과 번호를 알려줬다. 곧장 김동미는 화장실로 들어가 물을 틀어넣고 이 정보를 세진에게 귓속말로 알렸다. 세진은 다시 화장실 창문 밖으로 나갔다.

***

차량으로 향하는 도노반은 마음은 가벼웠다. 김동미를 안에서 죽이려고 했는데, 생각보다 사람이 많아 일 처리가 쉽지 않았기에 그녀를 밖으로 빼내야만 했다. 그런데, 김동미가 제 발로 밖으로 나온다고 했다.

도노반은 생각보다 일이 쉽게 풀릴 것 같았고, 빨리 일 처리를 한 뒤에 김동미가 도망갔다고 거짓말을 해 받아야 할 금액을 올릴 생각이었다. 그다음에, 라스베가스 카지노로 가서 바카라를 한 뒤 편히 호텔에서 쉬는 날을 머릿속으로 그렸다. 회색 차량 앞에 도착한 그는 차 키로 문을 열었고 운전석에 탑승했다. 그는 문을 닫았는데, 뒷좌석에 숨어 있던 세진이 전기충격기로 도노반을 공격해 그는 잠시 의식을 잃고 쓰러졌다.

멀리서 김동미가 뛰어왔다. 세진은 차에서 내려 김동미와 함께 기절한 도노반을 밖으로 끌어냈다. 둘은 힘을 합해 도노반을 트렁크에 넣었다. 아무 일 없었다는 듯, 세진은 운전석에 올라탔고 김동미는 조수석에 탑승했다.

둘이 탄 차는 내리막 경사로에서 멈췄다. 눈앞에 강이 보이는 장소였다. 세진과 김동미는 차에서 내렸다. 둘은 손으로 차를 밀었다. 차는 하강하며 바다에 빠졌다. 세진은 자신의 두 손을 보았다. 상대는 살인 청부업자였지만, 자신도 그가 했던 것처럼 똑같이 살인을 했다. 실감이 나지 않아 세진은 고개를 숙였다. 자신의 직업은 왁서이면서 동시에 살인자였다. 자신을 구해줘서 고맙다고 말하는 김동미의 말이 들리지 않았다.

* * *

햄버거와 감자튀김을 파는 동네 식당에 세진과 김동미는 마주 앉았다. 세진은 음식을 입에 넣기가 힘들었다.

"구해줘서 정말로 고마워요."

또다시 감사함을 표시하는 김동미였다.

"나도 내 이익을 위해서 행동한 거예요."

"돈이죠? 원하는 만큼 다 줄게요. 내가 누군지 알고 접근한 거잖아요."

"그런 거 아닌데… 왜 내 말에 대해서 의심을 안 하고 바로 협조한 거예요?"

"그런 불안감을 느꼈으니까요. 아빠하고 연락 안 한지는 오래됐어요. 쳇, 개 같은 인간. 이제는 날 죽이려고 하다니. 근데 내가 그 자리에 있어도 그렇게 할 것 같아요. 자기는 곧 있으면 대통령이 될 텐데, 자식은 약을 하고 있으니까."

세진은 돈이 많은 김동미를 바라봤다. 처음으로 그녀에게 연민의 감정이 느껴졌다. 자기를 낳고 키워준 부모가 의뢰한 살인 청부업자에게 쫓기는 그녀의 신세가. 이번에 김동미는 위기를 넘겼지만, 평생 그런 위험에 시달릴 것이다. 지금 마약을 끊는다고 해도, 과거는 지울 수 없었다.

"돈 얼마 필요해요?"

김동미는 아직도 세진의 목적이 돈이라고 착각했다. 모든 사람이 그녀에게 그런 식으로 접근했다.

"돈은 필요 없어요. 당신의 사진, 그리고 간단한 인터뷰만 원해요."

세진의 말에, 김동미는 한참 생각하더니 고개를 끄덕였다.

"참, 내 부탁도 들어줄 수 있어요?"

"어떤 거죠?"

"같이 친구처럼 사진 한 장 찍어요."

김동미는 스마트폰을 꺼냈고 세진에게 스마트폰을 보라고 말했다. 세진은 그녀의 상황을 알 수 있었다. 그녀 옆에는 아무도 없었다.

"하나, 둘 셋."

김동미는 사진 촬영 버튼을 눌렀다.

식당 안의 사람들이 보기에 두 사람은 별 사연 없는 평범한 아시아 출신의 여성들이라고 생각할 것이다. 현실은 그렇지 않았지만, 세진과 김동미는 다른 사람들에게 그렇게 보이길 원했다.

*　*　*

두 사람은 잠시 함께 걸었다. 먼저 걸음을 멈춘 건, 김동미였다. 그녀는 이 근처가 아닌 다른 곳으로 이동할 생각이다.

"고마웠어요."

김동미가 쌀쌀한 바람을 맞으며 말했다.

"앞으로 어디에 있을 건데요?"

세진은 슬쩍 물었다.

"글쎄요."

김동미는 알려주지 않았다. 세진을 완전히 믿을 수 없었다.

"안 걸리네. 빨리 가요. 내 마음 어떻게 바뀔지 모르니까."

세진은 쓴웃음을 지었다.

김동미는 손을 들고 어둠 속으로 사라졌다. 그녀는 이제 또 다른 살인 청부업자로부터 살아남아야 했고, 그게 그녀가 선택한 운명이었다. 모든 건, 마약으로 시작되었다.

호텔로 돌아온 세진은 자신이 살아있다는 사실을 송희에게 알렸다. 그리고 도노반의 스마트폰으로 허창재에게 문자를 보냈다. 온몸이 피곤해서 세진은 침대에 누워 생각했다. 증거물이 담겨 있는 컨테이너가 곧 있으면 시애틀 항구에 도착한다.

***

시애틀에 위치한 제조업체의 공장을 방문한 세진은 책임자와 함께 공장을 둘러봤다. 현대식 시설의 공장은 흠잡을 데 없이 쾌적한 환경에서 왁스를 생산하고 있었다. 그리고 책임자는 공장 옆에 있는 건물로 세진을 안내했다.

그 건물에는 연구실이 있었다. 연구원들은 거물 바이어인 세진을 반갑게 맞이했다. 그리고 그들은 송희가 의뢰해 많은 비용을 들여 생산한 특별 왁스를 보여줬다. 이들은 이 왁스에 대해서 직접 샘플 테스트를 진행했고, 놀랍게도 왁스 사용 후에 2주 동안 털이 나지 않았다는 사실을 알려줬다.

세진은 설명을 듣고 나서 감사함을 표하고 왁스를 챙겨 밖으로 나왔다. 책임자는 점심 식사를 위해 근처 식당으로 이동하자고 말했는데, 세진은 정중하게 거절하며 대신 한 가지 부탁을 했다. 왁스 업체에서 수출시 물건을 선적하는 모습을 직접 시애틀항에 가서 보고 싶다는 것이다. 책임자는 그리 어려운 일은 아니라며 흔쾌히 수용했다.

곧바로 시애틀 항구로 이동하기 위해 차를 몰았다. 공장에서 시애틀 항구까지는 약 1시간 정도 소요됐다. 시애틀항에 도착한 세진은 차에서 내렸다. 그녀를 반긴 건, 항만에서 일하는 컨테이너 작업부 직원이었고 그는 반갑게 악수를 청했다. 갑작스러운 방문에 세진은 감사하다고 인사한 뒤, 한국에서 가져온 기념품을 그에게 건넸다.

직원의 안내 하에 세진은 항만으로 출입할 수 있었다. 직원은 왁스 제조사의 물건이 들어있는 컨테이너를 가리켰다. 크레인이 컨테이너를 집어 배에 선적하는 모습이 보였다. 한동안 감상하다가 직원과 세진은 컨테이너 야드로 이동했다. 컨테이너 야드에는 양하후 통관을 기다리고 있는 컨테이너가 모여 있었다.

이를 지켜보던 세진은 컨테이너 넘버를 알면 바로 찾을 수 있도록 시스템이 구축되어 있는지 질문했다. 직원은 어려운 일이 아니라고 했다. 세진은 컨테이너 넘버 SEGU2424를 알려줬다. 직원은 항만 터미널에서 일하는 직원과 전화해 위치를 알아냈고 이 근처에 있다고 했다.

계속 걷는 세진은 심장이 쿵쾅거렸다. 돌고 돌아서 이곳까지 왔다. 채동수와 올림픽 컴퍼니에게 속고 있는 사람들을 위해서 그 영상을 반드시 확보해야만 했다. 마침내 직원의 안내 하에 세진은 따로 떨어져 있는 컨테이너 SEGU2424 앞에 도착했다. 세진은 컨테이너 내부 상태를 살펴보길 원했다. 직원은 어렵다는 표정을 지었다. 그는 때마침 지나가던 동료에게 물었다. 해당 컨테이너를 관리하는 다른 직원은 일부 물량을 뺏기 때문에 컨테이너 씰이 해제되어 있어 잠시 안을 보는 것이 가능하다고 했다.

다른 직원이 컨테이너를 열었다. 이들은 세진이 호기심이 많다고 생각하며 자기들끼리 떠들기 시작했다. 세진은 컨테이너 안으로 들어갔다. 물건이 파렛트에 적재되어 있어 조심스럽게 밟고 올라가 습도기에 손을 댔다. 아직 초소형 카메라가 부착되어 있었다. 세진은 그것을 떼어 내 주머니에 넣고 컨테이너 밖으로 나왔다. 세진은 상냥하게 웃으며 다른 직원들에게 고맙다고 했다. 컨테이너 문은 닫혔다. 꽁꽁 숨겨져 있던 진실의 문이 열려야 할 때가 다가왔다.

15

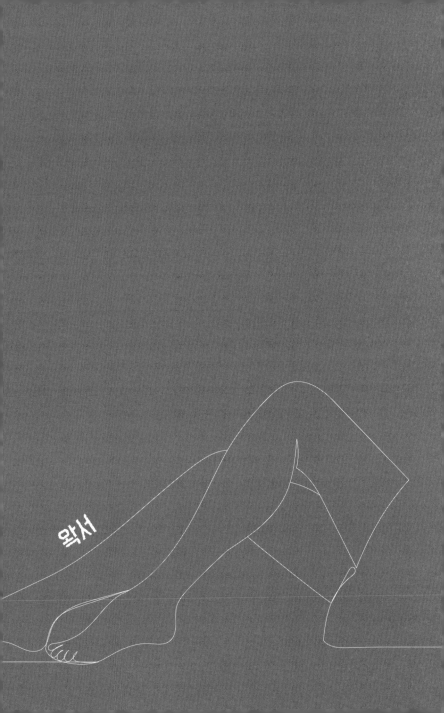
왁서

왁서

사무실에서 업무를 보던 허창재는 문자를 받고 표정이 굳었다. 이 문자가 의미하는 건 무엇일까. 도노반의 문자 같지는 않았다. 그에게 전화를 해보았지만, 전화기는 꺼져 있었다. 그리고 때마침 허창재를 찾아온 건, 심경두였다. 그는 송희가 자신을 찾아왔던 일에 대해서 말했다.

허창재는 도노반은 죽었지만, 김동미는 아직 살아있다는 걸 알았다. 그는 당장 송희를 찾아가려다가 다시 자리에 앉았다. 김진우가 나중에 어떻게 나올지 몰랐다. 그가 대통령이 되면 자신을 죽일 수도 있었다. 허창재는 이에 대한 보험이 필요했다.

"자네가 할 일이 생겼어."

"예, 뭐든지 하겠습니다. 잘 챙겨주신다면요."

허창재 또한 그만의 계획을 세웠다. 비즈니스 관계에서는 언제 어떻게 관계가 틀어질지 모르기 때문이다.

심경두가 떠난 후, 허창재는 정보원으로부터 전화를 받았다. 혈액검사, 소변검사에 대해서 모든 대비를 해놓았다는 것이다. 허창재는 준비가 척척 진행되는 느낌을 받았다. 이때 마침 유명 스포츠 용품회사에서 연락이 왔다. 이번에 채동수가 올림픽 1등을 하면 수백억짜리 장기 계약을 제시할 것이고, 시그니쳐 운동화 개발에도 착수한다는 이야기였다.

보통 시그니쳐 운동화는 소수의 선수들만 누릴 수 있는 특권이었다. 육상선수가 한다는 건 이례적인 일이었다. 게다가 업체는 대형 스포츠 용품회사였다. 허창재는 올림픽 금메달을 절대 포기할 수 없었다. 그뿐만 아니라, 다른 곳에서도 입질이 오고 있었고 정치권에서도 관심을 간접적으로 표현하고 있었다. 돈은 어느 정도 얻었다. 이제는 권력에 그는 초점을 맞추고 있었고, 욕심은 더욱 커져만 갔다.

***

인천공항에 도착한 세진은 올림픽에 참가하는 외국 선수들이 여럿 눈에 띄었다. 앞으로 올림픽은 2주가량 밖에 남지 않았고 공항에서 대기 중인 취재진들을 보아하니 그 분위기를 체감할 수 있었다. 누군가는 공정하게 경기하기 위해서 올림픽을 기다려왔다. 그러나 누군가는 이 시간에도 편법을 쓸 방법을 궁리 중이다. 세진은 자신이 결론을 지어야 할 그 길에서 이탈할 생각이 없었다.

세진은 고개를 푹 숙인 채 인천공항을 빠져나갔다. 공항 안에도 허창재와 올림픽 컴퍼니가 심어놓은 사람들이 있을 가능성을 충분히 고려해야만 했다. 원래 그녀는 내일 캐나다에서 오는 것으로 되어 있었고, 만약 하루 일찍 도착해 보고하지 않게 되면 괜한 의심을 살 수도 있었다.

출장은 나름 성공적이었다. 특별한 공정 절차를 거쳐 생산된 왁스는 올림픽 컴퍼니가 원하는 대로 그 효과를 충분히 발휘할 것이다. 이 왁스를 사용하면 까다로운 사진과 실제 모습을 비교하는 이중검사, 현장에서 실시하는 정밀검사도 모두 피해 갈 수 있을 것이다. 게다가 김동미를 죽이려고 했던 살인 청부업자를 제거한 것도 수확이었다.

세진은 공항 밖으로 나와 버스에 올라탔다. 제일 뒷좌석에 자리를 잡은 세진은 스마트폰으로 전화번호부를 살피다가 지금 연락할 사람이 단 한 명뿐이 없다는 사실을 깨달았다. 세진은 어떠한 미사여구 없이 고맙다는 메시지를 송희에게 보냈다. 마음속으로는 낯간지러운 표현들이 스쳐 지나가고 있었지만, 마음속에 묻어두었다. 버스가 출발해 목적지를 향해 달렸다. 세진은 답장을 기다리다가 전화해야겠다고 마음먹었지만, 눈꺼풀은 서서히 감겼고 손은 움직이지 않았다.

* * *

혼자서 왁싱 일을 마치고 퇴근한 송희는 자신이 살고 있는 빌라 앞에 섰다. 현관문으로 들어온 송희는 엘리베이터를 이용하지 않고, 곧장 계단으로 올라가 사는 곳을 지나쳐 옥상으로 향하는 문을 열었다. 옥상에 발을 디딘 송희는 난간 쪽으로 가서 빌라 주변을 살폈다. 송희도 자연스레 사람을 경계하는 습관이 생겼다. 범죄에 발을 담근 순간 이후부터 이런 행동이 시작됐던 것 같다. 하루하루가 불안해 마음 편히 잠들기가 어려웠다.

그렇게 주변의 움직임을 확인한 송희는 옥상에서 내려와 집으로 들어왔다. 잔뜩 녹초가 된 송희는 스마트폰을 탁자 위에 올려놓고 곧장 화장실로 들어갔다. 화장실 문을 열어놓은 상태에서 샤워 부스 안으로 들어가 몸을 씻기 시작했다. 송희는 매번 샤워할 때마다 문을 열어놓는 습관이 생겼다. 문이 닫혀 있으면 불안했다. 영원히 그 공간에 혼자서 갇힐 것이라는 두려움이 몰려왔다. 이런 불안감으로 인해 송희는 틈틈이 스마트폰을 응시했다. 스마트폰의 불빛이 깜빡거리는 것을 보아하니 문자가 온 것 같았다. 송희는 전화가 오면 나가서라도 받았을 텐데, 문자는 나중에 확인하자는 마음으로 물을 세게 틀고 마저 씻었다.

소리 없이 집 문이 열렸다. 초대받지 않은 손님은 바로 심경두와 허창재였다. 심경두는 원래 송희하고만 거래하려고 했지만, 사람은 잠을 자고 나면 항상 생각이 바뀐다. 거래 방식은 상황에 따라 사람에 따라 늘 유동적이다.

***

"다들 모였군."

허창재는 은밀하게 섭외한 지방의 허름한 물류창고에 모여 있는 올림픽 컴퍼니를 한 명 한 명 살피며 말했다.

이들과 섞여 있는 것에 대해 늘 거북함을 느끼는 세진도 곁눈질하며 다른 사람들의 표정과 창고의 분위기를 살폈다. 세진은 평소보다 송희가 침체되어 있다는 느낌을 받았고 잠시 그녀가 서 있는 쪽으로 걸어가려고 했지만, 허창재는 기회를 주지 않고 박수를 쳤다. 그건 왁싱 작업을 시작하라는 신호였고, 그 결정에는 토를 달아선 곤란했다. 잠시만 시간을 달라고 말하면, 그 자리에서 험한 꼴을 당할 것이다.

세진과 송희는 바로 작업을 준비하기 위해 가방에서 각종 도구를 꺼냈다. 모든 사람의 시선은 세진에게 향해 있었다. 그녀가 직접 가져온 스페셜 왁스를 꺼냈기 때문이다. 왁스는 송희에게 넘겨졌다. 준비하면서 세진은 자꾸만 송희의 움직임을 확인했다. 함께 있는 시간과 축적된 작업량으로 인해 각자가 작업을 준비하는 스타일을 알 수 있었다. 세진은 왁스를 관리하는 송희의 도구 중에 못 보던 왁스통을 하나 발견했다. 궁금해서 조심스럽게 질문을 하려고 목구멍까지 올라왔지만, 송희는 눈길 한번 주지 않았다.

채동수는 침대에 누운 상태였고 왁싱을 받길 기다렸다. 송희가 왁스를 녹이는 동안 세진은 다리, 겨드랑이에 모가 자란 부분을 확인했다. 왁스가 준비되면, 세진은 왁스를 바르려다가 송희를 쳐다봤다. 세진은 꼭 해야 할 말이 있었지만, 송희는 완전히 대화를 차단해버리기 위해 거리를 두고 있었다. 의심의 씨앗이 점점 피어오르고 있었다. 여기서 뒤로 물러나면 곤란하다는 걸 알고 있는 세진은 최대한 모와 밀착시켜 왁스를 채동수의 몸에 발랐다. 왁스가 굳으면 떼어내고, 잔털 정리까지 완벽하게 끝냈다. 송희가 천천히 그쪽으로 걸어오고 있었다. 그녀는 작업의 뒤처리를 도와줄 생각이 없었다. 송희가 손에 들고 있는 칼은 세진에게 향해 있었다.

"너도 똑같이 해. 네 남자친구가 했던 것처럼."

허창재의 지시였다.

송희는 망설이지 않고 곧 행동으로 옮길 기세였다. 세진은 어제 송희가 왜 반응이 없었는지, 그리고 오늘도 왜 자신에게 차갑게 행동했는지 이제야 알았다. 그런데, 한 가지 의문은 여전히 머릿속에 남아 있었다.

"뭐야? 이거!"

갑자기 채동수가 가려움증을 호소하며 벌떡벌떡 뛰었다. 허창재와 사람들이 채동수 주변으로 다가가 상태를 확인했고 급기야 피부 발진이 심하게 일어날 조짐이 보였다. 송희는 손에 들고 있는 칼을 바닥에 던졌다. 세진을 공격할 생각이 전혀 없었고, 오히려 살리고 싶었다.

"그냥 보내주세요. 제가 진정시킬 수 있어요."

송희는 손에 들고 있는 진정제를 보여줬다.

계획이 틀어져 짜증이 솟구친 허창재는 피부 상태를 확인하고는 강민하를 봤다. 강민하는 자신에게는 그런 진정제가 없다는 걸 표현하기 위해 고개를 저었다.

"가라, 그리고 평생 숨어다녀."

허창재의 경고였다.

세진은 뒷걸음질 치며 창고의 문에 기댔다. 혼자 남은 송희를 보면서 세진은 쉽게 발이 떠나질 않았다. 그러나 세진은 아직 해야 할 일이 있었고, 기회를 준 건 송희의 의지이기도 했다.

창고를 빠져나온 세진은 하염없이 뛰었다. 그리고 몇 분 후, 한 사람은 살아남고 한 사람은 생을 마감했다. 그러나 세진은 한 사람이 죽었어도, 자신의 몸속에는 두 사람이 존재하는 것 같았다.

***

새로운 왁스는 정말로 효과가 있었다. 체모 검사를 진행하는 검사관들은 지정된 방에서 채동수의 사진과 현재 모의 상태를 비교하고 있었다. 그들이 확인하는 사진은 오혜연이 촬영해 제출한 것이다. 검사관들은 현재 채동수의 모습에서 인위적으로 왁싱을 한 흔적을 전혀 발견하지 못했다. 가장 중요한 고비를 넘겼다. 채동수에 대한 소변검사도 실시했다. 검사관은 채동수를 보고 먼저 고개를 끄덕였다. 검사관은 도핑이 검출되지 않는 소변을 미리 준비해 놓았다.

올림픽 하루 전, 조인혁은 채동수에게 새로운 약물을 투여했다. 허창재는 어떤지 질문했다. 채동수는 기분이 묘했고 차츰 시간이 지나자 자신감이 상승했다. 약은 잠재적인 기량을 끌어낼 뿐 아니라, 정신력도 완전히 바꿔버린다. 특히나 초일류급 선수들의 승부는 멘탈적인 부분에서 성패가 갈린다. 100m 육상은 팀 스포츠가 아니다. 누군가의 도움으로 승리할 수 없다. 오직 자신이 증명해야만 한다.

"형, 이건 잘못된 게 아니야. 맞지? 실력 없는 새끼들은 약물 투여해도 영원히 올림픽 출전도 못하는 거잖아. 안 그래?"

채동수는 자신의 행위에 정당성을 부여하려고 했다.

"동수야. 다 그렇게 생각해."

"형, 만약에 말이야. 이번에 운 없어서 걸리면, 어떻게 할 거야?"

그 질문에 대해 허창재는 전혀 걱정하지 않는 모습을 보였다.

"쇼 좀 하면 되지. 너는 모르고, 그냥 의사가 비타민 주사 투여했다고 말하면 되는 거야. 미국에서도 유명 야구, 농구선수들이 걸렸지만 그런 식으로 넘어간다고."

"연기 좀 하면 되겠네."

검사실 안에서 두 사람의 웃음소리가 가득했다.

한편, 그 시각 올림픽 선수촌 앞에 열 명가량의 인원이 도착했다. 이들은 입구에서 신원을 확인한 뒤, 경비원의 안내를 받아 입장할 수 있었다. 일행의 존재는 바로 전문 왁서다. 이들은 수영 선수들에 대해서는 특별히 왁싱이 허가되어 선수촌 안으로 들어올 수 있었다. 이미 국제올림픽위원회에서 이 사안에 대해 물의 저항과 싸우는 선수들의 요구를 반영해 규정한 것이다. 그러나 엄격한 조건이 있었다. 올림픽위원회에서 지정한 업체의 왁서들에게 왁싱을 받아야만 한다.

왁서들은 선수촌을 걸었다. 그중에 모자를 푹 눌러쓴 한 명의 왁서는 모자를 잠시 벗었다가 이마에 맺힌 땀을 닦고 다시모자를 푹 눌러썼다. 그제야 세진은 나지막하게 안도의 한숨을내쉬었다.

***

올림픽 경기 당일의 아침에 채동수는 숙소의 화장실로 들어와 상의를 벗었다. 그는 거울로 자신의 모습을 보며 사람의 몸은 참 신비롭다는 생각이 들었다. 금지 약물을 투여하면, 근육이 단기간에 급속도로 붙었고 왁스도 마찬가지였다. 특별히 생산된 왁스는 2주 동안 모의 성장을 완전히 틀어막았다. 그리고 놀랍게도 시간이 지나자 지금 배와 겨드랑이, 대퇴부에 털이 나 있었다. 검사는 이미 끝났기에 털을 굳이 밀 필요가 없었지만, 채동수는 경기에 나가기 전 깔끔하게 제모를 하는 습관이 있었다. 이 루틴이 어긋나면, 경기에 방해가 된다. 특히나 개인 스포츠는 정신력 싸움이다. 루틴을 까먹고 시행하지 않아 정신력이 흔들리는 순간, 패배로 가는 지름길이다.

채동수는 샤워를 시작했고, 면도기로 제모를 하며 오늘 어떤 일이 있어도 반드시 승리하겠다고 다짐했다. 샤워를 마친 채동수는 사용한 면도기를 휴지통에 집어넣었다. 그리고, 채동수는 샤워기 하수구에 뭉쳐 있는 자신의 털을 흘깃 쳐다봤다. 뒤처리는 걱정하지 않아도 된다.

똑똑똑, 노크 소리와 함께 문이 열리고 허창재와 그가 함께 일하는 청소업체 직원이 방문했다. 허창재는 채동수의 자신감 넘치는 표정에서 오늘 써 내려 갈 역사의 순간은 곧 시간문제라는 것을 알았다. 결전의 순간을 위해 허창재는 채동수의 어깨를 두드리며 먼저 밖으로 내보낸 뒤, 숙소에 남아 있는 청소업체 직원에게 눈빛을 보내고 문을 닫았다.

청소업체 직원은 화장실로 들어가 쓰레기통에서 면도기를 꺼냈다. 그다음 바닥에 떨어진 털을 깔끔하게 정리했다. 그는 하수구 거름망에 채동수가 제모를 한 털이 뭉쳐 있는 것도 확인했다. 청소업체 직원은 샤워 부스 안으로 들어가 하수구 쪽으로 몸을 숙여 털을 지퍼백에 담으려고 하는 그때 직원은 머리에 뭔가 쿵 맞고 의식을 잃었다. 세진은 직원을 가격하고, 채동수의 털이 담긴 지퍼백을 챙겨 그 자리를 빠져나왔다.

***

올림픽 100m 단거리 육상의 결승이 시작됐다. 스타트 앞에 선 채동수는 결의에 가득 차 있었다. 여태껏 많은 일이 있었다. 처음 육상을 시작하면서 전 코치의 가르침, 친구 이대선으로부터 자극받아 실력을 성장시킬 수 있었다. 그러나 자신이 국제무대에 서고, 성적을 낼 수 있었던 이유는 모두 허창재 때문이다.

총성이 울렸다. 채동수는 뛰쳐나갔다. 일반적인 길을 걸었다면, 옆에서 같이 뛰는 실력자들을 상대로 이길 수 없다는 걸 채동수는 알았다. 약물의 힘이 필요했다. 경쟁자 중 몇몇도 약물을 투여한다. 이건 누가 걸리지 않느냐의 싸움이었다.

기적이 펼쳐졌다. 채동수가 가장 먼저 결승선을 끊었다. 그가 올림픽 100m 우승자가 되었다. 관중들은 채동수의 이름을 외쳤다. 그는 감격에 겨워서 눈물을 보였다.

*　*　*

인천 공항에서 세진도 대형 스크린으로 경기를 지켜봤다. 사람들은 얼싸안으며 채동수의 이름을 연호했다. 한일월드컵 4강에 버금가는, 아니 더 많은 응원을 받는 채동수였다. 월드컵은 팀이었지만, 채동수는 혼자였다. 오로지 그의 몫이었다.

그렇다고 해서 세진은 자신의 계획을 변경할 생각이 없었고, 채동수를 축하해 줄 마음도 없었다. 그녀는 독일로 떠나기 위해 비행기에 올라탔다. 세진은 독일 연구기관에 자신이 직접 찾아낸 채동수의 체모를 제출하겠다고 마음먹었다.

*　*　*

평소와 같이 사무실에서 스포츠 경기 기사를 작성하는 필상은 소포를 받았다. 그 안에는 체모검사 테스트 결과 리포트, USB, 편지가 들어 있었다. 보낸 사람의 이름은 낯설었지만 필상은 세진이 보낸 것이라는 걸 알았다.

그는 테스트 결과 리포트를 펼치니 양성반응 결과라고 나와 있었고, 검사 대상자는 채동수의 영문 이름이 적혀 있었다. 필상은 USB를 꽂아 동영상을 틀었다. 컨테이너 안에 채동수, 허창재, 조인혁 등이 보였고 그 자리에 대통령이 된 김진우도 있었다.

사진도 내용물 중의 하나였다. 김진우의 딸 김동미가 마약을 흡입하는 사진뿐 아니라, 그녀가 직접 제공한 파일에는 아버지가 자신을 죽이려고 한다는 내용의 인터뷰도 들어 있었다. 필상은 고민 끝에 빠른 속도로 타이핑을 시작했다.

채동수에 대한 기사를 데스크 허락 없이 필상은 포털에 업로드했고 국장이 찾아와 그를 당장 해고했다.

필상은 회사 건물을 나왔다. 이미 다른 언론사 기자들이 그를 취재하기 위해 둘러싸고 제보자가 누구냐며 질문을 퍼부었다. 필상은 궁금증 가득한 기자들에게 단 한마디만 했다. 다른 부연 설명은 기사와 조작되지 않은 영상으로 각 자 개인이 판단하는 몫으로 남겨뒀다.

"왁서."